毕淑敏

作品
WORKS

小飞机，欧洲行

GAZING
AT EUROPE,
FROM UP
IN THE
SKY

湖南文艺出版社
HUNAN LITERATURE AND ART PUBLISHING HOUSE

博集天卷
CS-BOOKY

小飞机

欧洲行

Gazing at Europe

from Up in the Sky

目 录
CONTENTS

Gazing at Europe

from Up in the Sky

小飞机

欧洲行

从天空看过去，世界仿佛有着另外一种样子

小飞机，欧洲行

我心颠簸。

乘小飞机欧洲游，始料未及。还没将来自朋友的诚挚邀请在手心焐热，即随队出发。沿途能看到什么，会有怎样的观感回忆，一概无预设。不由得想起一个词，信马由缰。不错，这次出发，是个意外。

通常，我如果决定到某地去，行动中最困难的部分已然结束，接下来的就是处置诸等杂务了。却不想此次旅行最艰窘的部分，是我提起笔来的此刻。

我想找出原因。是我熟悉的家，行走记录本还是打开的电脑？身体健康亦一如往常。

我的书房，是我的家乡。键盘是我的江湖，将来也是我的墓冢。

一直喜欢美国女诗人艾米莉·狄金森的话——"没有任何快艇像一本书，可以带我们到遥远的国度"，这是真理。不过想起她一辈子把自己关在家中不出门，终生只旅游过一次，这话似也可理解为狄金森的自我安慰。

我觉得书自然是要读的，遥远的国度也要去。在盘缠允许体质尚可的情况下，我当走向我所能抵达的至远之地。

世上万物皆有种子。幸福会有种子，悲伤会有种子，甚至厄运也会有种子。旅游，也是有种子的。

选择目的地，大体先做计划，起码也要有端倪。至于同行的人，可能完全不知道是谁，也可能了然于胸。我唯一确知的，是每一次出发都或多或少存在风险，有时或许还涉及生死。当然，更常见的是涉及碰撞与思考。

随着年龄增加，远行的概率会越来越低。有道是"父母在不远游"，我的双亲已然仙逝，我出发后便不再频频回头。从2008年乘船环球航行开始，至今我已走过80多个国家……记忆中，藏着赤道之热、南北极之寒，当然还有世界第三极，那就是我年轻时戍守过的青藏高原。无数山峦无数废墟，无数风景无数旷野，如同细胞一样组成了我身体的一部分。细胞可能会凋零置换，但记忆如同盛开的花，栩栩如生。

假若删去旅行，我会和现在不一样。生命中没有什么比掌握自己脚步这件事，更让人惬意。我看到地球仪不再觉得枯燥单调，每一个地名下都生动地隆起一方山水。现在，随着年龄增加，常生出时不我待之感。

年少守边，我亲见战友骤然离世，始感叹生命脆弱，畏惧大自然伟力，身处世界一隅，一己多么微不足道。我确知这具躯壳不过是租屋，终将灭失，于是从不惧怕年华老去。唯顾忌年岁渐长，再到远方有可能力不从心。所以，出名不必趁早，旅行倒是不敢耽搁太久。

安徒生有一句名言，"旅行即是生活"，我觉得于我并不很贴切。旅行从未单独成为正事，也不能说是闲事。算是半工半读，半休息半劳作吧。旅行最大的好处是加速成长。

买物件，你可以永久拥有它，沾沾自喜。买经历，除了回忆，别无遗存。记忆可以满足我们长久的心理需求，物件却是不能。你可以携带珍贵记忆，一直走到生命尽头，却不能用黄金和钻石给死亡镶个花边。对多么奇特的物件，都会司空见惯并产生忽略感，记忆却像酵母，能让你的整个思维发酵，变得蓬松而散发谷物香气。

之前每次远行回到家中，顿感安全，宛若重生。相关的写作，也让我沉浸在愉悦之中。唯这次不然，竟让我生出从未有过的焦灼。真正的旅行不能靠着无知和勇气出门，这一次，两条短板我全占了，所知甚少又缺乏勇气。

关于这次旅行，非常感谢深圳华昱机构。感谢陈阳南先生、艾利国先生、刘众先生。感谢莫娜和王璐女士。感谢和我同行的所有朋友，感谢赵为民老师慷慨允诺我引用他的诗作。

归来后写作，从赤日炎炎到寒风凄劲，始终有忐忑萦绕于心。现在，我以文字为手指，在清冷的晚上敲敲你的窗，想和你聊聊与每个人都密切相关的事。苏格拉底说：我知道你不会相信我，但人类智慧最卓越的形式便是质疑自己和他人。我没办法保证我所写下的见闻都正确，但可保证均出于真心。

我说的是我自己所见所闻并真切相信的东西。它最初可能让你漫不经心，然后你在某一瞬间突感惊惧，唯愿最终转为饱含暖意的希望。

毕淑敏

2019 年 1 月 2 日

Gazing
at Europe
from Up
in the Sky

01

公务机是什么样子的

德国古堡酒店

某天，写作中，朋友打来电话：有个活动，想征询您是否愿意参加。

我曼声回应，哦，活动……什么？

惦念着正在敲打的文字，我心不在焉。

到欧洲去看看。

欧洲……我已经去过几次了。当然，欧洲很大，不过反正也……

我拟拒绝。

朋友似乎没留意到我的懈怠，说，坐飞机去。

不由得腹诽。到欧洲去，最寻常的方式就是坐飞机。难不成要跑无数个马拉松吗？倘若坐火车，或许还有点特色。

我们机构买了一架飞机……他说。

头脑中涌上一个蜻蜓般的形象。我说，哦，无人机？

朋友道，有人驾驶，机组有 4 到 5 人。

我猛地明白了，这是一架专属公务机。

朋友告诉我，飞机命名为"巴马壹号"。它首航目的地是欧洲多个城市和若干小镇，宗旨是寻找思想同行者，主题为开启世界健康文化之旅。

您可愿意同行？朋友问。

我……愿意！忙不迭地回答。

关于机构的领导者陈阳南先生和同机的杰出旅伴们，关于陈先生出色的助手，关于这个机构传奇性的发展等，需要专著叙述。本书中，恕我不再赘述他们的荣耀与睿智，仅从个人视角出发，记录这趟非凡之旅的观感。

此行包括机组人员，共计 17 人。

一路走来（正确地讲是一路飞来），感觉公务机舱位并没有大客机的较好舱位舒适。机内空间有限，无法平卧。飞一趟欧洲单程，中途要落地 2 次

此行的公务机——巴马壹号

加油，飞行总时长约 17 小时。一直坐姿，类火车硬座。

公务机走进中国的时间并不太长。据"通用航空制造商协会"的数据，2016 年全球喷气公务机交付量为 661 架，中国成为机队增加量最大的市场。中介公司说，许多来自中国、事业蓬勃发展的科技领域人士，成为新的买家。买家姓名不便透露，因为客户不想让人注意到他们购买了常人眼中的奢侈品。他们最关注的是飞机能否从中国直飞美国、能否让众多随行人员陪同搭乘……而非豪华内饰。

"巴马壹号"公务机的型号是庞巴迪挑战者 850。机组共 5 人：驾驶员 2，副驾驶 1，机械师 1，空中小姐 1。

机舱内部空间较中等巴士稍大，分前后两部分。前部比较宽敞，后部较为狭窄。我因晕机，坐在后舱，这里离卫生间较近，万一呕吐，较易处理。提前吞了大量抗晕动药，一路昏沉。

机械师告知，第一个加油地在乌鲁木齐，第二个加油地是俄罗斯的矿水城。完全不知矿水城的来龙去脉，我下载了相关资讯。飞出国境后，强撑着看点资料。

机舱壁钉有液晶显示屏。上面标明：

即时航速：797 千米

舱外温度：-40 摄氏度

附近图标：阿拉木图、新西伯利亚、厄斯克门……

还有杜尚别、塔什干等名称。

在屏幕更下方，标有巴格达和多哈……按照上北下南标注规则，"巴马壹号"此刻正向西偏北飞去。

我本来以为来去程的加油地相同，结果并非如此。回程的加油地是莫斯科和卡拉干达。

去程由于基本向西，等于不停追赶太阳，白昼如拉面般被抻得很长。窗外，云团无穷无尽，自在翻腾，如嬉戏的巨型白猫。中国的云和外国的云，不像月亮似的有区别。

飞机的神奇之处在于，你一步没走，却跨越了若干时区。一旦开启舱门，已置身完全不同的地域与文化。

矿水城到了。我原以为这是出矿泉水的城市，其实它是多温泉。它位于俄罗斯北高加索中部，连接顿河畔罗斯托夫与巴库的铁路在此处交会，为交通枢纽。由于温泉有治疗作用，俄皇亚历山大一世早在 1803 年，就指名此地为国家治疗地。现在已开发出超过 120 处矿泉，建有 100 多个疗养院。1942 年，德军进军高加索，此地曾爆发过异常惨烈的战争。8 月 8 日晚，德国第 40 装甲军发动猛烈进攻。两天后，矿水城被纳粹德军攻克。城内的玻璃厂，挖有一条很深的反坦克沟，被德军当作屠杀平民的刑场，据说被杀死的人达 10 万之巨。

天气好的时候，从矿水城可以远眺厄尔布鲁士山顶峰。中国人对这个山名比较生疏，但它在俄罗斯却是大名鼎鼎。它是大高加索山脉第一高峰，也是俄罗斯的第一高峰，更是欧洲的第一高峰。不过对占有世界最高峰的国人来说，这山脉的高度不算什么。它的西峰海拔 5642 米，东峰海拔 5621 米。

你可能惊奇两座山峰的海拔如此近似。厄尔布鲁士山是休眠火山，最后一次喷发发生在两千多年前。东西二峰，实际上是两个火山口。

"巴马壹号"降落在矿水城机场，已是薄暮时分。因无俄罗斯签证，我们不能踏上该国领土，任何人不得下飞机。好在机舱门半敞，我们可凑在门口，向外窥视。我无法肯定夕阳中所看到的相邻高峰，是不是厄尔布鲁士山双顶。

四周除了加油车的动静，一片静寂。不远处有荷枪实弹的卫士，警惕地监视着四周。我们大气也不敢出，怕招来一梭子弹药。

也难怪士兵如临大敌。矿水城，历史上恐怖袭击事件频发。

1988年，32名学生和一位老师所乘的汽车，被几名武装分子劫持。阿尔法特种部队赶到现场，与恐怖分子进行了长达一天一夜的谈判。结局尚好，"阿尔法"说服了恐怖分子，让其缴械投降，人质平安脱险。

1993年，一名名叫扎哈里耶夫的中年男子，劫持了从矿水城飞往莫斯科的伊尔－86客机，把机上347名乘客加16名机组人员，共计363人绑为人质。他要求与俄罗斯总统或司法部部长见面，不答应就引爆飞机和地面的炸弹。关键时刻，"阿尔法"临危受命。飞机一在莫斯科机场降落，"阿尔法"就迅猛出击，将劫机者擒获。

1994年，就在脚下的矿水城机场，5名持枪恐怖分子劫持了一辆公共汽车。匪徒要求以车上41名乘客的性命，换取1500万美元和两架直升机。俄罗斯

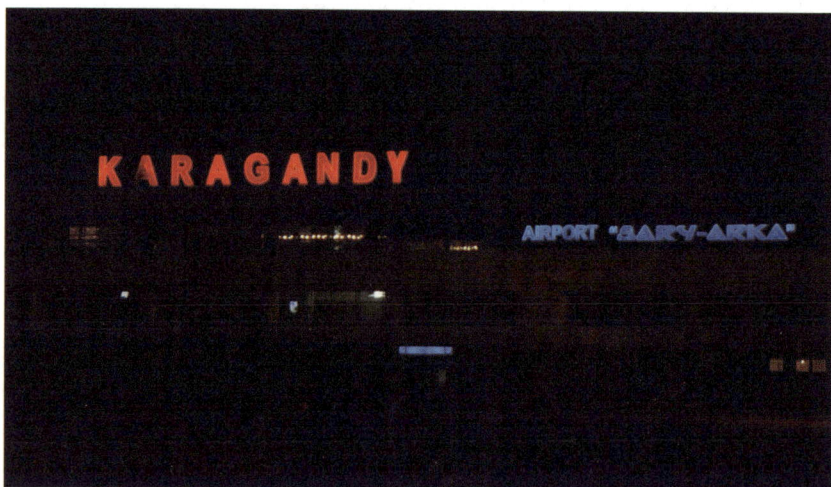

在卡拉干达机场加油

·006·

又派出"阿尔法"。这一次运气不够好,"阿尔法"发起凌晨进攻时,一名恐怖分子拉响了手榴弹。正要起飞的直升机被烈焰包围,5名人质死亡,"阿尔法"也有人受伤。

2001年7月31日,气温38摄氏度。一辆载有40人的巴士,被恐怖分子劫持,开往矿水城机场,车上有机关枪、炸弹与高能炸药。警方将此机场团团围住。

恐怖分子开出第一个交换条件:释放1994年被抓的5名恐怖分子。

警方没法答应——5名恐怖分子中有人已因肺结核死亡。普京亲自关注,绑匪先释放了一些妇女和儿童,同时杀死一名乘客。绑匪告知警方,如果到了晚上9点,所提要求得不到满足,将杀死所有人质。晚8点,"阿尔法"先向车尾投掷烟幕弹,车厢内瞬间烟雾弥漫。绑匪不知道发生了什么,探头查看,被"阿尔法"的狙击手一枪爆头。队员们冲进巴士,将所有人质安全解救。整个过程用了多长时间?只用了30秒。普京当即发表讲话,对"阿尔法"大

脚踩德国和瑞士的国境线

加褒奖。

问题来了。何谓阿尔法？

它是俄联邦安全局（类似于美国联邦调查局）战斗力最强和最精锐的特种反恐怖突击队，全称是阿尔法小组。说是小组，实在不小，有250人。每名战士都体格健壮、反应机敏，神勇无比。无论汽车、坦克、飞机，还是轮船，跳上去就能操控，武艺超群。

矿水城轮廓渐隐，沉于高加索的幽暗之中。我环顾四周，此地是否潜伏着北高加索的黑寡妇、白袜子？静谧机场似杀机四伏。刀光剑影、电闪雷鸣是否会在下一瞬间突现？甚至有片刻，我想听到枪声。如果真遭恐怖分子劫持，阿尔法小组会从天而降显露身手吗？普京会不会关注……

然而，终是什么都没有。加油过程顺利完成，小飞机轰鸣升入天空。

为了分门别类、叙述方便，我说几句回程的加油地卡拉干达。

卡拉干达州位于哈萨克斯坦共和国中部，地广人稀，遍布丘陵，南部是沙漠和巴尔喀什湖，西部有一些不是很高的山脉绵延。从飞机上鸟瞰，山褶里藏着河流，低洼处聚成湖泊，小镜子般熠熠闪光。

卡拉干达市建于1934年，居住人口43.12万，距首都努尔苏丹241千米。从莫斯科起飞，连续坐了五六小时，腿脚发麻。一见飞机落地，满心以为能趁机活动活动筋骨。空乘小姐说，按照惯例，不能下飞机。大家恳求，可否和机场方面通融一下？咱也不到远处去，只在停机坪上活动一下肿胀的双脚，原地蹦跳即可。小姐遂去交涉，答，机场明确拒绝，此机上所有人员，不得踏上哈萨克斯坦共和国的领土一寸。我等只有坚决服从。不料片刻后小姐又传达，哈国油罐车前来给飞机加油，要求飞机上不得留任何人。

矛盾。按照国际惯例，我们不能下飞机。按照加油车的要求，我们必须下飞机。怎么办?

哈萨克斯坦方面开来一辆面包车,请机上人员下机,然后从舷梯直接踏入车厢。我们遵命上得车来,车却迟迟不开。呆坐后恍然明白,这车并不是将我们运送到某地(例如百米外的机场候机楼),等待加油完毕返机,而是让我们一直坐在车里。此举高妙,完成了外人不得踏上哈萨克斯坦一寸领土,机内也得空无一人的两难任务。

日产旧面包车,比机内更显促狭。好在卡拉干达空气甚清冽,开了车窗深呼吸,泥土和青草的芬芳鼓胀肺腑。

去程。十几小时飞行后,"巴马壹号"抵达欧洲的首站——瑞士巴塞尔城。

我们随行的翻译小艾,一位博学多才的意大利小伙子,精通数国语言。他在深夜的旅行车上说,出个小题目,咱们刚才降落的机场属于哪个国家?

我们说,抵达瑞士巴塞尔,机场当然是瑞士的。

小艾说,错了,刚才降落的机场属法国。

小艾接着说,第二个小问题是,我们今天住在哪个国家?

大家说,既然降落在法国,当然住法国了。

小艾说,又错了,今天的下榻之处在德国。

连续的回答错误,让人沮丧。大家叹,国际形势很复杂啊。

小艾道,今天大家乘十余小时飞机,辛苦啦!好在咱们今晚的住所环境安静幽雅,可以睡个好觉。起来后,咱们去瑞士。

听了这番话,大家并未比原来明白,而是更糊涂了。为何降落在法国,住在德国,明天又去瑞士呢?

原来,此地乃三国交界之处,下榻处是德国的一处古堡改造的酒店。小镇安宁,莱茵河水在窗外静静流淌。

莱茵河上的古廊桥

小飞机
欧洲行

02

Gazing at Europe from Up in the Sky

哥德大殿

抵达欧洲第一站，参观歌德大殿。这建筑的名字令人费解。大殿是什么意思？是一系列宫殿的主殿？是歌德建造的吗？它是什么样子，是像我们的故宫还是欧洲的城堡？

在网上查询，不管谁描述，开门见山的第一句话都是—— 一座很像大脑的建筑。

这话让人更加不得要领。以我当过医生的经历，当然知道大脑的样子。但一个建筑，怎么能像大脑呢？它可有脑浆，可有脑脊液、脑沟回，可有神经中枢和神经纤维？

我问亲睹过的人，回答通常是，嘿，三言两语说不清，你只有见了才会明白。

现在，终于等到了亲眼见证的机会。

先澄清几个概念。

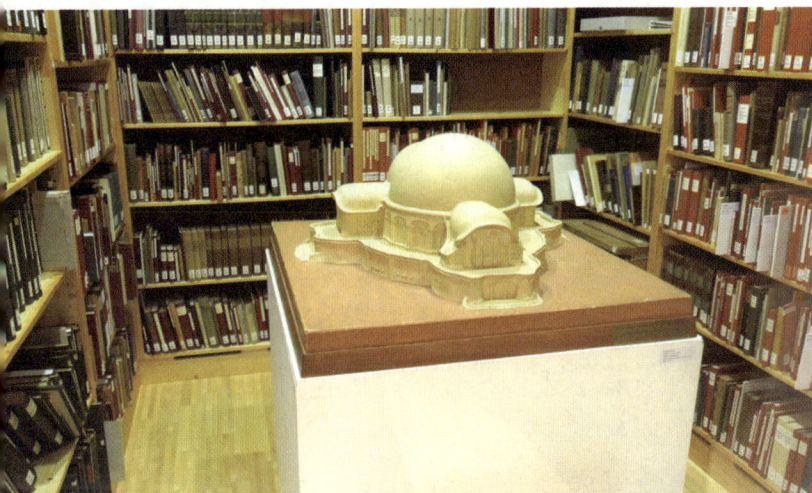
藏于斯坦纳资料室内的哥德大殿模型

在大脑形状的瑞士歌德大殿门前

首先，谁是这座很像大脑的建筑的设计者？

顾名思义，人们多以为是歌德。真实情况是歌德老人家都不知道有这座大殿的存在。约翰·沃尔夫冈·冯·歌德生年是 1749 年 8 月 28 日至 1832 年 3 月 22 日，活了 83 岁，在那个年代要算高寿。不过即便如此，那时歌德大殿也踪影皆无，它的所在地还只是瑞士巴塞尔地区一块名叫多纳赫的荒凉山坡。这座以歌德名字命名的大殿，竣工于 1928 年。此时，不但距离歌德逝世已经近百年，就连大殿的设计者——人智学的奠基者——鲁道夫·斯坦纳先生，也已去世数年。

歌德描写爱情和地狱的作品实在太有名，人们通常总是牢记他伟大的作家身份，实际他还是著名的思想家和科学家。歌德大殿就是歌德多方面研究建树的承流之果，是他精神遗产的外化典范。

你可能纳闷，一座建筑能承载这么多象征意义吗？

别急。咱们先来说说鲁道夫·斯坦纳。没有他，就不可能有歌德大殿。

斯坦纳最先画出了歌德大殿的蓝图并着手建造，其中过程一波三折，容后再详谈。大殿与斯坦纳渊源深厚，至今还作为斯坦纳一手创立的人智学总部，在有条不紊地进行着创造性工作。

斯坦纳的建筑哲学被称为"有机建筑"，歌德大殿就是他的最初成果。建筑内容包括硬结构、心理氛围及生活在其中的诸多方面。

下一个问题浮出水面。什么叫人智学？

人智学是斯坦纳用希腊语 Anthro（人类之意）和 Sofia（智慧之意）组合起来，自创的一个词。英语中，"人智学"特指"关于人的本质的知识"，即用科学的方法来研究人的智慧、人类与宇宙万物之间的关系。

你可能会问，这样说来，"人智学"不是和"人类学"很近似吗？它们

鲁道夫·斯坦纳（*Rudolf Steiner 1861—1925*）

的分野在于：人类学主要研究人的肉体演化，人智学则面向全人的演化，在肉体之外，还涵盖了人的灵魂、意识、精神的进化。

斯坦纳从 20 世纪初期，开始用"人智学"这个词，替代了他早先主张的"神智学"。一字之改，表明他已义无反顾地把人放在比神更高贵的位置上。斯坦纳描绘出广阔的人类意识演化史，认为人类要想走得更远，就需要新的能力。人类要将清晰的理性思想与丰富的想象力相结合，与有意识地获得的灵感和直觉的洞察力结合起来。人智学创立后，很快在全世界迅速传播，迄今有了长足发展。

斯坦纳是个怎样的人？

他天分极高，一生涉猎多个学科。在哲学、神学、社会学、心理学、政治、经济、建筑、医学、艺术、戏剧、舞蹈、有机农业与园艺等方面，都充满激情地提出了创见，对他的追随者，起到了如同灯塔般的指引作用。

歌德大殿并不只是一座建筑展览馆，很多人智学分支机构都在此处活跃工作。人智学在哲学、社会学、管理学、教育学（称为"华德福教育"）、建筑学（有机建筑）、表演艺术（称为"优律思美"）、视觉艺术、音乐教学、医学和农业（生物动力农业）等诸多领域，都建立起了独特理论与行动体系。

斯坦纳还曾经给作家卡夫卡进行过精神治疗，启发卡夫卡形成深入精神分析式的写作风格。几乎可以这样说，如果没有斯坦纳，就没有卡夫卡不朽的创作高峰。

关于人智学在医疗、教育和农业等方面的建树，后面还会详细提及，此处暂按下不表。

我猜你一定急着想一睹歌德大殿真颜。现在，我们已走近极具特色的歌德大殿了。不过，在进入之前，再搞清最后一个问题——歌德和斯坦纳是什么关系？

斯坦纳于 1861 年 2 月 27 日生于奥匈帝国。1882 年，21 岁的他意气风发，编写了一本关于歌德科学研究内容的书。魏玛档案馆注意到这本书，于 1888 年录用了斯坦纳，让他专门编辑歌德与席勒的著作。歌德从此成为斯坦纳建构自我世界的精神导师。他出版了两本研究歌德的专著——《隐含在歌德的世界观里的知识理论》和《歌德的世界观》。斯坦纳最后决定要用一座独特的建筑，向自己的精神引路人致以敬意。

整个人智学总部建筑群，坐落于丘陵间的平地上。灰色的水泥材料从地表凸起，如同被掩埋到颈部的人体。

迈上台阶，歌德大殿气势恢宏地扑面而来。我们鱼贯从它的"嘴巴"进入正厅。是的，您没看错，就是从"嘴巴"进入。所谓"像大脑"的建筑，并不是说像活人头部，而是像嶙峋的头骨框架。说得更直观点，就是一个剔掉了所有皮肤、肌肉、筋膜的洁净头骷髅。

大殿被匀称分为两部分，如同人脑结构。在担当嘴巴重任的主门之上，是很容易辨认的水泥造颧骨和颞骨，正顶部是颅盖，再上方是额骨。在相应比例的位置，镶嵌着代表人类鼻子眼睛耳朵的空洞，装饰为窗户。它毫不隐晦地直白宣示——自己是坐落在大地之上的巨型人头。从嘴巴进入，先声夺人。它的象征意义，我理解为让一切来者被瞬间吞没。或者换个科学点的说法——你将进入一个崭新的未知世界。

大殿设计于近100年前，最早是木制结构。不想突如其来的大火，将它毁于一旦。重建后的歌德大殿为了防火，改为水泥结构。除了原料不同，完全依照原设计重建。那个时候，欧洲的建筑元素都是尖顶、曲线、巴洛克，这种不规则的屋顶，加之多个陡峭立面的怪异脑形建筑，即使放在今天，也有足够狠的震撼力和冲击力，更不消说在将近百年前，它的问世会引起怎样的轩然大波。

它陡然撕毁了人们对于庄严殿堂的常识，毫不留情。不过真进去后，并非我想象中的惊惧，而是一种不言而喻的震慑。它不仅有酷似头颅的骇然形状，其内部的对称和雄伟也感人至深。我对建筑虽是门外汉，也晓得布局严整所具有的强大力量。凡庙堂必雄伟，须整齐对称。歌德大殿在这一点上，坚定地遵循了人类古老的审美法则，无疑为整个建筑定下了宏大的主旋律。

肉身被大殿的嘴巴门吞咽，像被吸入了某个奇怪洞穴。门内扑面而来的色调，倒是让人安心。一律为温馨的粉色、鹅黄等暖色（是在模拟人的口腔和咽喉黏膜吗），灯光柔和，地面清洁，设计雅致，非常宜人（口腔卫生很不错啊）。

我在世界各地，凡看到建筑物，都想尝试判定一下它的方位。不过依山傍水的国外建筑，常常端不端正不正，并没有我们"席不正不坐，割不正不食"的传统。歌德大殿是一个例外，它正门朝西，殿内各呈半球状的两个相同部分，很确定地代表着人的大脑结构，也象征地球。左脑象征西半球，右脑象征东半球。

斯坦纳成功地把生硬的建筑，变成了一个富有神秘怪诞想象意味的童话。你进入歌德大殿漫步，便不由自主地接受了他埋藏的强烈暗示——人类是一个紧密连接的整体，东西方互相依存，唇齿相依、密不可分。

忆起人脑结构。

大脑是人神经系统的最高司令部，由左、右大脑半球组成，中间借神经纤维相连。它是意识、精神、语言、学习、记忆和智能等神经活动的物质基础。它分为额叶、颞叶、顶叶、枕叶和脑岛等 5 部分。颅骨一共有 23 块（在有些资料上会说是 29 块，那是包括了 3 对听小骨。这些小骨游离在大脑主结构之外，咱不算它们）。其中，有面颅骨 15 块。这些骨头加在一起，形成头部的基本轮廓。

在歌德大殿漫步，就像沿着人的脑回纹路，在巨人神经中枢深处游走。这比喻说起来很可怕，不过实际走动中，并没有狰狞违和之感。整个大殿内部，

正是这些形似脑结构的组件构建起了哥德大殿

科林斯柱式

犹如娃娃温暖的肉身，所有拐弯处都带有稚气的浑圆，毫无锐角锋芒。高处的彩色玻璃窗，改变了自然光的颜色和触感，让室内的木雕和混凝土笼罩在柔和中，让人有身居蛋壳内的温暖安定。朦胧光影，极易激发莫名的神奇体验。

歌德大殿的强大加持，让人们不由自主安静下来。我因医家出身，珍惜在脑中的探索机会，一会儿走出这个门，一会儿钻入那个门，跑上跑下，用已知的解剖学知识，一一对应大殿的结构。大殿正面观，可以想见头盖骨、眼眶、鼻梁骨、嘴巴……一应结构，坚不可摧。

大殿主体分为两层，门厅两侧有楼梯通往上层主会场。上楼途中，从玻璃框中透视山野，如同巨眸微睁。在楼梯最上层，必须经过暗红色彩玻璃构成的空间，意味着从这里，你离开自然，开始进入心灵。楼上两侧有可以欣赏景色的平台。

能容纳1400人的主会场，形状不方不圆，基本上算不规则的四边形设计。两侧各有7根柱子，柱顶和柱础都有雕刻，天花板上有天顶画，柱间是绿、蓝、紫罗兰、粉红的彩色玻璃，主题是人智学人类演化图示。会场设计巧妙，拢音极好。舞台上的人讲话，不用麦克风，最后一排座位上的观众都能听清楚。

下层有两个小会场，还有供艺术及科学工作的办公室，加上图书馆、展廊、多个会客室，充分利用空间。空间装饰得色彩缤纷，比如会客厅是蓝色的，走廊是粉红色的，卫生间是鹅黄色的。给我留下深刻印象的是餐厅，第一，它被涂成了辣椒般的红色，第二，冰激凌都是用有机食材制作，极为好吃。我连吃好几个，全然罔顾体重什么的。

西侧主门厅和通往二层的主楼梯室内，未用任何色彩，直接以混凝土本色灰白示人，似乎还遗有工匠涂抹水泥时不均匀的毛糙擦痕，和到处可见的精雕细刻、巧妙搭配形成鲜明对比。

我大惑，悄声问工作人员，是否大殿修建到这里，经费不足了，改用清水混凝土，以节约成本？

陪同我们的是位热心大妈，耸耸浅淡眉毛，说，不是经费问题，是特地留下这种质朴的原生态。这和斯坦纳对空间色彩的定位有关。斯坦纳认为色彩与宇宙结构和人类心灵都有直接关联。它能够激发人们的心灵力量，从而加强对更高层次知识的理解。那时，在建筑上占统治地位的是工业化的包豪斯学派，清冷理性硬邦邦，直线条硬着陆，千篇一律。歌德大殿反其道而行之，室内家具、灯具、门窗、楼梯扶手等，都由斯坦纳人智学设计师经过特别设计，流露情绪的温暖神秘。凡建筑关节处，都用折线和曲线，让人放松地沉浸其中，抚摸那个时代的物品，时不时进入思考……

我似懂非懂，多少领略到斯坦纳和他的追随者们要在这座建筑中表达的理念。力图用结构和一切细节表达，人与自然之间，地球东西方之间，人的头脑与身体之间，有完美结合的平衡点，倾注自我追求和理想。

要说斯坦纳也不容易，让建筑外形顽强保持颅骨形状，想必要克服种种工程难题。

工作人员继续解说，土地之上的人类大脑，将指引人类发展方向。在歌德大殿内部的诸多细节中，将复杂与简单相结合，既让人感觉神秘与深邃，又露出本质的单纯。这些都是斯坦纳亲自设计的。他曾用科林斯柱式的来源，解释过他的观点。

我后来查了相关资料。科林斯柱式源于古典时代后期的古希腊。约公元前4世纪，罗马受希腊殖民城邦的影响，开始应用这种柱头。那么，它为什么要叫科林斯柱式？

据说大约在公元前2世纪，希腊科林斯市有一位即将结婚的少女突然病故，乳母把少女生前喜爱的东西装在篮子里放在了她的墓前。春天到了，篮子周围长出了枝叶，枝叶形成了涡卷形。

当时著名的建筑师、雕刻家卡利马科斯走过墓前，看到这景象大受启发，创造出了一种新的柱式，四周是旋转的毛茛叶，形似盛满花草的花篮。这种柱式比原来风行的爱奥尼柱式更加纤巧华丽，就此风靡开来。

斯坦纳说，一般人通常会认为科林斯柱式的来源，是希腊女孩坟墓上的毛茛叶花篮。可是为什么无数人从这少女的坟前经过，都没能让这个花篮转化成优美的艺术表达呢？这是因为，卡利马科斯从坟前经过的时候，看到了坟墓上飘浮着的女孩灵魂。雕塑家的精神运动，点石成金，让毛茛叶花篮变成了堪称千古绝唱的科林斯柱头。

这个故事绕的圈子有点大，我理解。斯坦纳认为，只有人的自由意志，才能让一切自在之物，有它的灵性生命。

遥想那时，欧洲在经历了中世纪的黑暗之后，人们对教会和教廷万分失望。尼采甚至喊出："上帝死了！"不过，上帝死了之后，人还要继续活着。那么，人该如何活下去？当时的哲学家和科学家们，都认为自然科学只能研究物质世界，而任何涉及精神生活的研究只能是宗教信仰，科学无缘置喙。

斯坦纳认为：可以用科学的方法来研究精神领域。人的精神自由和独立，是精神发展的首要条件。如何达成精神的自由和独立？斯坦纳认为必须通过适当的教育和自我改造来达成，最终通过这种研究，培养一个完全开放的胸襟，既不盲从也不随意拒绝。当人的内心有所需求，知识和智慧就会涌现，获得精神世界的共鸣，获得超越物质、欲望和情感的洞察力与判断力，结合与生俱来的智慧和本质达成自我，找到自我定位和人生方向。

他一手设计的脑形建筑，就是为这个理念所做的伟大注脚。

在歌德大殿四周，还有相辅相成的建筑群。建于 1913 年的锅炉房，外形模拟烟雾升起形状，引人遐想。建于 1914 年的双穹顶木立面的是玻璃工房。饭堂完工于 1915 到 1916 年间，与周遭环境浑然一体。优律思美练习房是 1921 年建成的，它有一个舞台状的入口。一般人会觉得枯燥的发电机房，建成坡顶堆叠，软化了它的刚硬功能。而出版社是大坡屋顶的，大致在 1921 年至 1924 年完成。建筑们似乎都有各自的语言，或自我欣赏的俏皮，或朴素低调的坚毅，或无拘无束的舒展，或稳重的坚守……或者，它们什么也不象征，只是安静矗立，犹如一朵朵灰蘑。

有人说歌德大殿是有机建筑的典范，我初听时颇觉费解。建筑如何有机？其内有很多植物吗？高度环保没有甲醛？浏览之后方才明白，所谓的有机建筑，本质是"道法自然"。它是现代建筑运动中的一个派别，认为每一种生物所具有的特殊外貌，是它生存于世的内在因素决定的。同样，每个建筑的形式、构成以及与之有关的各种问题的解决，也都要依据各自的内在因素来思考，方能合情合理。

斯坦纳受邀于欧洲四处旅行演讲，所到之处，他非常注意观察建筑艺术之美，深入学习与研究建筑艺术，逐渐形成了自己的建筑风格。歌德大殿就是融合了他的设计理念、雕刻、绘画和彩色玻璃等艺术形式之大成者。

有人疑惑，斯坦纳 1925 年 3 月去世，歌德大殿 1928 年才完工，怎么能认定建筑中飞翔着他的灵魂之光？斯坦纳并没有亲自看到这一切细节的完成啊。

历史的真实如下：斯坦纳生前和同事反复交流大殿的设计内容，绘制了大量讨论草图，并亲手制作了大比例尺的模型。他去世前两年已身染重病，他瞒下病情，继续坚持深化讨论歌德大殿的草图和模型，不断和人智学派的建筑师、工程师、艺术家、设计师们沟通。

　　歌德大殿内多木制品。轻轻抚摸，因时间流淌和无数人手指触动，木头已生出绸缎般的光滑，让人静思。在这个奇异建筑中徜徉，不知不觉中你会体会到这是斯坦纳独特思想的辉煌容器，是他哲学观念的立体表达。斯坦纳的创新力无处不在。歌德大殿用一座建筑，阐释着他的思想。

03

Gazing at Europe from Up in the Sky

站在废墟上的那个人是谁

形似脑结构的建筑

看了小标题，你可能会纳闷。刚才不是正参观歌德大殿吗，这么一会儿就变废墟了？且听我慢慢道来。歌德大殿有第一第二之分。第一歌德大殿曾被烈焰焚毁，现在人们参观的是第二歌德大殿。

　　墙上挂着一幅图片，拍的是一片烧焦的废墟和一个男人的孤独身影。

　　讲解女士说，此照片摄于第一歌德大殿被焚毁后的次日。

　　我们对于大殿所在的多纳赫丘陵地形已不陌生。无须指点，根据山峦曲线，判断出此为大殿地基所在地。

　　对建造脑状巨型建筑之构思，总设计师斯坦纳早已成竹在胸。本想修建在慕尼黑，无奈一直拿不到土地，无法动工。1913 年，他的一位牙医朋友得知此事，邀请斯坦纳在自己家乡——瑞士巴塞尔，修建他理想中的建筑。踏勘之后，斯坦纳接受了这个建议，破土动工。

讲解女士补充道，直到现在，我们脚下这块土地的所有权，还是属于牙医家族。

歌德大殿的修建，一波三折，斯坦纳殚精竭虑。

斯坦纳的诞生地位于下奥地利邦森林区的克拉列维察，当时属于奥匈帝国版图，现为克罗地亚境内。他家境平平，父亲是铁路公务员，母亲是家庭主妇。由于父亲在铁路局上班，他们经常搬家。斯坦纳天资聪颖，尤其对几何学感兴趣，16岁时已经读了康德的《纯粹理性批判》。由于成绩优异，他中学毕业后得了一笔奖学金，进入维也纳科技大学。他精力充沛，除了攻读数学和自然科学教育外，还到维也纳大学旁听哲学、文学和历史学等，在罗斯托克大学获得博士学位。

由于对歌德研究很有见地，斯坦纳进入专门机构，担任编辑。1900年始，他巩固了学者、作者及演说家的地位，开始在欧洲巡回演讲，足迹踏遍德国、奥地利、瑞士、法国、意大利、英国、捷克、挪威、丹麦等国家。由于听众太踊跃，有时甚至需要当地警力维持秩序。25年间，他共演讲了6000次以上，平均每年演讲240场，真是惊人的工作量。举办讲座时，斯坦纳喜欢随手在黑板上涂画。当时有听众感觉到这些画的价值，建议用黑卡纸覆盖他讲课用的黑板。这真是一个具有远见卓识的建议——斯坦纳有超过1200张黑板绘画被保存下来。在鲁道夫·斯坦纳档案馆里，能看到这些绘于大约100年前的粉笔绘画，由于保管精心，每一笔都好像刚刚从斯坦纳的手指中流泻而出。通过这些线条，你能感觉到斯坦纳的丰富想象力。

斯坦纳酷爱读书，出门在外时书总是随身带。那时欧洲的书都是精装的，十分沉重。斯坦纳就撕下一些书页，随身携带，抓紧时间阅读，并在书页上随手批注。在斯坦纳档案馆里，能看到很多零落的散页。工作人员发愁

已被焚毁的第一歌德大殿

地说，要找到这些散页都是属于哪本书的，真是不小的工作量，到现在也没有完成呢！

斯坦纳的演讲稿由专业速记员记录，先是刊登在杂志上，然后私人印行，最终编辑成书。1921 年至 1922 年，斯坦纳名气如日中天，在欧洲巡回演讲的门票场场售罄。每次演讲结束时，都有长达数分钟的鼓掌与喝彩，和现代明星出行有一拼。斯坦纳的思想体系，对民众的心智产生了深远启发。不过，同时代的专业学者大多持保留态度，同他保持相当距离。报纸上还经常讥讽斯坦纳为"江湖骗子"。

1923 年，斯坦纳担任人智学学会总会长。他认为人是微型的世界，而世界是扩展的人。他特别强调一定要将灵性科学的理念化成实际行动，否则人们会误以为人智哲学是宗教狂热。

斯坦纳对艺术和建筑非常热爱，倾情投入。1910 年至 1913 年，他创作了 4 出"神秘戏剧"，并在慕尼黑演出。1913 年他开始亲力亲为建造歌德大殿。历经 9 年，巍峨的全木制结构歌德大殿于 1922 年 12 月完成。刚刚竣工，还未容笑出声来，就在圣诞节前一天，也就是平安夜，建筑被人纵火焚烧。第一歌德大殿成为现在照片上的那片废墟。斯坦纳于火灾后的第二天，宣布重建更大更好的歌德大殿。至于纵火犯的姓名，据说斯坦纳心知肚明。他不想用仇恨来回应仇恨，于是做出了一生中最艰难的决定——理解和原谅纵火犯。关于重建方案，人们提议一切按照原样盖起，斯坦纳的方案是地基不变，以象征生生不息的力量。为防止再次被焚的危险，主体建筑材料改成混凝土。

废墟上的照片拍得不错，似能看到阴沉暗云下飘荡的袅袅烟雾。屹立的男子身披风衣，万分孤独。焦炭般的大地和头顶上的铅色垂云如同磨扇，合力想将他研磨为尘。

男子面部表情平静，镇定地凝望废墟，若有所思。

讲解员说，照片拍摄时间，是全木制的第一歌德大殿烧毁后的第二天。

我问，您根据什么能确定是纵火之后的第二天，而不是第三天甚至以后的某一天？

讲解员说，第一，照片标明了拍摄时间，确凿是烧毁后第二天。第二，你不觉得废墟还有未燃尽的烟火吗？虽然天下着雪，再次燃烧的可能性微乎其微。

我又问，这个人是谁，会不会是斯坦纳本人？

讲解员说，我们也有这个疑问，反复用放大镜观看了原照片。发觉照片上的这个男人，没有胡子。而斯坦纳是留胡子的。据此我们认为这个人不是斯坦纳。

我对他们这个判断，心生疑惑。

斯坦纳有可能把胡子刮掉啊！中国古话"蓄须明志"，反过来，也可以剃须复出。比如梅兰芳，在抗日战争时期蓄起长胡须，表明绝不为日寇汉奸登台。抗日战争胜利后，他就把胡须剃掉重新饰演旦角了。

古罗马军队规定军人不留胡子，为的是减少发生疾病的概率（据说胡子像吸尘器，能吸附多种病菌）。己方一律剃须，下巴铁青，在战场上有利于敌我识别。最后一条原因饶有趣，说是光溜溜的下巴，可避免被敌人抓住胡子，贴身肉搏时胜算较大。欧美文化中甚至认为不留胡须，可以更精确地显示脸部表情的细微变化，在交往中代表更为坦诚。

关于胡须，容我多说两句。

胡须表示男子气概和力量这一观念，几乎深植于世界各民族的集体无意识中。在北非、西亚和中东地区的游牧民族，至今崇尚男子必须有茂盛胡须，表达雄性崇拜。中国俗语"巾帼不让须眉","须眉"指代了所有男性。"堂堂须眉"一语，更是将胡子与品德勾连。胡子把其中蕴含的男性特征放大，繁衍出高贵与尊严的附加值，成为阳刚之气的"标的物"。

古埃及举行仪式或者重大活动时，国王便在下巴上戴起用头发做的齐梢假长胡子。第 18 王朝法老图坦卡蒙，去世时只有十几岁，但现今陈列在埃及国家博物馆中的他的金面具，也打造了长而齐的黄金假须，以彰国王尊贵。女法老执政，也必须整天戴上假胡子君临，昭显权威和正统。胡子啊胡子，在古埃及，简直等同玉玺。

不过，胡子太长也不方便。在岩画上，大约 6 万年前，原始人就开始刮胡子了。工具嘛，石刀。

说到底，胡子是男性体毛，生长受到雄性激素控制。细分起来，嘴唇上

斯坦纳的书架

方的胡子称为"髭"，嘴唇下方的称为"须"，两颊的为"髯"。说到关公，谁人不知他是"美髯公"！

据说最早注意到胡子生长快慢与性激素有关的是一个苏格兰人。他在偏远孤岛工作，当得知快要回家能见到女朋友时，他发现胡子开始疯长。

野史传说胡子还曾引发战争。法国王后因为法王路易七世剃掉了胡须，愤而与之离婚，改嫁蓄有漂亮胡子的英国国王亨利二世。对于王后陪嫁的土地，英法两国争夺了300年，即著名的"胡子大战"。

胡子还有个故事，和美国历史有关。林肯竞选时收到一个小姑娘的来信。女孩写道：如果您能把胡子留起来，我就能让另外两个人也选您。您的脸太瘦了，如果留起胡子会更好看。所有的女人都喜欢胡子，那时她们也会让她们的丈夫投您的票。

不知是否因为这封信，林肯蓄起又浓又密的胡子，结果顺利当选。

扯得远了，回到第一歌德大殿废墟照片。

我问工作人员，这张照片是谁拍的？

工作人员说，照相馆的人。那时照相技术还不发达，要事先预约，摄影师方能带着沉重的照相器材到达指定地点。拍摄这种室外照片，为保证图片清晰，摄入的景物都要保持固定位置，整个曝光过程大约需要20分钟时间。

试想一下，焚烧的废墟，在20分钟甚至更长时间里，都不会有太大变化。但对那个屹立于此的人来说，保持固定不变的姿势这么长时间，也实属不易。

我问，摄影师站在哪里？

工作人员道，角度是精心选择的。我们复原了一下，那个位置在歌德大殿侧面的小山坡上。

我说，既然用了放大镜，细看那人面部神态是怎样的？

工作人员答，年代久远，五官已分辨不清，但那人的神情非常平静。

我又问，斯坦纳是什么时候宣布要重新建造被焚毁的歌德大殿的呢？

其实我知道答案，只是想再次确认。

工作人员说，正是这一天。歌德大殿被焚毁后的第二天。

现在，我几乎可以断定——照片上的人就是斯坦纳。

只有他，才能在烟灰尚在飞舞的时刻，迅即下定复建决心。只有他，才能摄下这既是悲惨结局也是重新出发开端之影像。我甚至相信，这个摄影的最佳角度，也是他指定的。还有谁能更了解歌德大殿全貌呢？只是这刮胡子的具体时间，是在这一天的早上，还是在安排好照相时间之后呢？也许，这些并不重要。重要的是他孤身挺立，斩钉截铁，不惧废墟……

斯坦纳遗留下的丰富论著，现今都储藏在斯坦纳档案馆里。这是一个工作场所，不像歌德大殿可以随时接待访客。引领我们参观的女士带着少许不耐烦，估计是我们打扰了她的工作。

资料馆地下室，摆有几十个老书架，整整齐齐码放着斯坦纳的藏书。这里还保存着斯坦纳当年留下来的手稿、画稿、设计图与演讲的原始资料。工作人员介绍道，斯坦纳本人就是一所大学，涉猎甚广。他在很多领域都提出过独到见解，因此整理工作旷日持久。迄今为止只出版了他遗著的一小部分。

斯坦纳去世已超过90年，这进程忒缓慢。工作人员似看出了我心思，说，他的思想体系博大精深，不仅对德语要求高，对研究人员的思想水平也有很高要求。为了保证原汁原味，对翻译斯坦纳作品还有一刚性要求——必须从德文原版翻译。翻译者必须精通德语、精通人智学的思想理念。

我读了斯坦纳的"神智学"，很多地方完全不知所云。按说斯坦纳很有演讲经验，语言似不应晦涩难懂至此。斗胆认为翻译可能未全面准确传递相关信息。不懂德文，此为妄说，更可能是自己愚笨。

档案馆的建筑规模比歌德大殿要小很多，映入眼帘的第一印象十分奇葩。它埋在泥土中，或者说是直接从地下长出来的。一般有地下室的建筑，周遭会有一圈空地。此建筑像一株有生命的植物，草坪直抵墙壁，房屋拔地而起，房顶像被巨手不规则揉搓过的帽子，皱巴巴。四面墙无论样式还是颜色，都不统一。每一扇门窗，每一组廊檐，样式上都不重复。门厅非但不是突出于建筑，反而谦虚地缩进去，且不居中。木制的门十分朴素，个头异乎寻常地小，似乎竭力避免引人瞩目。屋顶是近乎黑色的深灰，墙体则是经历风雨后残旧的浅灰。

档案馆地面建筑物看似两层，实为三层。深埋地下的巨大空间，是整个建筑最核心的部分，恒温恒湿。一把奇形怪状的椅子摆在当中，椅面四边不对称，没有任何尖锐边角。

这是斯坦纳亲自设计的椅子。工作人员告知。

我问工作人员，斯坦纳是否在这所建筑中读过书？她语焉不详。我私下觉得，斯坦纳的藏书，是在他身后运抵这里保存的，这里实为纸制品的天堂，十分稳妥。

参观中有人小声嘀咕，这建筑有点畸形。

我觉得按照通常的审美来说，档案馆的确标新立异、刻意为之。不过这符合斯坦纳的审美喜好，歌德大殿设计成骷髅样，也是剑走偏锋。

歌德大殿旁的资料馆，像是小脑。此建筑身量低矮，藏身于树木之中。北墙杂芜，屋顶上矗有烟囱。我琢磨，冬天里它是否冒烟？烟囱下方的房顶，开有窗洞，应该有个阁楼吧？下方有个小天井，一时想不出做何用，估计必有深意。此处的每一设计，都煞费苦心。二楼有两扇大窗和一个形态像是洞穴开口的小窗。一楼有两扇门，墙上开有三个形状不一的窗……

如果你看了我对上述建筑物外观的描写，觉得杂乱无章、不得要领，那就对了。我是建筑盲，对此中埋伏的深奥学问几乎一无所知。斯坦纳的建筑体系，又完全不按常理出牌。好在老祖宗说过，"纸上得来终觉浅，绝知此事要躬行"，给我留了一线生机。您有机会亲临歌德大殿及周边看一下，就会明白其中奥妙。

回忆斯坦纳的生平，他的朋友们说，斯坦纳不是个圣人——但他被一种很深的道德感渗透。他是一个绝对谦虚和虔诚的人，灵性哲学主宰了他的生活。他热爱工作，热爱他所做的这一切，并把这些道德的、治愈性的直觉带给了世界。

前文提到过的文豪卡夫卡，在日记中写道，斯坦纳博士，你所讲的正是我一生追求的。

斯坦纳很有天赋，是个充满了好奇心的人，他对别人和他们的想法充满兴趣，对他周围存在的文化或者智性上的万事万物都感兴趣。

他用生活中各领域的问题把自己包围起来，然后启动直觉，得出这些问题的答案。他因此牺牲了自己的生活，才取得了诸多领域特立独行、一骑绝尘的成就。当他把自己置身于这个世界的真实问题里并展现出他的能力、勇气和无私时，直觉就来临了。

有人曾问过问题：根据演讲记录，几乎没有人在演讲后提出更多的问题，这有点令人难以理解。他的朋友回答：你要知道，当斯坦纳在演讲时，一切就已经搞清楚了。通过他的声音、姿势、动作和绘画，他把内容带入了房间。记录无法真实地还原这一切。

我读斯坦纳的自传，一个突出感觉是他对向别人学习非常感兴趣。他会在演讲后和听众谈话，有时彻夜不眠，直到凌晨两点。他真诚，思维清晰，

在斯坦纳档案馆

对真理的把握没有偏差。斯坦纳喜欢猫，但拒绝给猫做绝育手术。斯坦纳照相的时候从来不笑，在生活中他却很幽默。他生活在一个不幸的时代，非凡的预见力让他知道社会是多么虚弱，但他还是一往无前。

斯坦纳一生所建立的理论体系色彩纷呈、包罗万象。大体归纳一下，主要包括农业、医学和教育三大板块。如果把建筑和艺术都加上，那就更丰富了。

农业主要是生物动力农业。

医学是建立人智学。

教育是华德福。

关于斯坦纳在这三大领域中的建树和至今的发展，容我后面详说。

小飞机

欧洲行

没有山羊山的山羊山农场

这家法国农庄有个美妙名字——"山羊山农场"。我问，是这附近有一座山，叫作"山羊山"吗？边说边四面张望，希图不要人指点，就发现那座神似山羊的山。

　　法国人微笑作答：此地并没有一座叫作山羊山的山，只是我们喜欢这个名字。

　　这个家庭农场，完全按照有机生物动力农法来管理。庄主的家坐落逶迤山坡，远看像油画中的古老欧洲农舍。近了能发现一些电气化的痕迹，比如光伏发电板、天线什么的，提醒你现在已是 21 世纪。

　　庄主家除了男女主人和两个孙女，还有一大群奶牛、马，数目不详的鸡，若干头猪……再加上制造干酪的作坊。整个农场有良好的自我循环系统，有序地运行着。你可以从任何一个环节开始参观，一步步走下去，最后成为完美闭环。那咱们就从奶牛说起。它们吃的饲料，是山羊山所产的，喏，就来自环绕的茵茵草场。排泄的牛粪进行发酵，形成上好的肥料，返回大地。奶牛挤出的新鲜牛奶，售卖给订奶的用户，余下的制成优等奶酪。生产奶酪的过程中，用的是天然凝乳酶，不用任何其他辅助措施。农场需要的电，比如干酪坊的暖气，是自家房舍和牛棚上的太阳能板产生的，环保无污染。

农场主人是位50多岁的白人男子，浑身硬朗。不是那种在健身房练出来的鼓胀肌肉线条，而是筋络毕现的简洁样。皮肤呈白种人曝晒后的褐红色，皮纹深壑，面容腼腆。和大自然打交道久了的人，似乎不善言辞。毕竟，你不可能一天总是和不会搭腔的牛马猪羊稻菜山花说个不停。就算你愿意同它们交流，频率也会比与人类沟通时舒缓许多，自问自答自得其乐。他谦逊地说，先看看我们的土地吧，它已经有几十年从未使用过农药、化肥、除草剂了，是真正的土地。

说实话，我对土地的了解十分有限，和它最亲密而持久的接触，就是在

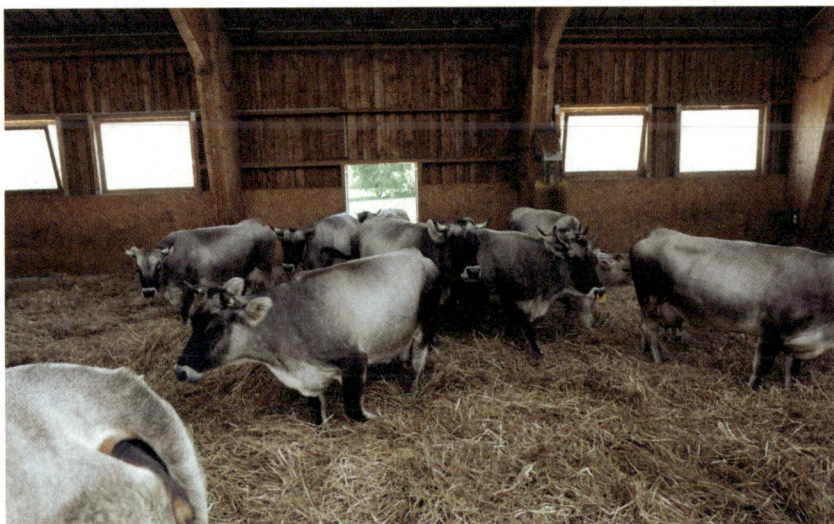

农场饲养的牛

藏北高原用行军锹和十字镐，在永冻土层极为吃力地挖掘单人掩体和作战坑道。对何谓土地瘠肥，一无所知。

试着踩了一下，脚下松软而有弹性，踩上去好像其下是密林深处的松针。

我频频点头，表示自己意会到了土地的本相。

稍微岔开一句。据说中央电视台新闻联播和天气预报之间的广告费最贵。出于好奇，我关注了能买下这个时间段做广告的产品。

前些年，多是酒的广告，后来基本上成了国外饮食连锁店的天下。最近几年，化肥异军突起。比如我特别喜爱的一位运动教练，就在我写以上文字的同时，正做一款化肥广告。广告语是 —— 打球容易赢球难，种地容易高产难……

结论是：你想要土地高产吗？请买 ×× 出产的化肥吧！

那位我非常尊崇的女性，在接拍这款广告之前，一定曾要求生产企业出示过所有的文件，以证明产品的合法性和质量可靠，这款化肥也非伪劣产品。但是，从更高层面来说，土壤真的需要那么多化学物质，前赴后继地渗入其中，之后再川流不息、堂而皇之地进入人类进化数百万年之后，从不认识它们的脏腑之中吗？

回到山羊山农庄。主人说，如何保持并提高土壤肥力、如何最好地利用大自然的循环来生产最佳食品、如何与农场外的社会建立合作和支持……都是他要考虑的问题。

我说，这一定很难。

庄主说，我们的祖先用原始的方法，在土地上已经耕种了几十个世纪。我们只不过是把这些方法捡拾起来，除了费时费力，并不很难。再加以些许无伤人雅的改进，比如以前运送农产品用马车，现在用清洁能源汽车。

随后庄主带着两个小孙女，领我们参观养牛场。五六十头奶牛正在吃草。

草被牛咀嚼后散发的气味，清新愉悦。据说这种气味是绿叶挥发物。如同大海涛声，让人感觉心安。一个六七岁大的小女孩，兴奋地在牛舍间跑来跑去，用法语大声呼唤。

我问翻译，她喊什么？

翻译答，没什么具体的意思。只是在不停地叫着每头奶牛的名字。

我说，每头奶牛都有名字吗？心想，若给60头牛每牛起个响亮名字，工作量不小。

翻译说，是的。只有工业化、规模化的养殖场，才粗暴地只给牛一个数字。比如人困在监狱里或是病床上，才会只有编号。每头牛，都喜欢自己有独到的名字。

牛欢快地吃着新鲜的苜蓿草，每头听到小女孩呼唤自己名字的奶牛，都不情愿地抬起头，轻晃一下脑袋，算是和小主人打了个招呼，然后赶紧埋头吃草。估计牛在埋怨小主人：嘿，开玩笑也得看看时机，没见我正忙着吗？

最让我惊奇的是，大棚里有这么多牛吃喝拉撒，但空气中只弥漫着新鲜青草味，并没有任何臭味，颠覆了我对牛棚总是臭烘烘的印象。

我小声嘀咕，这一天得打扫多少遍，才能维持牛棚清爽无异味啊。

庄主说，牛粪本身并没有臭味。再说这些牛每天只在棚里待8小时，主要是睡觉，剩下的大部分时间，都在户外吃草活动。奶牛吃的草都来自农场，牧草蛋白质丰富，牛奶也非常好喝。每一头奶牛都保留牛角，且每一头奶牛的两只耳朵都戴有"耳环"，那是它们的电子档案。奶牛有足够的户外自由活动时间，才会天然快乐，抵抗力强，产下的牛奶才有益于人的健康。

我看到一头个子不太大、浑身长满咖啡色斑点的母牛，牛角上方挂着一个铃铛。扫了一眼它的同伴们，其他母牛并无这个装备。

不爱穿鞋的小女孩

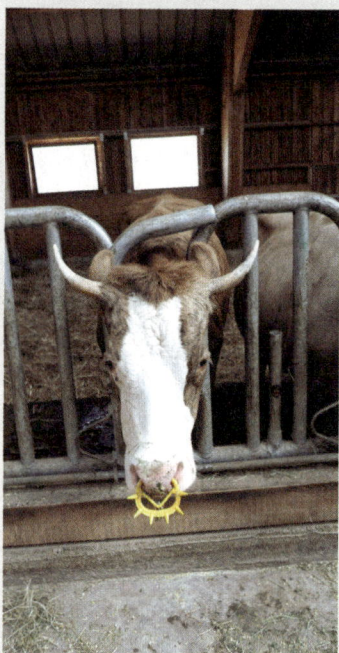

这个小女孩喜欢这只羊

似乎在怪我们打扰了它的牛

那个小女孩喜欢那只羊

我问男主人，这头牛经常走失吗，所以给它挂上了铃铛?

　　男主人刚要搭话，小姑娘叽里咕噜地说起来，好像在向我解释母牛挂铃铛的原因。

　　翻译对我说，小姑娘让我告诉你，这头母牛爱钻到别的母牛乳房下面，偷吸牛奶。给它的牛角挂上铃铛，这样当它偷喝牛奶的时候，铃铛就会报警，它就偷喝不成了。

　　我大笑。这头母牛啊，真是独到窃贼，居然偷喝同伴的乳汁! 我也惊叹这小小的女孩，一般的孩子在这个年纪只会喝牛奶酸奶，她已然懂得了这么多!

　　我问小姑娘，你最喜欢哪头奶牛?

　　我本以为她会说，哪头都喜欢，或者说，都差不多，没有特别喜欢的。却不料她立刻拉着我走了两步，指着一头奶牛说，我最喜欢它了。

　　我仔细端详这头奶牛，个子算不上最大，毛色也并非最油亮，实在是一头很普通的奶牛啊。

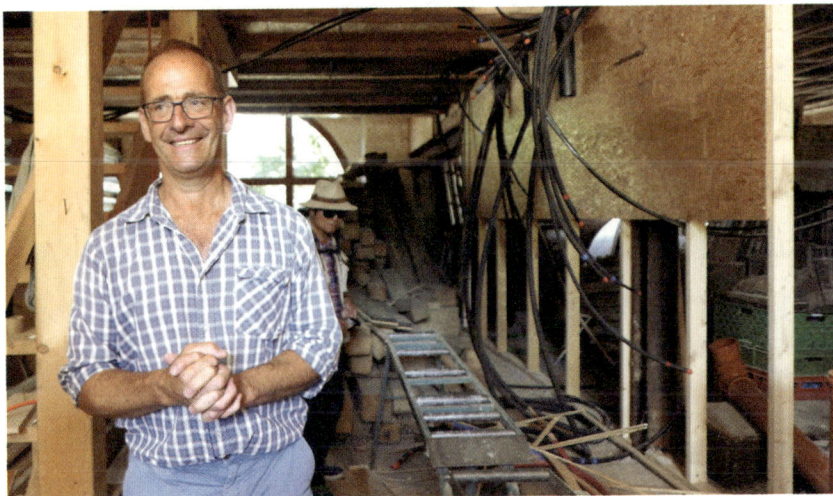

农场主全家动手盖出来的奶酪加工作坊

为什么呢？我问。

小姑娘说，你看，它身上有很多小小的咖啡色点点，就像是雀斑。我的脸上也有很多雀斑，所以，我最喜欢它了。

强大到爆的理由啊！

信步走到奶酪加工作坊，还未完全竣工。

我问，奶酪可以消耗多少鲜牛奶？

庄主搔搔花白的头发，说，100 升牛奶可以制作 4 千克奶酪。奶牛的产奶量并不恒定，除了预订客户，前来买牛奶的人也不固定，多出来的牛奶，才被制成奶酪。

我问，您打理这个家庭农庄多长时间了？

他回忆道，有二十几年了。在那之前，我是一个电脑工程师。

二十几年前，他应是 30 多岁，正值壮年的电脑工程师。我试着根据眼前此人相貌，勾勒他那时的模样，完败。不是我无能，你能从一个老农的样子复原出一个 IT 男吗？像从一块刚健的冰，复原出一堆瘫软的半融化雪人，难。

我问，是什么诱因让您放弃了专业，改做一个农民？

他略微思索了一下，说，原谅我先纠正您一下，我并没有完全改行，做农民也需要电脑知识。不过，我理解您的意思，是觉得一定发生了什么事，让我在原来的人生轨道上拐了一个弯。

坦白说，是疾病。那时我正值壮年，心脏突然出了问题，很严重，很可能有生命危险。颈椎原来就不好，眼看着腰椎也撑不住了。我只能休假，回到老家。

我问，您的老家在哪里？

他一笑，用脚使劲跺了一下，说，咱们现在站立的地方，就是我的老家，祖辈都生活在这里。后来我们进了城，在城市定居，祖居无人，老房都倒塌了。我回来时，看到的是一片废墟。我想，祖先们生活在这里，都健康并且长寿。那么，不管对别人意味着什么，祖先的生活方式是适宜我这个家族的。我现在得了这么多病，全身虚弱，看样子还会继续得新的病，我病历上不知道还将出现怎样奇怪的病名。要停止并逆转这一切，就要改变我的生活方式。最好的方法是回到这块土地上来，重新生活。

我修缮了房子，刚开始只是很小的一间。喏，就是靠边那个小屋。我辞去了工作，身体已不能承担繁重的电脑工程师职责了。我也不知道自己会在家乡待多久，不敢有更长久的规划。先修修房子，让自己有地方住吧。人住下来了，就得有吃有喝。这里是乡村，没法什么都在外面及时买到。我开始自己种菜。待久了，慢慢感到大自然的美妙、干农活的美妙。只是非常单纯地春种秋收，土地就会缓慢但是坚定不移地回报你。不知不觉当中，我所有病痛都消失了。你看，我的房子也越盖越多，那边是新盖的磨坊。正巧，我儿子也来了。

他充满自豪地指了指远方走来的一个小伙子。

和爸爸一样的打扮，短裤、T恤，头发上沾着草棍，手被植物的绿色浆液染作苍黄。

我说，他从城里来看你？

老爸骄傲地说，不，他从城里搬到这里来了。我的农庄再不会像我父亲老去时那样荒芜。它的将来只会越来越好，你刚才看到了我的两个孙女，瞧她们多快乐！

两个小姑娘在不远处蹦跳，阳光毒辣，她们似乎是晒不黑的，光着的两只脚，如同两根白粉笔。

我说，她们光脚跑，不会把脚趾扎了吗？

祖父慈爱地笑笑说，第一次扎了脚，当然会痛；第二次扎了脚，依然会痛；

但第三次，就不会痛了，因为那些小石子树枝什么的，扎不透她们的脚了。我们的祖先不就是这么走来走去吗？！

我点点头，想起那年去过的埃塞俄比亚高原，乡下的所有人都打赤脚。最早的人类是从那里走向全世界的，千万里跋涉，他们没有鞋。

以前的电脑工程师、现在的庄主告诉我说：我们一家人吃着自己种出来的有机食品，它们所含的微量元素更丰富，所以我们都很健康。我们都不能继续在城里居住了，那里水有氯气，食物中含有很多莫名其妙的化学物质。人也太多了，声音混乱嘈杂，空气中充满汽车尾气……人，只有在大自然中，才能更好地生活。

想起读过的《四千年农夫》这本书。100 多年前的一个春天，具体说是1909 年春天，美国农业部土壤研究所所长、威斯康星大学土壤专家富兰克林·金萌生了探究东亚国家农耕方式的想法，他开始游历中国，考察这个古老国度经久不衰的农耕体系。

他发现"东亚传统小农经济"，历来就是"资源节约、环境友好"且可持续发展的。农夫高效利用各种资源，甚至达到了吝啬的程度，不惜投入巨大的劳动力。

中国，耕地资源只占全世界的 7%，水资源只占世界的 6.4%。这种令人惊愕的贫瘠配比，造成 60% 的中国人生存资源极度缺乏。然而中国的劳动力，是世界上最充沛的。精耕细作加上种养兼业，成就了中国农业经济的不竭历史。

西方殖民者通过掠夺，带来空前宽松的土地资源，他们不会发展成这样的生产模式。

很多人认为中国农业的出路是转向西方的"大规模加集约化"。我们羡慕过苏联的集体农庄，康拜因（联合收割机）在无边的麦田中驰骋，麦浪滚滚，收割脱粒后的粮食流如金泉……令人血脉偾张。我们曾以为这是未来农业的希望，得到的却是损失生态环境的安全和食品质量的失控。2010年的全国普查公报显示，中国农业超过工业和生活污染，成为水污染的最大来源。

中国历法被称为"农历"。为什么？它就是"农耕日历"啊。

农田最神奇的魅力，就是雄厚丰富的腐殖质与有机质，携手构成了肥沃。在疏松而丰饶的土壤中，蚯蚓轻松蠕动，各种微生物蓬勃旺盛，青蛙、蜜蜂等也摩拳擦掌地加入其中，大地欣欣向荣。有机农业的本质就是实现生态链条循环。你想啊，老祖宗在这块土地上生活了多少年，没有厨余粉碎机，没有垃圾处理站，没有填埋坑，没有污水处理厂……可那时山清水秀，没有空气污染、水质污染、土地污染……每一份可利用的养料，都重新回归农田，再次进入植物生命中。中国5000年农耕文明，将垃圾消灭于无形。

中国大规模使用农业化学品几十年后，各种破坏纷至沓来。化学农业让土地饮鸩止渴，形成中毒现象。各种微生物和昆虫面对着这样的突变，难以生存。要么凄惨死去，要么背井离乡，生态平衡已趋粉碎，大地失衡……将以往能够消纳城市生活污染、长期制造正外部效应的中国农业，凶猛地改造成了负外部效应产业。垃圾围城，叫苦不迭。

浮想联翩中，走到庄主的马厩。出乎我想象，马匹之间的分隔围栏很矮，形同虚设。如果哪匹马愿意跨栏到邻居家串串门的话，非常方便。我问，栏杆这么矮，马会不会隔栏打架？

庄主说，马是群居动物，你不能将它们彻底隔绝开，那样它们看不到同伴，会得抑郁症。栏杆低矮，每匹马在吃草的时候，眼一瞟，就能看到别的马也在进餐。只有知道整个马群都在进餐，它才会心安。它们吃着同样的草料，闻着彼此熟悉的味道，会增加安全感，性情反倒更加和顺。

说到这里，涉及一个比较陌生的概念——生物力学。

它是应用力学原理和方法，对生物体中的力学问题定量研究的生物物理学分支。它的研究范围相当广，从生物整体到系统、器官（包括血液、体液、脏器、骨骼等），从天上的鸟到水里的鱼……而且这个鸟和鱼，都不是静止的。前者在飞后者在游，均不是标本。这么说吧，从鞭毛虫的纤毛运动到植物体内液体传输，它无所不包。

它是建立在能量守恒、动量守恒、角动量守恒三大守恒定律之上的一门综合科学。上面这番话或许太抽象了，那咱们举个例子。比如，你到医院做体检，血液被抽到试管中，它是静止的。但你非常清楚，前一瞬它还在血管中，有条不紊地迅速流动着。

生物动力学农业，是它的大名，还有很多别名：生物动力平衡农业、自然活力农耕、活力有机、生命动力农业、生命能量农业等等。它并不是指某种一成不变的农业方法，而是一个基本概念，宗旨是将种植业与饲养业结合在一起。

这个概念的始创者，即建造歌德大殿的斯坦纳。1924年6月，他在现属波兰的科波威兹省，连续开展了8次"农业课程"的演讲。针对农作物的生命力、作物品种、农业产量，以及种子质量和对病虫害抵抗力的下降，提出了一种可持续发展农业的核心原理，这就是生物动力农业的雏形。

他说，农业所关切的每一部分，都紧密地与人类生活最宽广的面连接在一起。实际上，人类生活的每个领域都无法脱离我们的主题——农业。也就是说，从任何一个角度而言，人类生活的所有关切都将回归农业。

斯坦纳给出的基本原则是：因地制宜，进行多样化动植物平衡发展，拒绝化学制品，充分发挥不同生态物种间的互利作用。生产过程与产品的加工和销售环节结合，形成一个充分循环的农业生态系统。

1924 年，第一个有机农业团体在德国成立，它是有机农业运动的鼻祖和启蒙者。1997 年，德米特国际成立了在全世界范围有独立认证网络的生态协会，代表了全球 43 个国家 4200 多家达到德米特标准的产品生产者，成为全球最大的有机产品供应商。它的认证标准非常严苛，超过了世界各国政府现有的规定，获得了"有机农业的最高标准""有机中的有机"等美誉。

我不知道山羊山家庭农场是否完全符合这样严苛的标准，只是一厢情愿地想，如果我住在山羊山附近，一定要成为这里的常客。

又想起了在非洲高地中看到的原始人洞穴。人是群居动物，聚在一起，奔跑跳跃，呼啸山林，然后才能开始慢慢向前进化。一个人是不可能完成进化的，必有人群存在。现在人被分隔在无数水泥框架中，行路的时候也被圈在铁皮制成的小围挡里，这违反了祖先的规制。所以，人会不快乐，会得抑郁症。

好的食材充满了农家的诚意、老天的爱意，还有人类世代绵延的求生基本理念：自然、纯净、健康。

走出牛圈马圈，四周是和谐美丽的画面。如果下辈子投生做动物的话，我争取做一头在德米特生物动力农场的牛，晒着阳光，呼吸着没有 PM2.5 的空气，吃着象征吉祥如意的四叶草，喝没有污染的水。虽说最终也要成为盘中餐，生前福利还是不错的。

1980 年，中国农药产量不过 4 万吨；30 年之后，农药产量翻了近百倍。农药、除草剂、化肥、农膜、添加剂的广泛滥用，正在使我们赖以生存的土地成为最触目惊心的隐形杀手。

据说，现在的中国大陆，平均每个人每年要吃掉 2.67 千克农药。一想到每天我将咽下将近 8 克农药，就佩服自己的金刚不坏之体啊。

只有农业健康了，人才能健康。否则，一切健康都是沙上建塔、无本之木。

Gazing at Europe from Up in the Sky

05

你在食物台阶第几层

暗藏阶层的食品链条

阿富汗谚语说：食物可以抚平每个人的心情。

食品和食物这两个概念绝不相同，内部亦有明显等级。你可清楚？

本该一开始就将这两壁垒厘清，让读者心里有数。可如果不先下点毛毛雨，反倒容易糊涂，一如我刚开始接触这套学问时的迷茫。

食物的"物"是形声字，"牛"为形旁，"勿"为声旁。

在甲骨文中，这个字的左半部分是头"牛"，右半部分是声旁"勿"字，王国维认为"物"的本义是指"杂色的牛（毛色不纯）"。也有人认为"物"是"会意字"，右边是带血点的"刀"，会意"屠牛"。《说文解字》里说："物，万物也。"还是取了传统"杂色"之意。意思是："凡是有外形、有声、有色的东西都是物。"

说完了"物"，再来说"品"。这个字很直观，三个"口"组成。它是个会意字，意为"众多"。

这二者的区别在：

食物是未加工过的物品；

食品是经过人为加工处理的食物。

也就是说，食物是天然的营养物，种类繁多，是源于自然界的可以直接或者间接食用的自然资源。

注意哦，此东西有两个要点：

第一，来自自然界；

第二，能直接或间接食用。

食品则是经由食物加工而来的。按照《中华人民共和国食品安全法》的解释，食品对人体的作用主要有两大方面，即营养功能和感官功能。

恕我啰唆一下这个感官功能——能满足人们不同的嗜好要求，即对食物色、香、味、形和质地的要求。良好的感官性状能够刺激味觉和嗅觉，兴奋味蕾，刺激消化酶和消化液的分泌，因而有增进食欲和稳定情绪的作用。

饮食是一条纽带，将我们同大地土壤的成分以及太阳的能量联系在一起。你的晚餐和臂上的肌肉，来自数月之前的阳光和土地。

人类的饮食应回归大自然，多吃食物，少吃食品。

请想一想，你每天吃的究竟是什么？

超市里卖的基本上都是食品，很少有食物。概因食物不耐长途运输难以保存。在食物加工成食品的过程中，高温加压、灭菌、冷冻等手段，使得食物原有的营养成分被大规模破坏。

这么说有点枯燥，拿常见的小麦举例。在田野中收获的麦穗，是食物。磨成面粉，就把小麦从时间和空间的桎梏中解放出来。它色泽雪白，从此可以走很远的路，储藏很长时间，但它有个致命弱点，就是除了热量，几乎不包含维生素和其他的营养物质。大部分的蛋白质、叶酸、B族维生素、抗氧化物，还有宝贵的欧米伽6脂肪酸……都随着种皮和胚芽等的去除，魂断命丧。说句不中听的话，面粉是麦宫中的阉人。

这种对碳水化合物的残酷加工，用霹雳手段简化了食物的丰富内涵，无情剥去了天然植物中的大部分营养素，只求运输便利和卖相好看。单纯的热量远比复杂的营养素更容易保存。比如把甘蔗提炼成砂糖很简单，但保存新鲜甘蔗就是难题，甘蔗一旦霉变可引起急性食物中毒，病死率在10%以上。就算中毒者保住一条命，也可能遗留神经系统后遗症。新鲜水果都是这脾性，容易招虫并很快腐坏。

待到自以为是的人们，痛苦地发现了食品中的营养素缺乏，就兵来将挡水来土掩地添加各种维生素和营养成分。遗憾的是，科学技术至今只能集中添加几种最重要的营养素，并不能全面弥补粗暴的删繁就简引致的致命破坏。你能够把一粒麦子磨成面粉，但是你能把一小撮面粉复原成一粒完整的麦子，而丝毫不减少它的生物活性吗？精加工的产品，很大程度上增加了糖尿病、心脏病和癌症的发生概率。

现在来说说食物分级。请在你脑海中，搭建一座有4个阶梯的金字塔。最底下一层是第一级，为无公害食品。

一言以蔽之：此等食物无毒。

你或许惊讶发问，难道食品的本质不应该无毒吗？还需特别标示这个等级吗？

抱歉，的确如此。你可以据此展开合理想象，也就是说，现在入口的某些食物，如果没有这个标注，也并非是比此等级更高的食物，它很可能有毒有害。

呜呼！

标准的无公害食品定义如下：

产地环境符合无公害农产品的生态环境质量，生产过程必须符合规定的农产品质量标准和规范，有毒有害物质残留量控制在安全质量允许范围内。

也就是说，这类产品在生产过程中，允许限量、限品种、限时间使用人工合成的安全的化学农药、兽药、肥料、饲料添加剂等。

请记住，这是金字塔的底座，是食用标准最宽的产品。按说，普通食品最起码应达到这一要求。

多年以前，我写过一篇文章，叫作《药不死的城里人》。近年来，经常在中老年朋友的微信朋友圈里传来传去，说的是农村老汉奇怪城里人为什么吃了那么多农药还没死。我当时听了这话，为自己的生命力顽强自惭。不过，暂时药不死不等于长久被药也不死，来日方长。

我们爬上食品第二台阶——"绿色"。

当年欧美和日本等发达国家，在率先实现了工业现代化后，着手实现农业现代化。随后，他们的食品供应进入极大丰富阶段，不过意想不到的变化也随之发生。

正常田野中是有虫子的。虫子除了吃庄稼，顺便对虫媒花植物传花授粉。聪明的人们发明了3万种以上的农药，杀灭了虫子，控制了虫害。也伤害了蜜蜂、青蛙……同时导致一些蔬菜瓜果无法传粉。

发现果实不成熟后，聪明的人们又发明了催熟激素，使得某些蔬菜瓜果如西红柿、黄瓜、草莓、西瓜等单性结实。

由于杂草与庄稼争夺营养、水分和空间，人们发明了除草剂，暂时控制了杂草，但也使杂草产生耐药性，变得更加顽强。除草剂也消灭了土壤中的微生物，固氮菌消失，原本可以将多余氮素还原为大气中氮气的反硝化细菌也受了伤害。没有了杂草呵护的光板农田，一遇到雨，极易发生水土流失。

土壤中的有益微生物，特别是固氮、解钾、解磷的微生物被消灭后，农田缺乏必要的养分。人们又开始依靠氮、磷、钾为主的化肥补充，导致土壤酸化，重金属物质加速溶解。它们富集于农作物和畜禽体内，进入人类食物链，其中某些具有致癌作用且很难排出。人体成了被污染的大本营。这种污染具有隐蔽性、累积性和长期性，潜移默化、积少成多。

人们现在集中使用的肥料是氮、磷、钾。

可蔬果并不是仅仅依靠这3种物质，就能够达到最佳状态。除了巨量营

养素之外，要想长得好，植物还需要很多种不同的矿物质。想想看吧，多么大的差异！人们发现了这个问题，开始给植物补充微量元素了。以目前的科技水平和认知，人类对土壤微生物的了解尚不足 5%。换句话说，我们根本不知道土壤微生物这个庞大而神秘的军团是如何运作的，也不知道植物生长过程中营养元素的关系是如何构建的，无法生产出模拟自然土壤营养组分的化肥。也就是说，各种植物所需微量元素不同，人们始终无法破解上帝藏在土壤中的深奥密码。

被人工合成化学肥料繁饲的植物，带着与生俱来的先天性缺陷，被现代人们吃了进去。同样，需要很多种矿物质的人们，产生了形态各异的缺陷。

土壤是万物生存的基础

一棵植物就像一个人，人要是缺乏了抵抗力，就会得各式各样的疾病，植物同理。它若因缺乏营养而虚弱不堪的话，就会在细菌和害虫入侵时，非常易感染，虚弱致死。怎么办呢？人类又发明了农药，比如杀真菌剂、除草剂、杀虫剂，以避免损失。害虫们也不是善茬，一部分无奈死去，残存者则吸取教训，改变自身结构，对抗人类的化学武器。虫子们励精图治后，终又卷土重来，再次兴风作浪。人类祭起化学武器，咦，怎么不灵了？大惊失色，只好继续研究出一种新的农药，又一次马到成功。然而，天下幸福有种子，悲伤和抵抗也有种子，病虫害们化悲痛为力量，不屈不挠，再次变革维新……

现代农业，就在化肥和农药的旋涡中不断挣扎，为人类提供既有缺陷又营养不全，外带含有多种农药残留的农产品，以供自以为聪明得计的人类享用。

人类生命始于食物与水。当没有包含天然营养成分的食物可以入口、没有含纯净天然矿物质的水可以入喉的时候，人体的缺陷和衰竭、中毒和疾病层出不穷，也就顺理成章了。

科学家们给小鼠做实验。长期喂饲它们不超过其耐受量的混合了杀虫剂和农药的食物，结果雄鼠显著变胖、发生脂肪肝和葡萄糖不耐受，雌鼠发生空腹高血糖症、肝脏氧化应激增加、肠道菌群相关的尿液代谢物受影响。雌鼠体重和死亡率显著增加。

这报告你看着是不是有点眼熟？我们人类也大规模地出现了这种变化。

关于农药的残留期，我看到这样一份报告：

666（注：农药名）是70年；

3911（注：农药名）和1605（注：农药名），均为18年；

滴滴涕（DDT）30年；

涕灭威（铁灭克）20年；

蕾切尔·卡森（*Rachel Carson 1907—1964*）

呋喃丹 3 年……

人们不断增加化肥和农药的施用量，踏上了一条不归路。联合国粮农组织（FAO）统计分析，目前世界平均每公顷耕地化肥施用量约 120 千克。我国化肥产销量从 1980 年的 1270 万吨增加到 2011 年的 6027 万吨，数量增加了 5 倍，增产效应却从 1：20 下降到不足 1：5。

2010 年，施用化肥量最多的海南、天津、福建和广东，都超过了每公顷 500 千克。预计到 2020 年，全国单位使用量也将接近 500 千克。过量施用后，比如施入量达到 21 克 / 平方米（折纯后施氮量约 456 千克 / 公顷）时，土壤细菌数量急剧下降到接近零，严重破坏了土壤微生物生态链，使土壤失去活性功能成为死土。化肥成为土地鸦片，它以摧毁土地地力为代价得到产量的短期愉悦。效益逐年降低时，就加大投入的化肥量，饮鸩止渴。用农民的话说：土地越来越馋。

正常情况下土壤微生物总是饥饿状态，化肥给了土壤微生物一个巨大而偏食的量，一部分微生物迅速占据优势，原本均衡提供植物养分的微生物种群变得畸形单一。多样性被破坏，生态链被毁灭，对植物有害的真菌类微生物增加。

早在这一切在美国等发达国家大规模兴起之时，一位名叫蕾切尔·卡森的美国女作家就勇敢地站出来，她写下了一本振聋发聩的书《寂静的春天》。

书中写道，1962 年，密歇根州东兰辛市为消灭伤害榆树的甲虫，向榆树大量喷洒 DDT（滴滴涕）。甲虫死了，树叶上也沾满了 DDT。秋天到了，榆树落叶，树叶融入泥土。土里的蚯蚓吃了树叶，体内摄入了 DDT。春天到了，万物复苏。蚯蚓生活在潮湿肮脏的腐土中，活得优哉游哉。

达尔文晚年写过一部著作，名为《腐殖土的产生与蚯蚓的作用》，发表于其离世前一年，那时他已经因写出《物种起源》巨著而享誉世界。能让功成名就的达尔文大动干戈地进行研究，可见蚯蚓是个狠角色，达尔文写道：我们很难找到其他的生灵像它们一样，虽看似卑微，却在世界历史的进程中起到了如此重要的作用。

东兰辛市的知更鸟吃了蚯蚓，一星期后，全市知更鸟几乎全部死亡。11条蚯蚓就能给知更鸟送上一份恐怖的礼物，它们身体富集的DDT加在一起，是致死剂量的毒药。知更鸟只需几分钟时间，就能吞进十几条蚯蚓。

卡森的书名是一个悖论。春天本应百鸟啼鸣，何来"寂静"？布谷鸟为何不再鸣叫，燕子为何无法呢喃？黄鹂不再鸣翠柳，白鹭不能上青天，为什么？是谁扼住了它们的喉咙，是谁最终杀死了它们？

蕾切尔·卡森从小就对大自然有浓厚的兴趣，喜爱鸟、昆虫和花朵，她的理想是当一名作家。她在宾夕法尼亚女子学院学习生物学。毕业后一边教书，一边在海洋生物实验室读研究生，后进入美国渔业局，成为专题广播的撰稿作家。她最初的著作主要描绘大海和海洋中的生物，准确深刻，优美抒情。

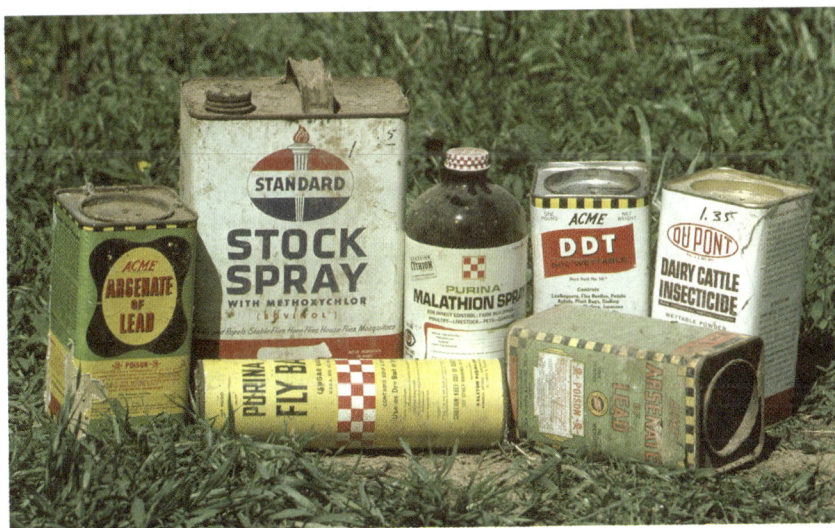

被广泛使用的 DDT 等各类农药

1951年出版的《环绕我们的海洋》，连续数十星期登上《纽约时报》畅销书排行榜，还获得了"国家图书奖"，被翻译成多种语言。

她在《寂静的春天》中悲愤写道：全世界广泛遭受治虫药物的污染，化学药品已经侵入万物赖以生存的水中，渗入土壤，并且在植物上布成一层有害的薄膜……已经对人体产生严重的危害。除此之外，还有可怕的后遗祸患，可能几年内无法查出，甚至可能对遗传有影响，几个世代都无法察觉。

朋友们，古时候，食品安全并不是个问题，除了潘金莲等成心下毒。现在，人为制造的毒祸已四处蔓延。

卡森写这本书的时候，已身患癌症，十分虚弱。她刚开始是想写本小册子，在阅读了数千篇有关研究报告和文章之后，她觉得小册子说不完，拖着病体，用了5年时间，完成了《寂静的春天》。她向人们描绘了从陆地到海洋，从海洋到天空，化学农药的全方位危害，艰难地开启了环境保护运动之门。两年之后，卡森心力交瘁，与世长辞。

书籍通常是柔弱且悄无声息的，但《寂静的春天》如滴血匕首，撕下了DDT的邪恶手套。

DDT到底是何方神圣？

它是人工合成的多种昆虫接触性毒剂，毒效很高。DDT的发现者、瑞士化学家保罗·赫尔曼·米勒，因此获1948年诺贝尔生理学或医学奖。DDT会积累于昆虫的体内，这些昆虫成为其他动物的食物后，那些动物，尤其是鱼类、鸟类，也会中毒。DDT让人类付出惨痛代价。它破坏了从浮游生物到鱼类到鸟类直至人类的生物链，使一些食肉和食鱼的鸟类接近灭绝，让人患上慢性病症和各种癌症。所以像DDT这种"给所有生物带来危害"的杀虫剂，"它们不应该叫作杀虫剂，而应称为杀生剂"。

《寂静的春天》出版后，引起极大震动，人们猛然意识到危险迫在眉睫。由于侵犯了某些产业集团的切身利益，卡森备受攻击。

从事除草剂、杀虫剂生产的美国公司说，如果人人都忠实地听从卡森小姐的教导，我们就会返回到中世纪，昆虫、疾病和害鸟害兽也会再次在地球上存续下来。

工业巨头孟山都化学公司出版了《荒凉的年代》，该书为化学杀虫剂评功摆好，说它如何大大减少了疟疾、黄热病、睡眠病和伤寒等病症，威胁说，一旦禁止使用化学杀虫剂，昆虫会大肆猖獗，人们将疾病频发，这会给人类，尤其是女性带来极大麻烦，会导致千千万万的人冻饿而死。

《星期六晚邮报》撰文抱怨说："一本名为《寂静的春天》的感情冲动、骇人听闻的书，弄得美国人都错误地相信他们的地球已经被毒化。"有人甚至对卡森进行人身攻击，挖苦她"没有结婚，却不是女权主义者"，诬蔑她是"恋鸟者""恋猫者""恋鱼者"，说她是"歇斯底里的没有成婚的老处女"。批评者当中有很大一部分来自化工产业，他们担心这本书会使自己生产的产品销量受到影响，因此对此书大加指责。

好在历史公正。克林顿时代的副总统戈尔在为《寂静的春天》中文版所作的前言中说："给《寂静的春天》作序有一种自卑的感觉，因为它是一座丰碑，它为思想的力量比政治家的力量更强大提供了无可辩驳的证据……如果没有这本书，环境运动也许会被延误很长时间，或者现在还没有开始。"

在各方面的努力下，DDT 于1972年在美国被禁止使用。此书还被译成法文、德文、意大利文、丹麦文、瑞典文、挪威文、芬兰文、荷兰文、西班牙文、日文、冰岛文、葡萄牙文等多种语言，激励着所有这些国家的环保立法。

戈尔还说："我们自己禁止使用了一些农药，但我们仍然生产，然后出口到其他国家。这不仅使我们陷入一种以出卖自己不愿意接受的公害并从中获利的状态，而且也反映出了在对科学无国界观念的理解上的原则性错误——毒杀任何一个地方的食物链最终会导致所有的食物链中毒。"

以前的食物比较耐吃，细水长流地润泽着我们的身体。它需要时间的积累和沉淀。被化肥催着快马加鞭生长的物产，肯定不好吃。这是浮士德式的交易——牺牲长远利益，获得近期利益。卡森在公开演讲中曾大胆断定，杀虫剂问题会因为政治问题而永远存在，清除污染最重要的是澄清政治。

长时间以来，我们为孩子规定出一个对农药残余物的忍耐水平，但这个水平超过了他们应有水平的几百倍。DDT 有高稳定性和持久性，农田用一次药后 6 个月，仍可检测到 DDT 的蒸发，极难降解。DDT 污染的脚步轻松跋涉万水千山，灰尘可飘移到 1000 千米以外。连世外桃源的南极也不可幸免。在融化的雪水中仍可检测到 DDT，企鹅的血液中也检测出这妖孽。DDT 已被证实会扰乱生物的激素分泌，鸟类会产软壳蛋而不能孵化，美国的国鸟白头海雕因此几乎灭绝。

2001 年《流行病学》杂志提到，科学家通过抽查 24 名 16 到 28 岁墨西哥男子的血样，首次证实了人体内 DDT 水平升高会导致精子数目减少。它具有肝毒性，会引起肝肿大、肝小叶中心坏死，还会改变免疫功能，阻碍抗体产生。

DDT 轻度中毒可出现头痛、头晕、无力、出汗、失眠、恶心、呕吐，偶有手及手指肌肉抽动震颤等症状。重度中毒常伴发高烧、多汗、呕吐、腹泻；神经系统兴奋，上、下肢和面部肌肉呈强直性抽搐，并有癫痫样抽搐、惊厥发作；出现呼吸障碍、呼吸困难、紫绀，有时有肺水肿甚至呼吸衰竭；损害肝肾脏器，使肝肿大、肝功能改变；少尿、无尿、尿中有蛋白、红细胞等；对皮肤刺激可发生红肿，有灼烧感、瘙痒，还可有皮炎发生，如溅入眼内，可使眼睛暂时性失明；吸入 DDT 蒸汽亦能引起中毒。

人群慢性中毒的症状：食欲不振，上腹及右肋部疼痛，并有头痛、头晕、肌肉无力、疲乏、失眠、视力及语言障碍、震颤、贫血、四肢深反射减弱等。有肝肾损害、皮肤病变，心脏有心律不齐、心音弱、窦性心动过缓、束支传导阻滞及心肌损害等。

好，关于臭名昭著的 DDT，声讨暂告一段落。

从 20 世纪 70 年代开始，一些国家开始采取经济措施和法律手段，鼓励、支持本国无污染食品的开发和生产，它们被称为"绿色食品"。还有相似的

看似安全的食品，真的安全吗

名称和叫法，如"生态食品""自然食品""蓝色天使食品""健康食品""有机农业食品"等。国际上对于保护环境和与之相关的事业习惯冠以"绿色"字样，中国就把达到这类标准的食品，统称"绿色食品"。

它的特定图形——上方的太阳、下方的叶片和中间的蓓蕾——象征自然生态。标志图形为正圆形，意为保护、安全。颜色为绿色，象征生命、农业、环保。它的具体要求如下：

1.产品或产品原料的产地，必须符合绿色食品的生态环境标准。

2.农作物种植、畜禽饲养、水产养殖及食品加工必须符合绿色食品的生产操作规程。

3.产品必须符合绿色食品的质量和卫生标准。

通过绿色食品认证的产品，可以使用统一格式的绿色食品标志，有效期为3年。

细分起来，绿色食品又分为A级和AA级两种。A级绿色食品生产过程中允许限量使用限定的化学合成物质。AA级绿色食品则是不能使用任何有害化学合成物质。

好不容易啊，咱们爬上了食品安全的第二个台阶。第三个台阶在向我们招手，赫然写着"有机食品"。

到底啥叫有机食品？

1939年，有人首次提出了"有机耕作"的概念，意指整个农场作为一个整体的有机组织而生产物产。和它相对的，我原以为是"无机耕作"，其实不是，是化学耕作。

以我的医学知识，我知道从物质化学成分来看，所有食品都是含碳化合物组成的有机物质，就没有非有机食品。如果从化学角度说，把某种食品列为"有机食品"，站不住脚。那么，请记住，现在人们所说的"有机"，不是化学概念，而是特指采取了整体协调的耕作和加工方式的完整体系。

有机认证可以说是一个硕大无比的框，涉及一切农副产品及其加工品，包括粮食、食用油、菌类、蔬菜、水果、干果、奶制品、禽畜产品、蜂蜜、水产品、调料等等。只要不使用化学农药、化肥、化学防腐剂等合成物质，也不用基因工程生物及其产物，就可以归入其类。

中国有机产品的标志主图案由三部分构成。外围圆形，中间是种子图形，周围有环形线条。

圆形象征地球的和谐、安全。圆形中的"中国有机产品"字样为中英文结合方式，表示中国有机产品与世界同行。类似种子的图形，代表生命萌发，勃勃生机。周围圆润线条象征环形道路，与种子图形合并构成汉字"中"，寓意有机之路越走越宽广。

有机产品除有机食品外，还包括棉、麻、竹、服装、化妆品、饲料等"非食品"。它的判断标准：

1.原料来自有机农业生产体系或野生天然产品。

2.有机食品在生产和加工过程中必须严格遵循有机食品生产、采集、加工、包装、贮藏、运输标准。

3.有机食品生产和加工过程中必须建立严格的质量管理体系、生产过程控制体系和追踪体系，因此一般需要转换期。

生产基地要在3年内未使用过农药、化肥等违禁物质。有机种植转换需2年以上转换期。生产全过程必须有完整的记录档案。

加工时，原料必须是已获得有机颁证的产品或野生无污染的天然产品，在终产品中所占比例不得少于95%。只使用天然的调料、色素和香料等辅助原料，不用人工合成的添加剂。在生产、加工、贮存和运输过程中应避免化学物质的污染。加工过程必须有完整的档案记录，包括相应票据。

20多个农残指标由"限制数量标准"变为"零残留"，均要求不得检出。

有机生产规模较小，人力投资大，风险成本及运输成本也相对高昂，所以售价较贵。一般比普通食品价格高出30%—80%，有机蔬菜的价格更是普通蔬菜的2—3倍。不过，账也有另外一种算法。常规农业并没有将环境成本如污染、泥土肥力下降等损害计算在内，如果将环境成本反映在价格上，常规农产品和有机农产品的价格差不多。

常规农业转换有机农业刚开始阶段，会出现减产，特别是原来严重依赖化肥与农药的地区。有机农业采取非化学方法防虫，使用薄荷、天然除虫菊（提取液）、石灰、硫黄等天然防虫物质，不允许使用基因工程技术。

即使是外行人，也会发现生产有机食品很难，不过一番辛苦换来的果实，显示含有较多铁质、镁质、钙质等元素及维生素C，而重金属及致癌的硝酸盐含量则低，味道较好。

有机农业开放的动物饲养方式，让动物有足够空间伸展活动，增强动物的抵抗力，减少疾病发生。

有机食品保质期较短，味道鲜美，不含农药、化学添加剂和转基因成分，长期食用有机食品，可使免疫力提高，体质提升。不妨想一想，你愿意把钱给农民还是给医院呢？

从营养角度讲，有机食品的营养价值不一定就比常规食品高。英国食品标准局研究显示，有机产品和常规产品在营养方面的差异很难判别出来。

我有一位朋友面对这组数据时说了一句意味深长的话：我吃有机食品，不在乎它多了营养，只在乎它少了毒素。

全球有机食品市场以年均 20%—30% 的速度增长，其中有机认证采用了 67% 的德米特标准。

绕了一个大圈子，又回到了德米特。不错，它是食品金字塔的最高一层。现在我们来说说它。

第四台阶德米特。

被授权使用德米特商标，表明该产品在严格意义上符合国际德米特生产和加工标准，在整体上高于各国有机标准。

全球有超过 5000 家德米特有机农业社区，向高端市场输送出约 20000 种商品，其中包括顶级化妆品和时尚用品。

我们不可能人人都去种植有机农作物，但可以从购买有机食品做起。一位研究有机农业的博士说过这样一段语重心长的话：支持农业的可持续发展，每 5 户消费者加入，就可以让一亩土地脱毒。每 10 户消费者加入，就可以让一个农民有机耕作。每 100 户消费者加入，可以让 5 个年轻人留在乡村工作，每 1000 户消费者加入，就能有一个可持续发展的乡村。

德米特，是食物金字塔尖上的宝珠。

你我现居于食物金字塔的第几层？

细细思考感觉不妙，大多数人包括我自己，现都藏在金字塔的地下室中，连一级台阶都没上。人要好好地活下去，就要汲取天地之精华为生命动力。但如何汲取呢？天那么高，地那么厚，只有靠植物、动物和水。它们滋养了我们的细胞，活的细胞就像温和的火焰，燃烧以维持生命。如果它们是干燥而富有油脂的松枝，那火焰该多么美丽而蓬勃。如果它们是潮湿、阴冷、肮脏的垃圾，那火焰将是怎样阴郁低闷，甚至完全不能提供温暖和光芒！

别泄气，今后咱们努力向宝珠攀登。

Gazing at Europe from Up in the Sky

06

你可认识生产你所吃
食物的农夫

欧洲乡村农舍

你可认识生产你所吃食物的农夫？

　　问你。

　　你一定觉得我疯了。现在的城市里，有谁能认得生产自己所吃食物的农夫？没有人认得。你吃的是"五常大米"，有几个人知道五常在哪里？而且那里的大米，很可能是由全国各地的大米改头换面而成的。也就是说，大米的籍贯是"一常""二常""三常"……就算真是五常的，谁知它是从五常哪块土地生长的呢？你吃的新鲜的"阳澄湖大闸蟹"，据报载，今年还没开始捕捞呢！你吃的越南紫番薯，其实是广西种出来的。你吃的山东大葱，原来是东北产的，保不齐还有毒……

　　回想几十年前，或者再说远一点，100年前，人们都清楚地知道自己的食物是什么人生产出来的。

我们的食品购买方式，发生了翻天覆地的改变。超市里裹在透明保鲜膜中的盒装菜品，鲜艳夺目。一个电话或是指尖一动，就有外卖小哥风雨无阻地把餐食送上门来……我们以为这是方便，殊不知其中蕴含着巨大的风险。人们已然偏离了自然哺育了我们几十万年的营养方式，危机步步紧逼。

　　并非都是如此。

路边的有机农作物小店

这天，我们在法国某小镇附近，看到了一家专门售卖有机食品的小店。门脸真小啊，根本没库房，铺面拢共只有十几平方米。屋里也不点灯（有灯但是没拉亮），只靠敞着的铺门，透过一方天然狭长光影照明。也无柜台，当中安放一张桌子，桌子上摆放着一些纸盒，盒里散乱地堆放农户刚刚采摘下来的蔬果。若不是那些农产品价签上写着欧元标志，恍惚觉得一步踏入几十年前的中国乡村小铺，马上会听到乡音招呼。

我注意了一下价钱，祖孙三代的番茄，腰围从少女到大妈的黄瓜，饱经沧桑的茄子……定价基本在每磅2欧元左右，折合人民币十几近二十块钱一斤。

正端详着，风风火火走进一位中年妇女，亚麻色的头发被汗水浸湿，像块麻袋片般贴在额头上。鼻梁周围有很多雀斑，脸膛红褐。这让她略显倦怠的面庞，像撒了黑芝麻的红糖饼。披一身燥热的太阳气息，肩膀歪斜，概因右臂扎一草篮，篮里盛满了鸡蛋。

小店里的有机面包

这些鸡蛋的来历有谁知道

"刚刚从草丛中捡回来。"她朝我们笑笑，轻轻放下篮子，抚摩着一个个鸡蛋说，好像那是一堆特大粒珍珠。

突然涌上一阵莫名感动。现今世界，还有多少女子，能每天在草丛中捡拾母鸡刚刚下出来的鸡蛋呢？但100年前，这几乎是所有农家女子的必修课。

鸡蛋上沾着的母鸡体内的黏液似乎还未完全干透，从特定角度可以看到透明反光。有些蛋壳上有草棍和泥沙，脏兮兮的样子。

我静静地看着她，看她欲将这些刚刚离了鸡屁股的蛋宝宝如何处置。

她在屋里歇息了一下，然后又扛着篮子，走到屋外。我这才注意到，屋外土路旁，孤零零地立着一台冰箱。冰箱边上放着一摞马粪纸空蛋托。她从冰箱内拿出一个没盖的马蹄铁盒子，内有零散欧元。

我一时没弄明白，难道欧元也需要冷藏保存吗？

法国乡间女子将篮中的鸡蛋一个个小心翼翼放进冰箱。然后，把欧元数了数。

她朝我得意地笑笑说，昨天的鸡蛋都卖出去了，一个都没剩。

我不解地问，难道鸡蛋不是您亲手卖吗？

法国乡间女子说，我每天把鸡蛋捡回来，就放在冰箱里。凡是需要鸡蛋的人，就到冰箱这里把鸡蛋取走。我备了蛋托放在旁边，买了鸡蛋的人把鸡蛋放入蛋托，能保证在路上不会碰伤鸡蛋，安然带回家。人们需要几个就拿几个，大家都知道价钱。带走了鸡蛋的人们，会把钱留在纸盒里。

我问，鸡蛋钱数对得上吗？

她吃惊地扬了扬眉毛，稀疏的亚麻色眉毛像一道被揪紧了的细绳。我很快明白了我的问题不相宜。不过，她还是回答了我。当然，钱数对得上，从来没少过。有的时候，还会多出来一点点，那是来买鸡蛋的人没有正合适的零钱，放下整票，没有拿走应该找回的零头……

蓦然涌上几个古老的中国词语——"路不拾遗"啊，"童叟无欺"啊，都有点像，但又都不全像，无法完全对上此刻的榫卯，求个神似吧。

我说，您的鸡蛋与工业化生产的鸡蛋有何不同？

法国乡间女子想也没想答道，他们的蛋壳更结实，蛋黄膜更厚，不容易散黄，吃起来口感更好。

说着她把手伸出来，掌心向上，将拇指和食指反复合拢张开。我以为她要"点赞"或是打出"OK"的法式手势，不想，她接着说，我鸡蛋的蛋白和蛋黄，放在手心里不散，还可以用手指捏起来，它们更有益于人体健康。

想起自己的主妇生涯，惭愧。自己和家人似乎从未吃过可以用手指捏起蛋黄的鸡蛋。真想掏出散碎银两，买个冰箱里的鸡蛋敲开，用手指捏一捏紧实而有弹性的蛋黄。不过，蠢蠢欲动终是没敢付诸行动。让鸡蛋的主人看到外人只是为了满足好奇而暴殄天物，甚为不妥。不必验证，我信她。希望读到这段文字的你，也能信这山野中吃小虫、稻谷，喝山泉的母鸡所产鸡蛋，天赋异禀。

我问她，你店里的有机农产品好保存吗？

她反问道，为什么要保存它们？现收获现吃不是最好吗？

我深叹一口气，这才是真正的奢侈。

我还不死心，问，万一需要保存几天，那么比之一般的蔬果，如何？

亚麻色头发的女子略微沉吟了一下，说，我已经很久没有吃那种施了化肥和农药的农产品了。不好比较。如果一定让我回答，我觉得有机农产品更不容易保存吧。

我说，我看过一些文章，说成熟的有机农产品不会腐烂，只会慢慢干枯。

亚麻色头发的女子说，我不知道这个说法，只是从自己的经验出发。因为城市一旦变得很大，生产普通农产品的基地，不知道自己的产品要走多远的路才能登上人们的餐桌。为了让产品有一个好卖相，他们会在果实比较青、还没有完全成熟的时候就摘下来，然后再打蜡或是喷保鲜剂，这样蔬果才能经得起长途跋涉。所以，大农场的农业产品，应该更耐储藏。我们不一样，会在蔬果成熟的最佳时间，把它们采摘下来，让它们适时走到食用者口中。这样果实保持最好状态的时间，必然有限。

这个困扰我的问题，终于得到满意回答。到底有机蔬菜是否耐储存，要看它离开枝头的时间。最丰饶的时光，十分短暂。

巨大的城市里，有多少人能吃到当天的蔬菜、当天的肉蛋呢？连工厂制造的食品，也常常惊闻"早产"信息。日历还没到那个时辰，食品的出厂日期已提前登场。人们渴望的新鲜，变成大工业化食品的遮羞布、障眼法。

在欧洲小镇，返璞归真的农业生产方式和小小的乡村小店，编织成一张短小而娇弱的网，让尽可能在天然渠道里生长出来的新鲜而富有活力的营养物质，密集地流向已经被现代农业方式生产的作品荼毒的人类身体。

我说，你的有机食品，是不是比那些不是有机的食品价格要高一些？

法国乡间女子拢了拢耳边散乱碎发说，是要贵一些，因为我付出了更多的劳动。但你要是为了自己的身体健康，就不在乎这多出来的一点钱。如果我的鸡蛋和菜不贵一些，我就坚持不下去了，大家也就吃不到安全的鸡蛋和菜。我喜欢德国人的一个说法，他们不承认世界上有"物美价廉"这回事，只要是好的东西，必定要花费更多的心血，当然是要贵的。为什么我的心血要廉

农家的菜园

价出售呢?

甚是有理。

为了保证自己身心轻安,能够在苍茫的岁月里坚韧而有趣地活着,我们需要确保自己进食的是安全有益的食品。

人的躯体包含了这个地球上绝大部分的物质,天然的有机和无机物质,构成了我们赖以生存的物质世界。一切存在都被这个基础承载,包括我们的智慧和思索。想象是思考的最高形式,直觉是意志的最高形式,灵感是情感的最高形式。

自然界的结构和平衡与人息息相关。这深不可测的关系,我们只有顺应,不可违背。

关于这个至简、至关重要的真理,很多人或是忘记或是成心不去理解。

有人振振有词道,不用农药化肥可以种出粮食?我不信。

试问,化肥农药才用了多少年?我们的祖先几千年来从未用过这些化学品,大地不是一直都在哺育着我们吗?

说了半天吃的。再来说说住的。

"高能耗"是现在中国建筑的最大问题。住宅如何降低能耗甚至达到"零能耗",凭我这个科技盲,实在想象不出来。

看到一篇介绍日本"零能耗"房屋的文章,让我深受启发。摘录如下:

零能耗住宅是指在任意气候条件下,通过科学设计和选材,使室内温度保持在人体舒适温度——16至26摄氏度范围内。

可能你要说,这并不太难啊。夏有空调冬有暖气,解决啦!

请注意，零能耗住宅是在做到这一点的同时，基本上不消耗煤、石油等不可再生的能源。

你或许觉得这不可能。我要告诉你的是，日本已经盖出了这样的房子。

你肯定会说，用什么样的材料才能完成这几乎不可能完成的任务？一定非常贵。

我觉得这种住宅的可贵，就在于它的耗资并不是太多，并非少数人才能享受得到的高大上住宅。日本受到海啸袭击的灾民，可在政府的资助（也不是太多，每户约合人民币20万元）下，自己再出资约合人民币300多万元，就能盖起大约有300平方米的小楼（这里面还包括了购买土地永久使用权的钱，约合人民币80多万元）。

怎么样，值得借鉴吧。我看你半信半疑，咱们详细说说。

整栋住宅屋顶上，安装太阳能液晶板，费用约合人民币12万元，政府和个人各出一半。

产出的电，优先供自家使用。用不完，可卖给电力公司。正常情况下，一个月卖电可收入人民币1200元。碰到阴雨天，太阳能发电不足，电力公司的电就会自动输入。

有了电，烧饭煮菜就用电磁炉。

取暖也用电烧热水的供暖系统。42摄氏度的热水，人即使碰到，也不会被烫伤，洗澡也用这个水。

因为不用煤气，就省去了管线，安全。

房屋墙体上安装了冷热空气交流器，用自动装置来加热和制冷空气，以保持空气新鲜舒适。

自己大约出70%的钱，就可以把这个房子造起来。日本政府的计划是：

2020 年，日本新建住宅，要有超过半数达到零能耗住宅标准。2030 年，日本所有住宅都必须按照零能耗住宅标准建造。

我们不知何时才能有具体可行的零能耗住宅可供选择。

我们现在可以有机会购买有机生态食材了。有资深业内人士提示我们在购买时的注意事项。我择要点和大家分享。

1. 别相信凭着什么地理标志、著名产地、核心产地、朝廷贡品等标签就能来采购。理由嘛，很简单。首先，这些都是可以造假的。人类社会进步了，但人性的阴暗并没有深刻改变。我从来不对人性寄予过高的一厢情愿的信任。再从技术层面来说，这些五花八门的名头，并不等同于有机安全食材。细究起来，这些标签本质上和食品安全并无必然关系。比如地理标志产品，只证明该产品出产于特定地域，但没有什么地理屏障能保证一定没有污染。至于朝廷贡品，我情愿相信它是美好的故事，听听可以，凭着它来决定自己的入口大事，稍显轻率。

2. 别相信什么名人背书或媒体的广告轰炸。

很多产品会花大价钱在媒体上做广告。大咖、网红、明星等名人轮番登场，声嘶力竭地代言做广告。你可能喜欢某位明星演的戏，但这和要买的食物是否有机，一毛钱关系也没有。而且，越是铺天盖地地宣传，某种程度上你越要小心。我总觉得，有机农产品多是小本经营，无法规模化量产。如果铺天盖地做广告，大家都来买，能有那么多的产品供应吗？本身乃悖论。所以，提高警惕。

3. 别让口感牵着鼻子走。

口感并非一切，营养丰富、无毒才是硬道理。现在并没发现某人的口腔具有识别有机产品的能力，反倒是有一些化学物质颇能欺骗我们的口感。再说啦，有些人从小就吃着化学农业的产品长大，他们未必知道没有添加剂的食物是什么味道，已丧失参照系。

还有看外观的、闻气味的、以有没有虫子作为衡量标准的……皆为轻率。包括什么丑苹果啊、丑柑啊，一律不可轻信。丑，并不能保证有机。

4.别迷信偏远山区、深山老林等人迹罕至之处的产出物。这一条请谨记。

我坚信农药、化肥和除草剂，都是无孔不入的，它们的背后，有巨大的商业利益和人性卑劣的阴影。就算刚开始的时候还能保持纯真，随着需求量的增加和闻风而来的客户，只靠交通不便来保证有机产品的质量，不过是一厢情愿。

5.别盲目笃信亲戚的种养饲喂。我对人性从不抱有幻想，对亲戚也持有限度的信任。基本上除了亲妈，别人的种植都可适度怀疑。当然了，没有确凿证据，岂能随便怀疑他人，只是心里留有空白余地即可。这样，既不会盲目乐观、一往情深、感激涕零，也不会遗憾人心不古，动辄怀疑人生，自己较为平静。

6.别以为进口的产品一定比较保险。此一条，不必过多解释，外国的月亮不比中国圆，外国的食物也不比中国的安全到哪里去。

添加剂啦，化肥啦，农药啦，它们也一个都不会少。还有转基因更是神不知鬼不觉。同理，以为出口的产品就一定保险，也不一定。出口的未必就是有机的。两者不能画等号。捎带着说一句，某一阶段会疯狂地流行某种红透半边天的食物，比如富硒的、含铁的、含花青素的等，还有玛卡、藜麦……大体都不必迷信。

7.说到迷信，在食品领域还真是多见。比如迷信深山老林，迷信溜达鸡、笨鸡、土鸡、老字号、御厨、一脸苦相的老农、手被冻伤的孩童、满脸褶子的老大娘等，都是直戳人性的软弱部分，但他们和有机产品，并无连带关系。

而且以我有限的经验，越是大张旗鼓地宣传这些卖点，你越发要小心其心术不正。

如果说上面所写不过是个人的狭隘经验，那么，央视曝光"有机"蔬菜真相，更是振聋发聩。

摘要如下：

超市中的蔬菜通常有3种不同类别，无公害食品符合国家基本入市标准，绿色食品的标准要高一个档次，有机食品意味着更天然、环保、健康、安全，标准更高。

有机菜价格普遍比散装普通菜高出五六倍甚至十多倍。打着有机标的食品真是有机的吗？

在超市满满当当的"有机蔬菜"货架上，真正的有机蔬菜却没有几样，如果不仔细看，非常容易混淆。

记者购买了几个品种的有机蔬菜，经过追踪调查，超市售卖的打着有机标的蔬菜无法确认到底来自哪里，但可以肯定的是，它们不是认证码上显示的有机种植基地里生产出来的。随后，记者将在超市中购买的这几种带有有机标的蔬菜送权威检测机构检测，结果均检测出多种禁用农药的残留。

有机食物的本质，是以生命濡养另外的生命。现今想吃一口有机食物如此不易，竟生出上天无路之感慨。无论是个人智慧还是国家法度，都须重视起来并为之奋斗。

倘若有机食物有灵魂，此时应大声啸叫。

小飞机
欧洲行

Gazing
at Europe
from Up
in the Sky

07

住在科莱特故居

科莱特古堡酒店

法国的盘山路圈绕不止，转得人头晕。山顶处，一座由巨大条石堆砌而成的古堡，陡然出现在前，凛冽杀气扑面而来。苍茫暮色中，更显示出深不可测的傲慢与威严。

它已改造为享有盛名的酒店，但我们入住这晚，全店未见任何其他客人，氛围寂寥阴郁。服务生只有一位，不苟言笑。分发完钥匙，通知了晚餐时间，即刻隐身。日暝投宿的我们，按钥匙各自索骥，顿作鸟兽散了。

我分住二楼某房间。入得门来，发现内部构造复杂，蜿蜒曲折。一道古老细长楼梯，通向复式阁楼。沿梯曲折攀爬至顶，见狭小阁楼墙壁周遭都是奇形怪状小窗。观察琢磨后顿悟，它们是由枪眼射孔改造而成的。斗胆探身从窗洞望出，见陡直岩壁，深不见底。你可能要说，加一块拢共3层楼，何至于如此瘆人？我也没弄明白，只能以夜深人静或许看花了眼给自己壮胆。

天亮后才瞅分明，古堡修在悬崖边缘，故呈凌空之势。

室内昏暗，装修古朴，到处被覆花卉图案的壁纸、壁布，连帷幔和窗帘也是同一花形装饰而成。置身其中，宛如身处烂漫花园，只是灌入鼻翼的霉腐气息稍为扫兴。

好在晚上的法式大餐非常丰盛。胃的充盈，略微弥补了众人小心脏的惴惴不安。

餐厅很大，内饰奢华。只是灯光幽暗，便觉每道菜肴，都拖着灰黑阴影。

勃艮第的牛肉，阿登的火腿，里昂的香肠……还有不知是萨瓦还是诺曼底的干酪，外带蜗牛和鹅肝……据说是米其林三星大厨的手艺。

我腹诽：都说中国人什么都敢吃，但把一粒粒圆滚滚的蜗牛唆到敲骨吸髓这事，还是法国人生猛。牛排、羊腿均半熟，鲜嫩固是优点，但隐约可见的血水，引发杀戮的联想。多种菜肴都用葡萄酒调味，甜品中弥散着白兰地气息。

日暮时分的古堡，看起来颇为宁静

科莱特古堡酒店内部

晚餐后回到我那曲里拐弯的寝室，一时无法入眠。从前看到明清时代欧洲传教士所写文章，把当时的中国社会形容得状如天堂，心生疑窦：那时的封建帝国真有那么好吗？后来读书多了一点方才明白，不是真的美好如斯，而是工业革命前的欧洲，太过凶残黑暗。欧洲曾经混乱无比，没有大一统的国家。英国、法国、意大利等，均诸侯林立。单一个德国，就分为数百个小公国。形势如此，要想生存下去，各地割据的大小贵族，血液中流淌着与生俱来的搏杀基因。

除了一边养尊处优一边杀气腾腾的众领主们，中世纪欧洲的黑松林中，还奔跑着快乐的强盗。往好里说，他们是啸聚山林的好汉。往坏里说，就是流氓无产者流窜作案。此中代表人物，可推大名鼎鼎的罗宾汉。他以舍伍德森林为根据地，和兄弟们劫富济贫，拦路打劫，血洗庄园……一时间被传为美谈。射箭比赛中至今有一专门术语，就叫"罗宾汉"，它特指"你的箭，射中另一支已射中靶心的箭，并将前箭之身一分为二"。惊奇吧，这是何等身手，何等传奇！或许罗宾汉只是一个穷人喜欢的传说，并非严谨史实，但其中透露出的历史和民意，你不得不敬佩。

晚餐时得知，这家酒店原是科莱特故居。此人是法国20世纪最著名的女小说家，文坛奇女子。

她全名叫西多妮·加布里埃尔·科莱特，1873年出生于法国勃艮第地区约讷省乡间。童年幸福，深得妈妈喜爱，由此发展为率性自爱、我行我素的性格。她爸爸爱好写作，有个名叫威利的朋友，算是个文学掮客，常来家中做客。后来，科莱特家道中落。1893年，科莱特20岁，风华正茂。她不顾家人的反对，决意嫁给了比她年长15岁的威利。

婚后两人定居巴黎。威利的文学鼻子很敏锐，嗅出新婚妻子科莱特深具文学天赋，开始竭力督促她创作小说。年轻的科莱特在丈夫精神鞭笞下，完成了《克罗蒂娜》四部曲。狡猾的威利开始摘桃子了。他贪天之功，据为己有，厚颜无耻地在书上署上自己的名字，将真正的作者淹没于黑暗之中。1906年，科莱特33岁了，她断然离开这个文学投机商，与威利分道扬镳。她曾居住在美国作家巴涅家中，彼此碰撞出了短暂的风流韵事。虽最终未成眷属，但科莱特直到去世，都一直和巴涅保持着友谊。

后来，她到巴黎的舞场工作并坚持写作。

科莱特特立独行，与女演员贝尔贝夫坠入了情网。科莱特相貌清丽，有时也会参与演出，她和恋人合作表演哑剧时，公开在舞台上接吻。这在那么多年前的巴黎，真是件惊世骇俗的事，一时被人们广泛传播。关于和女子接吻之说，坊间也有另外版本。说是 1907 年，科莱特在红磨坊观看表演时，跑到舞台上亲吻了另一名女子，差点引起骚乱，连警察都出动了。

科莱特的同性恋情以悲剧结尾，贝尔贝夫的相关剧目后来被禁演，两位女子也被明令禁止在一起生活，并不得合作。科莱特不理这一套，冒着种种禁忌，将她们的亲密关系又维系了 5 年。准确地讲，科莱特并不是同性恋者，而是个双性恋。1909 年，她在担任《晨报》记者期间，结识了亨利·德·若弗奈尔，1912 年与之结婚，后来生了一个女儿。

第一次世界大战爆发后，科莱特把丈夫的一笔不动产捐献给了医院，1920 年获得了法国军团荣誉勋章。这一阶段，她笔耕不辍，创作颇丰。后来科莱特又与第二任丈夫离婚，原因据说是与继子关系暧昧。这位继子也非寻常人等，后来成为哲学家、政治经济学家、未来主义者。科莱特同时也和意大利作家莫里斯·古德盖维持着恋情，并于 1935 年又嫁了一次。

话说科莱特的第二任丈夫，当年买下了一座有 800 年历史的古堡，正是我们下榻之处。

从 1927 年起，科莱特便常常被称为法国最优秀的女作家，获得了广泛赞誉。她一生出版了超过 50 本小说，多数带有自传色彩，细腻入微，惊人直率。其基调大致可分为两部分。一是田园牧歌式的清新自然，二是情欲爱恨纠葛，内心苦痛挣扎。

科莱特一生，充满了争议。她高调承认自己是女同性恋者，二战期间与维希傀儡政府合作，不过她也曾尽力保护犹太友人。她是比利时语言文学皇家学院的院士，1945 年，她成为法国龚古尔文学奖的第一位女评委。1949 年，担任该奖评委会主席。1954 年去世，获得法国国葬待遇。虽然因为数次离异不被正统天主教会所容忍，她还是得以安葬在巴黎拉雪兹公墓。

西多妮·加布里埃尔·科莱特（ *Sidonie Gabrielle Colette 1873—1954* ）

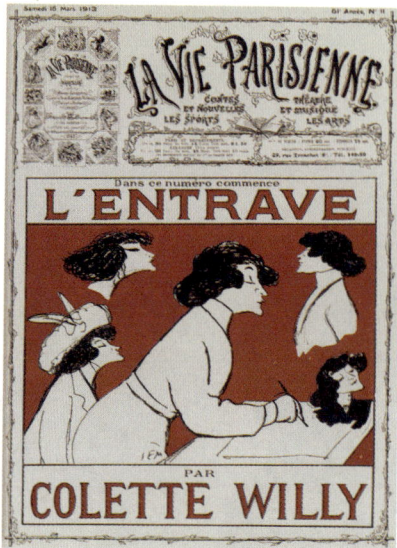

科莱特的漫画形象

　　她创作的中篇小说《琪琪》，发表于 1944 年，讲述一个法国贵绅与一巴黎女子的悱恻爱情。美国百老汇将它改编成歌舞剧，1951 年 11 月上演。1958 年，米高梅公司将它拍摄为喜剧歌舞片。

　　电影的大概剧情是：20 世纪的巴黎，主要人物是名叫琪琪的小姑娘，调皮、任性、活泼、好动，在祖母精心照料下渐渐长大。祖母想把她培养成高贵淑雅的女士，送她到姨妈家接受每星期一次的礼仪教育。琪琪却满不在乎、我行我素。

　　制糖业公司的财产继承人，富家子弟加斯东到琪琪家做客，喜欢上天真无邪的琪琪，渐渐被琪琪的青春魅力吸引，欣赏她的主见和纯真，爱上了她。

祖母喜欢这门亲事，但琪琪对结婚既反感又恐惧，断然拒绝了加斯东的求爱。加斯东痛苦无奈。琪琪也经历了深刻的失落和惆怅，最后终于明白自己也爱上了加斯东，写信邀请加斯东到她家，接受了加斯东的爱情。加斯东将琪琪带入巴黎社交圈。琪琪身着银色晚礼服，震惊众人，可惜在青春靓丽的外表下，她举止不淑女。加斯东生了气，两人不欢而散。又经过一番周折，两人重归于好，终结为伉俪。

《琪琪》这个电影名字，你多半比较陌生。它的中文名《金粉世界》，有点耳熟吧？它获得了第 31 届奥斯卡奖最佳影片等 9 项大奖，还获得过金球奖等多个奖项。

不过，这部影片赢得的声誉，都发生在女作家身后。她已在天国安息，不一定知道。

投宿科莱特故居的那晚，我几乎在恐惧中度过，却想不通何故。恐惧来自生命本能最深之处，单纯强大，无法用理智控制。

我们的法文翻译，是研究世界文学的博士。他的渊博，让我们这次法国旅行，极富知识性。第二天早上见到他，我诉苦一夜无法安眠。昨晚因为抵达较晚，他居住在另外的地方，未及细谈。他若有所思地说，此地从来不是一座幸福城堡，而是 800 年前建造的军事要塞。全副武装的士兵们，从高高的哨楼上监视周围广袤土地，实行铁腕军事控制。直到 19 世纪，才属于望族亨利。到了 20 世纪，被一个男人买下，他就是女作家科莱特的第二任丈夫。

没有鲸骨支撑的华美裙衫，没有水晶鞋，没有奢华……这座古堡，绝不满足人们对公主王子的丝毫幻想。有的只是冷冰冰的工事。剑的寒光，闪在城堡多棱的额头。

欧洲多城堡。每一位领主最坚固的领地，就是城堡。政治环境与势力割据的两大要素，犹如助产钳的金属夹，将城堡从中世纪的腹部拖拽而出。城堡既是家产也是天下。

由于实行采邑制度，欧洲的土地所有权分散在无数帝国、王国、公国、骑士、领地等形形色色势力手中。边界模糊不清，关系错综复杂，封建贵族崇尚暴力与血腥，经常爆发战争。起因五花八门，像人身攻击、戏谑之言、求婚失败、玩笑开过头……甚至只是放肆的姿态、不屑的表情、含义暧昧的手势等，都能迅速演化成嗞嗞冒火的导火索，引爆战争。所以，各家各户都得绷紧神经，时刻备战，立足于大打早打。贵族成了理所当然的军事将领，下辖兵卒。由于欧洲土地跟剁馅似的切割太碎，各家都地盘逼仄，没有纵深可言，基本上不可能有战略回旋。连"烽火戏诸侯"那种游戏，也玩不起。燃起狼烟，也无人驰援。敌我距离太近，预警都来不及。至于疏散转移，别说时间上不赶趟，就是来得及，也基本无处可躲。

在"军阀"混战、治安紊乱、盗贼丛生、危机四伏的岁月里，城堡的防御作用凸显出来，它们便四处蔓延比肩而立。一般建在险要山巅的城堡，坚固可靠，易守难攻，很好地起到一方诸侯统治中心和军事要塞的双重作用。一旦战事兴起，它如甲胄般尽可能保护领主的人身安全和财产不受侵犯。

仅原西德境内，现存的古堡就达1.5万座。中世纪的战争技术和战争观念，决定战争的性质，主要是防御性战争。城堡固若金汤，可以抵挡骑步兵的快速攻击，将突袭式的速决战转化为消耗战，以赢得时间，拖延求变。出于此目的，欧洲古堡的每一处建筑都被赋予军事目的，可谓古堡就是为战争而生。

不由得想到，中国为何少见古堡？

也不是绝对没有。比如边疆的土司楼、交河故城等，也初具古堡雏形，但终未成大气候。究其原因，中国在漫长的封建社会中，都实行强大的中央集权制，统一是主流，政治分裂、武装割据的时间有限，各自为战的古堡便没能站住脚。大家伙齐心合力修了条长城，共同抵御外族侵略。长城虽长，但主要是为了防御，并无实际居住功能，后来便在历史长河中渐渐失却实际作用。而古堡除了军事作用，还可居家过日子，虽说不甚舒适，却长久保持了生命力。

想要攻克兵强马壮、储备丰足的城堡，需要训练有素的军队和精湛的攻城技巧。如果是持久战，还需良好的军需供应。巍峨城堡，凝聚了多少人力、物力和时间……古堡回报人间的，是800年屹立不倒。

同伴中有位女子，据说有特异功能。

古堡花园

她说，昨夜睡得不好，看到许多冤魂绕床行走，到处是残剑马镫。

我吓一跳，忙问，它们长什么样子？

女子道，都是外国人模样。

我觉成立。修建这古城堡和围城厮杀之人，估计都是法国当地人氏。

我说，它们可说什么了？

女子叹道，它们连连说，救我，救我！

我问，说的是法语还是英语呢？

她说，无论是法语还是英语，我都听不懂，只知道是外国话。但语言这个东西，其意思在特定的情况下是可以猜出来的。

我想有道理。

我又问，你怎样答复它们？

她说，我对它们讲，我只是路过这里的客人，明晨就走。我没有办法救你们。

我说，你用中文说的？

她说，我其实没有开口，只是心里这样想。它们可以通灵，自然懂得，于是渐渐散去。

我说，它们是否血肉模糊，是受伤战死还是饿殍？

她回忆道，这就看不清了，总之很惨、很凌乱。

我说，我昨夜也睡不安宁。洗手间在楼上，睡梦中也要记住上厕所时要攀爬几十级台阶。万一崴了脚，于己于人都添繁乱。不过，似乎并未看到鬼魂游荡。

那女子略有几分自得地说，鬼魂是知道谁有力量救它们，就来找谁。知你没有这个能力，故也不打扰了。

想想，极是，感谢它们。

徜徉在古堡花园，让人心生无限幻想

同行的一位男士说，他在自己住的房屋门口和窗户下面，都安置了一些机关。一旦有人或动物进来，机关会砰然作响，他立马就能跳起来应对。

结果呢？我有些紧张地问。

结果就是什么也没有发生，我平安睡到了天亮。他一笑答道。

我把上面这些对话录在这里，并不是想渲染古堡神秘可怕论。只是报告大家在阴森神秘的地方，人不由得变得十分神经质。

不知当年科莱特是如何在这里安然写作的。晨起，我在自己房间门口，赫然发现悬挂着的科莱特照片。美丽女子，身材窈窕，目光深邃。

我问工作人员，这间屋子可是科莱特的住所？

正在打扫走廊的服务员说，因为早已改造成酒店，原有的布局做了很大变化，并不知道科莱特当年的确切住所。不过，她是住在二楼的。

我与中国社会科学院英美文学研究室的主任朱虹老师是朋友，她的先生柳鸣九老师，是中国研究法国文学的专家。我本想走个后门，请朱虹老师代我向柳老师求教，多了解一些科莱特的文学创作成就和相关研究，不想柳老师身体不好，我几次到他家，都只见到朱虹老师，柳老师住院了。关于科莱特的故居，关于她的创作资料，不够翔实。是为歉。

离开古堡很远，我还频频回头。遥想当年，此处萧萧马鸣，悠悠旆旌……

赵老师诗篇。

古堡夜作

赵为民

　　法国利摩日小镇南部有座古堡，孤立于乡村田野间。它建成于 13 世纪，已有 800 多年历史。至 19 世纪，古堡归若弗奈尔所有。若弗奈尔的妻子就是大名鼎鼎的法国作家科莱特。她在古堡居住多年，创作了许多文学作品，小说《小麦草》就被中国人熟知。她一生甘于寂寞，最终孤独而去，然而她却得到国葬的殊荣。时光流逝，如今的古堡被用作酒店，仍为若弗奈尔家族传承经营。我们一行初入利摩日，便是下榻于此古堡。古堡空荡，荒野无人。此刻，我们记忆中的呼啸山庄、古堡幽灵、夜半歌声等感受顿时接踵而来。同行者毕淑敏老师被独自请到古堡顶层，居室空间狭小，昏暗的灯光下，科莱特画像隐约可见。这种玄妙真有些不可思议。或许人生的某些重逢总在无意之间，其中的因缘又有谁人知晓？

　　周遭皆麦草

　　上下满蔷花

　　窗晓愁风细

　　灯昏梦雨斜

　　塔荒悲旧鬼

　　水瘦歇新蛙

　　待岁孤贞夜

　　孑然一作家

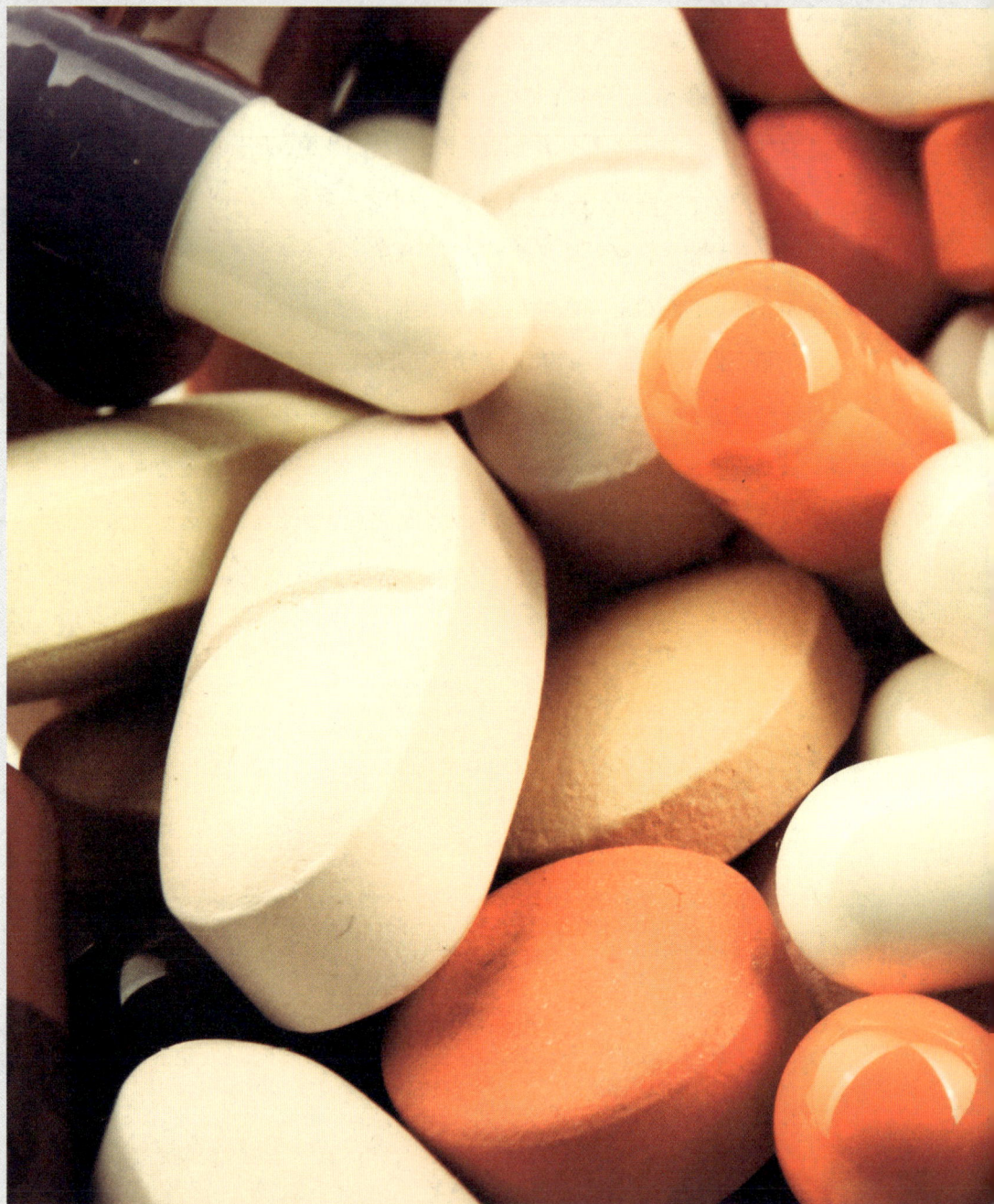

对现行医疗理念
请抱持中等程度的托付

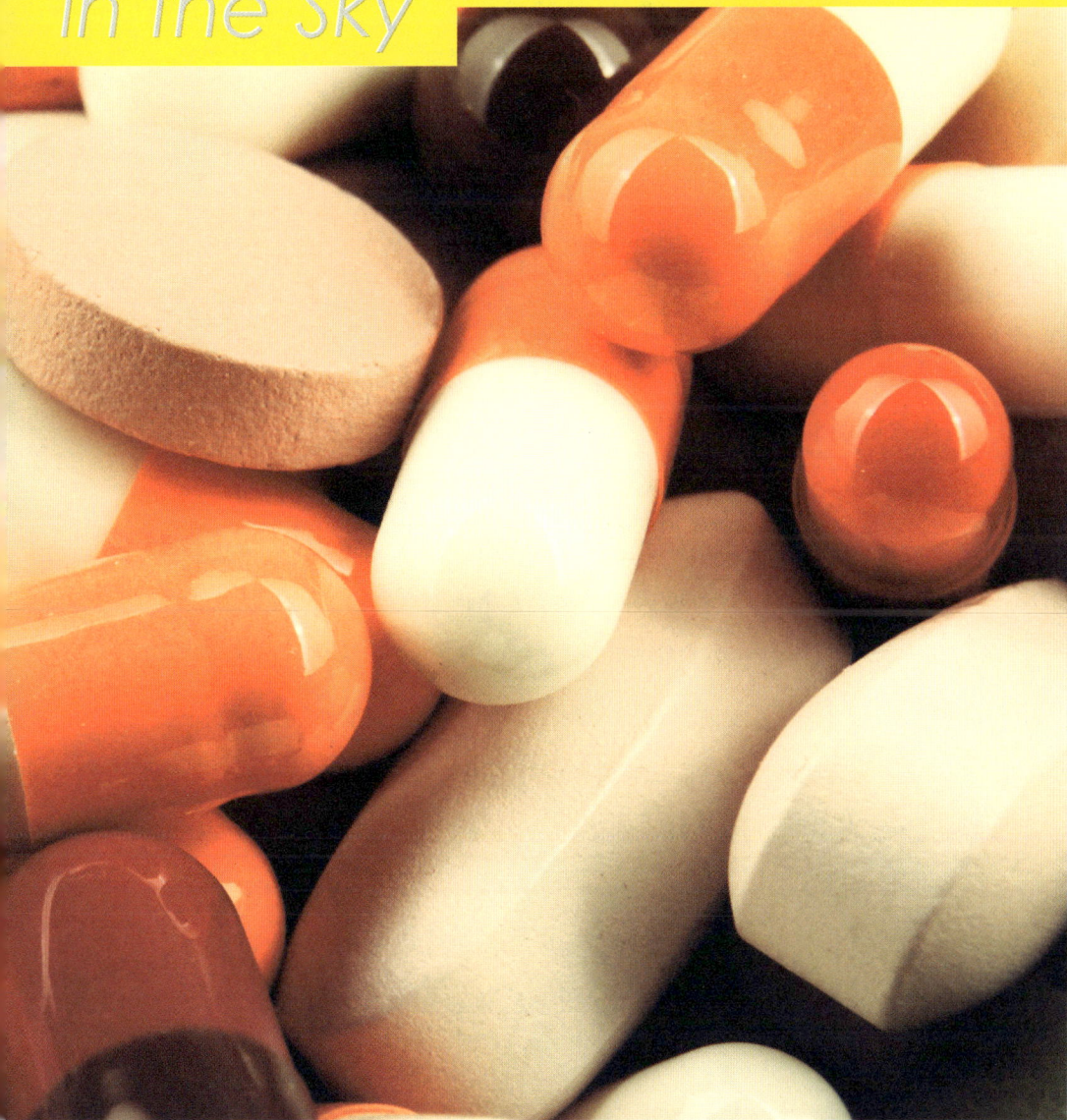

五花八门的药片

病字头这个部首底下，集结了一大波令人惊恐的字。查《现代汉语词典》第5版，麾下将近200个字，唬得人胆战心惊。随便举10个，你试试看完它们的心境。"疮、疼、疫、疯、痛、瘸、癌、癫、瘫、痰、癞……"对不起，多说了一个。为了情绪安宁，我就不多举例子了。唯一有点亮色的，是个"痊"字。还有个"瘦"字，减肥的姑娘们待见它。不过人不能太瘦，学医时说到癌症晚期症状，出现"恶液质"一词，教授简明扼要道，就是极瘦，肋骨一条条凸显……

　　不过，细分起来，"疾病"二字还有差别。"疾"字，偏旁内是一个"矢"，指的是短暂的不适。外界向你射一小箭，端的是来得快去得也快。它来自外界，还会回到外面去。

　　"病"则不然。内芯藏的这个"丙"，乃"火"的意思，"丙"又代表"心"。连起来，它的整个意思是有了心火，具体讲就是被压抑的情绪，七情六欲大失调。

所以，疾好治，病难医。通常情况下，不应眉毛胡子一把抓，它们不可混为一谈。

所有疾病的发生，都是一道警铃鸣响。它不请自来地提醒我们——请面对你一直不愿意看到的生活方式真相，并加以彻底改变。

在瑞士，听了一堂人智学医疗课，受益匪浅。授课人是位瑞典医生，高大慈善，戴金丝眼镜，镇定安宁，侃侃而谈，沉稳清癯的学者风度，给人极佳印象。就称他为瑞医生吧。第一印象是他非常像一个医生。本人并非外貌协会成员，但始终认为医生这个行当，需要讲求相貌仪容。獐头鼠目者，实不宜行医。当年我学习医疗专业时，颇觉有几位同学似乎不宜当医生，虽然彼时人家学业上的成绩也无大问题。很多年过去，年逾花甲，那几人果然改了行，做了其他行当，成就也不错，只是与医再无缘。

斯坦纳并非医学专科毕业，他如何开创了人智学医疗事业？看看他的个人经历，或许可寻端倪。

年轻时斯坦纳攻读学位之际，曾成为一个身患脑水肿病的 10 岁男孩的家庭教师。当时，几乎所有经治医生，都断定这孩子有严重的学习障碍，甚至性命不保。只有斯坦纳，凭着自己在生理、心理及灵性方面的专门研究，从未对这个孩子丧失信心。经过两年多的努力，这个孩子居然痊愈了，进入一所很好的学校就读。喜事还没完，这孩子长大之后，考入了医学院，成为一名临床医师。要知道，在那个时候的欧洲，医学院可不是容易考上的。

斯坦纳对人的身体，也有一些独到的理解。我举几个例子。他认为左手距离心脏比较近，因为心脏在胸腔左侧，导致左手更加连心，而右手距心脏较远，主向外，故人们总是伸出右手来与人握手。

人共有 5 片肺叶，但 3 片肺叶和整个肝脏都在身体的右侧，代表着与外界环境的联结，要进行不间断的气体交换和营养代谢。而爱与关切等个人的情绪，则体现在心跳和呼吸中。

我学医多年，未曾听到如此解释人体的说法，啧啧惊奇。

现代社会，迎来了史上从未有过的医学知识大普及，对提高生活质量，大有裨益，但能否事事当真，也要推敲。环顾周遭，很多人活得粗糙，衣食住行全不讲究，敷衍了事。有人觉得这是因为没钱，所以除去食可果腹、衣可蔽体便再无他求。我觉得在物质匮乏时代，这么说有理。不过今日民众已初步富足，时过境迁。粗粝的生活方式也在与时俱进，天天叫外卖、吃方便面、不打扫房间、不穿洁净衣物……都应囊括在内。继续追究，还表现在一个人对音乐、美术、文学、哲学等全无兴趣，还有勇气狂妄地表示它们皆无实用价值而加以嘲弄嗤笑。这种人最多读读时尚书，看看肥皂剧，不知这世上曾有一些伟大的灵魂呐喊过，他们所缔造的精致作品，千古流传。这种人是可悲的，不仅表现在生活质量低下，毫无优雅审美情趣，还指精神生活的贫瘠倦怠。说到底，他们无法从根本上感觉到生命的宝贵与欢愉。

人体进化了几百万年，不断趋于完善，已成天造地设的宝物，具有完善的防御机制和强大的自我修复能力。估计原来也有很多防御机制不完善或自我修复能力不良的个体，在漫长的优胜劣汰法则下，已淹没在进化的链条阴影之中。现代化以来，人们企图借助科技的力量，能够不劳而获或少劳多获，对身体的使用趋向畸形和登峰造极。加之农产品质量崩塌，吃古往今来最糟糕的食品，付出的却是前所未有的殚精竭虑。于是，各种慢性退化性疾病、不知原因的怪病与癌症喷涌而来。在外吃顿饭，围绕餐桌的人，几乎没有不吃药的，餐厅简直变成了移动的综合病房。

说到医学知识，人们常常期盼有什么仙药可以包治百病，或是只要找到某一种或是某几种食品，服下后便可万事大吉。我坚信无论医学多么发达，也找不到这种一劳永逸的灵丹。如果一定要说对所有的疾病都有效果的宝贝，我觉得唯有良好心态。

身体多聪明啊，它所辖的每一个细胞，都会对我们的精神状态加以感知并做出反应。情绪无处不在地以有声或是无声的语言，参与身体的所有系统和功能运作。这么说吧，每一个细胞中，都有庄严宝殿。

瑞医生介绍道，鲁道夫·斯坦纳和医学博士伊塔·瓦格曼合作，创立了人智学医学。1920年，斯坦纳专门为医生开设了一门课程。医生们对由他的人智学思想所延伸出来的疗愈艺术，产生非常强烈的兴趣。今天，世界各地都有医生正在根据这种延伸的疗愈艺术来为病人诊治。其中在德国有4家，瑞士2家，荷兰1家，巴西1家。目前，全世界有80多个国家，开展了人智学的医疗实践。在人智学医学看来，癌症是全身性的疾病而非局部的病症。所以若要治疗癌症，就必须重新建立起患者身体的整体机能平衡。

人智学医学认为，现如今，在医学中，"人"的概念丢失不见了。生了病的人，不再被当作一个有灵性的生物，而是成了一件工业化的需要修理的物件。医院里的治疗，变得越来越机械化、电子化、复杂化……但人们的疾病却越来越多。

人智学医学则删繁就简，认为人类只存在两大类疾病：一种是发炎的疾病，比如发烧；另一种是组织变异，典型代表是癌症。

瑞医生接着说，疾病是有意义的。它对于人类的意义究竟是什么？人们多认为它是一种惩罚，但其本质实为一种警讯。疾病是身体因为一些事情的改变而呈现出的反应和调整过程。比如人人都厌恶疼痛，其实它很有存在的意义，对人类是非常重要的提醒。想想吧，如果一个人丧失了疼痛的感觉，那他将无法察觉烫伤，甚至会任由脏器无知无觉地损坏直到崩溃。

在人智学医学的体系中，疾病有着特殊的不可替代的使命，它促使人们更能成为自己，在更高一层的意义上，它使人成为真正的人类。

这话听起来有点费解，难道说生病还能让我们提高人性吗？斯坦纳做出了更明晰的解释："作为人类，如果我们可以不生病的话，那么我们也将不可能是有灵性的生物。因为只有通过拥有那种会生病的可能性，我们才能成为有灵性的生物。"

斯坦纳把生病这件事，赋予了如此有诗意和禅意的阐释。在这个意义上，感谢生病吧！如果你不会生病，就丧失了灵性存在的可能性。

人智学医学认为，人体有自愈能力。通常说起疾病自愈，即使不能完全否认，多数人也会觉得那是不可思议的极小概率事件。它来无踪去无影，完全靠碰运气。人智学医学认为，在每个人身体内部，都住着一位阳光医生。这位医生，有独特的充满智慧的治疗手段，它和生物成长能力相辅相成，是人类更高级的生存原则。所以，每个人都有自愈的能力，有自我疗愈的可能。

令人振奋。

现代人习惯于陶醉在各种药物迅速而又持久的作用中，兵来将挡水来土掩，以为人类总会道高一丈。每当新病症出现，就一定有人奋勇发明消除该症状的药物。但对于人们为什么会生这种病，疾病的出现是否为今后的生活提供某种意义等，却极少受到人们重视。

现代医学大部分治疗，出发点就是短期见效，主要控制急性症状。慢性病是现代医学无能为力的问题。人智学医学认为，医生不应该满足于症状的消除。举个例子，人为什么会失眠？使用安眠药的确会让病人入睡，但失眠的原因呢？不被关注。病人并没有学会如果不吃药，怎样才能重新享有高质量的睡眠这个根本方案。

关于药物的副作用，更是难以逃避之痛。中国古话说：是药三分毒。有一些现代西药，不是三分毒，而是九分毒十分毒万分毒。

想起了医学史上臭名昭著的"反应停"。

这个呈片状的西药，化学名叫"酞咪哌啶酮"，商品名叫"沙利度胺"，对妊娠反应中的呕吐有很好效果。它的诞生，符合人智学医学所批判的那种逻辑——出现一种症状，就研制针对这种症状的药物。至于这种药物对人的整体会发生怎样的影响，对不起，不在现代医学的考量之中。

此药1953年由西德一家制药公司合成，1956年进入临床并在市场试销，1957年获得西德专利。由于它的确在治疗早期孕吐上卓有成效，很快在全世界51个国家获准销售并在全世界被广泛使用。

1959年12月，西德儿科医生首先报告了一例女婴罕见畸形。1961年10月，在西德妇科学术会议上，3名医生分别报告发现很多婴儿有类似畸形。这些孩子出生时，没有臂和腿，手和脚直接连在身体上，像是海豹。这种可怕的畸形被命名为"海豹肢畸形儿"，或者直接称"海豹胎"。从1956年"反应停"进入市场后，全世界共报告了超过10000例"海豹胎"，其中西德约6000例，英国约5500例，日本1000余例，中国台湾也有69例畸胎出生。各地的发生率与"反应停"的同期销售量呈正相关。

研究证明，如果在停经后34—38天（受孕第20—24天）服"反应停"，可引起胎儿无耳畸形与颅神经畸形。如在停经后36—45天服药，可引起心脏与血管的畸形。如在停经后38—47天服药，则会出现缺臂、短脚畸形。在妊娠第3—8周服用，后代畸形发生率达100%。

由此可见，单纯消除症状对整体的人来说，会造成难以预料的灾难。人智学医学认为：人要付诸行动去解决生命中的实际问题，而这种力量并不是来自单个细胞，只能在整人当中寻找力量。不应该也不可能再去制造单一的更迅速有效的药物，而是要全面认识疾病，调整整个人体，达到真正疗愈。

在斯坦纳人智学的医疗理论中，有个观点独特而令人印象深刻，那就是对于温暖的解释。斯坦纳认为：孩子身体的温暖与他的兴趣发展、同情心以及学会爱与被爱都有关系，甚至与将来孩子的独立性与处事能力都有关。我们通常知道人有5种感官——视、听、嗅、味、触觉；斯坦纳则将人体感官系统分为12种，一下子多了7种——分别是思考、语言、温暖、平衡、运动、生命和他人个性。其中"温暖"，不单包括身体温暖，同时也指向心灵温暖。

因我曾在西藏高原久居，对温暖这件事，举双手赞同。没有食物，人可以坚持10天；没有饮水，人可以坚持3天；没有空气，人只能坚持数分钟。如果没有了温暖，把人赤身裸体抛入零下几十摄氏度的暴风雪中，那么，很快便体温流失，永远不醒。

汉语对于温度的描述，格外细腻。温度高而舒适，是温。不舒适，是热。但到了形容词的时候，热就大受青睐。比如火热、炙热、热恋、炙手可热、热闹……实际温度低而让人不舒适，是冷。舒适，是凉。

谈到心灵的温暖，在我们常用的语词中，比比皆是。比如，人情"冷暖"、世态"炎凉"、"寒"了心、"热"心肠。当我们兴奋时，内心是"火热"；当我们悲伤时，内心是"冰冷"；当我们喜欢时，是"热爱""热恋""热血沸腾"；当我们心灰意懒时，是"冷淡""冷漠""冷若冰霜"……

只有一个充分体尝温暖感的人，才能真正感知什么是"爱与被爱"。天下没有冷如冰窖的眷爱，也没有充满温暖的杀机。如果一个人不懂得什么是温暖，必然会导致内在世界的冷漠。

我在妇产科当实习医生时，第一次目睹婴儿出生，什么腹内外气压改变，什么从液体环境到气体环境的变动，都不如温度的骤变让那个婴儿惊悚。娩出母腹那一瞬，他骤然失却母体温暖，天崩地裂丧失安全感。助产士用毯子将孩子包裹，让他的温暖感有些许复得，加以不断轻柔拍打，初生的小婴儿才慢慢安静下来，被迫接纳这个冰冷世界。科学家们做过这样一个试验：一个母亲形如怪物，还不定期放电让人不舒服，但它是温暖的；另外一个母亲，身姿可爱，也不会冷不丁放电，只是全身冰冷。然后放入一群小猴子，看它们喜欢哪位母亲。结果是，小猴们情愿接受放电的突然刺激，也要依偎在温暖柔软的怪物母亲身边，愿意用痛楚来交换暖意。那个看起来和蔼可亲的冰冷母亲，无猴问津。人类的孩子们也是一样，对温暖的要求远胜于他们自我保护的能力。一个人，只有在自己的心灵温暖时，才有余力对周围的人和事物感兴趣，散发出微薄但不绝于缕的爱意。温暖感能引领我们接纳这个世界，愿意为这个世界的温暖贡献力量。

斯坦纳于1912年出版了《灵魂日历》，以诗歌体简洁神秘地表达了他对生命的感受。感谢翻译者艾立国先生的精彩文笔，让我们得以一窥斯坦纳的内心世界。我引用几首。

（一）

在灵魂的阳光下，

思考的成熟果实出现，

所有的感受经过蜕变

成为自我意识的自信。

我很开心地能感受到

秋天精神的觉醒：

冬天将在我这里

唤醒灵魂的夏天。

（二）

天下一切也许导致

灵魂天生的力量昏迷；

此刻，请你——记忆！

于精神深处灿烂出现，

加强我的感知，

即是通过意志力

维持自己的感知。

（三）

边着迷边发现

万物之中精神的勤劳纺织；

感官昏迷时，

它包围了我的个性，

给我输送力量：

是我在自己的界限之内

无法独立产出的一种力量。

（四）

我第一次这样感觉到世界

跟我内心体验隔开以后，

是冰冷的生活空壳而已；

它暴露出一种无力的样子，

如果不在人的心里重新恢复，

一定只能自己死亡。

（五）

来自精神深处的光，

像个太阳一样，渴望出去；

它成为生命的意志力，

在感官暗淡中发光，

它释放的能量

能让源于灵魂冲动的创造力

在人类作品中逐渐提炼。

　　看看今天的人类吧。双腿越来越不善于奔跑，快速移动这件事，我们把它交给了汽车；大脑渐渐迟钝，记忆这件事，我们把它交给电脑；手机代替了沟通，外卖代替了厨房，机器代替了心灵……

　　人体与病体都是我们的身体，它们是不可分割的整体。

　　植物能使用阳光、空气和水，将土壤中人体所需的各种矿物质及维生素转换为人体可吸收的形式，补足身体细胞所缺的营养素，修复损伤的细胞，让免疫系统和代谢系统恢复正常。手指被锋利的刀刃划伤，你只要用清水冲干净伤口，加以简单包扎，不让伤口在碰触中疼痛，不要被其他脏东西污染，剩下的事，就可以交给身体自行处理了。你慢慢等待，伤口就会踏上自愈的道路。后来伤口会有一些痒，这是神经纤维末端正在生长的标志。它新生敏感，所以你会觉得痒。从小妈妈就告诉我们，你若觉得伤口发痒，就是它快好了。

表面的伤口是这样，内脏受损的修复过程也是这样。你能够加快它的唯一方式，便是身体强壮，免疫系统完善，杜绝新的感染。医疗能切实帮助我们的，只有预防感染这个环节。不过应用抗感染药是有严格指征的，基本上不能未雨绸缪。除了那些肯定会发生感染的残酷外伤，一般的伤口只需保持清洁，它就会在暗中锲而不舍地向一起靠拢。

可能会有人说，那我提前用点抗生素，不是多一重保护吗？

否。现在各国都发现了滥用抗生素的危害。简言之，这是一场人类必输的博弈。细菌远比人类古老，哪能束手就擒！它会进化出抗药性，让人类好不容易发明出的抗生素渐渐失效。它能演变成横扫人类免疫系统的超级细菌，让所有抗生素在它面前丢盔卸甲、屁滚尿流……

这绝不是科学家的危言耸听，而是很可能大规模出现的真实景况。

怎么办呢？严格控制抗生素的使用，让细菌慢一点少一点产生抗药性。

也许有人说，我身体挺健康的，很少使用抗生素。这样，我感染超级细菌的可能性是不是很小？

答案依然是：否。

没有人能独善其身。人类是一个整体，特别是在大规模群居的超大型城市里，虽然你没有使用抗生素，但耐药的细菌就优哉游哉地生活在你身边。它已经从别人那里获得了抗药性，一旦你被它感染，那么，你也对抗生素不再敏感。

记得多年前在美国，我听一位以前是医生、后来改做艺术玻璃的学者说，他改行之后，比当医生快乐多了。

我说，在美国，读医科很难，学费很高。您好不容易学业有成，又改行了，家里人同意吗？

前医生现艺术家道，家里人非常反对，尤其我家从曾祖父开始就行医，医学世家，家里人几乎不知道其他行业是怎么工作的。

我说，您怎么说服家里人的？

艺术家道，我对他们说，我们现在在医院里使用的抗生素的量，放在过去，足够杀死一匹马了……然后，几代医生们都不吭声了，再然后，就不管我了。

现代人工合成物多如牛毛，比如：塑化剂（沐浴乳、洗发精、洗洁精、塑胶器皿都可能含塑化剂）、代糖、人工色素、食品添加剂和人工香料（空气清新剂、沐浴乳等含），等等。市面上合法产品都标榜合乎安全标准，但那个标准是怎么来的呢？它是基于正常人肝脏一天能代谢的数量而定的。肝功能差的人甚至肝炎、癌症病人，再把这些化学品吸收进去，毒素便会累积。

纯粹的化学合成物西药，有几分毒？三分毒加倍不为过吧？那就是六分毒。想想看吧，天天让有毒药物浸泡我们的肝脏，吃的食物又如此不健康，那么我们的健康四面楚歌，也并非危言耸听。

中国自古便有"药食同源"之说，认为食物即药物，二者之间并无本质区别。若天天吃的都是充满了莫名其妙添加物的食品，哪能不生奇形怪状的病！

斯坦纳医学体系的核心，是治愈使人衰弱的心理疾病，让人变得从容平和，身心俱安。人要学会和自己的生物钟友好相处，和它赛跑，只会导致人生幕帐提前合拢。

卢梭说过，劳动和节制是人类的两个真正的医生。我们已经告别了传统的体力劳动，变成了毫无节制的脑力劳动。人类一下子将卢梭担忧的两方面，一网打尽了。我们杀死了自己体内的医生。

告别了温文尔雅的人智学医生，我生出一个想法，不一定正确，仅供参考。面对当今医疗现状，我决定从此以后，对现在的医疗理念抱持中等程度的托付。对自己的身体，报以高度的爱惜和满腔热情的期待。

09

Gazing
at Europe

from Up

in the Sky

玫瑰花是
50 年葡萄藤的卫士

葡萄酒窖

这些年，葡萄酒大红。说起葡萄酒，必提起法国。说起法国葡萄酒，必提起波尔多。有10万公顷葡萄生长在这块被上帝吻过的土地上，葡萄酒的年产量高达8亿瓶。

波尔多位于法国西南部，位列巴黎、里昂、马赛之后，为法国第四大城市。具体位于约北纬45度，属温带海洋性气候，我国在相同纬度上，有鸡西、松原、牡丹江、克拉玛依等城市。

波尔多是典型地中海气候，阳光充足，夏季炎热干燥，冬天温和多雨，非常适合葡萄的脾气秉性。人们挑选波尔多葡萄酒时，很看重其年份，这还真不是故作矫情、多此一举。在波尔多的葡萄品种中，只有"美乐"能一视同仁地在所有年份都蓬勃生长。"赤霞珠"由于成熟较晚，又长在砾石之上，只有在特别年份，才能达到完美成熟度。

靠近海洋是一把双刃剑，过度潮湿会对葡萄一剑封喉。1991 年湿度高，葡萄藤生了灰霉和贵腐霉，那一年红酒的产量和质量，大受影响。来自大西洋的强风，是刺向葡萄的第二把利剑。波尔多人也想出对策，在西边广种防风林。波尔多地区的大河，将土地蛋糕切开。波尔多据此分为三个大区，分别称"左岸""右岸"和"两海之间"。波尔多的葡萄酒世界，就由于这种地理上的差异，形成了不同风格。

左岸最温暖，地势低洼，土壤肥沃。不过太过丰厚的土壤对葡萄酒来说，并非利好。沃土葡萄酿的酒，多数很普通，像富贵人家的纨绔子弟。幸好靠近河岸处，有深而贫瘠的砾石层。它如同地面反光膜，让葡萄获取了来自太阳的更多热量。天然砾石排水性超佳，强强联合的结果是这片土地造就了绝佳的葡萄酒。

右岸由于距离海洋较远，气温相对凉爽，主要以沙质黏土为主，土壤铁含量较高。该地所产的葡萄酒，含有矿物质味道。

两海之间的土壤，以石灰质、沙质为主，出酒比较清淡。

波尔多享誉世界，是因为葡萄酒。要以为波尔多只产葡萄酒，那就孤陋寡闻了。它还是欧洲军事、空间和航空业的研究与制造中心，很多尖端技术机构在此安营扎寨。它的历史也很辉煌：1870 年、1914 年和 1940 年，曾为法国政府所在地。

不过人们想起波尔多，出现在头脑中的印象，还是由中世纪的古堡、瑰丽的葡萄园、种植在葡萄园四周的玫瑰花交织而成的静谧田园风光。

波尔多的历史，可上溯至公元 1 世纪。葡萄酒业的高速发展，始源于 12 世纪。那时阿基坦公国（波尔多在其内）的女公爵埃莉诺，嫁给了英国国王亨利二世，波尔多也就成了英国领土。此地对贩酒有税收减免优惠，商人们异常活跃。16 至 17 世纪，号称"海上马车夫"的荷兰商人闻风而至，赶来从事葡萄酒贸易。荷兰人除了会做买卖，对于填海造田也颇有心得。本土练就的本事，在此地大展身手。波尔多原本低洼的地块因此浮出水面，摇身一变成了顶级葡萄园。

1855年，拿破仑三世主持召开了巴黎世界博览会，请波尔多葡萄酒商会筹备相关展览，并对酒庄进行分级。共计59个酒庄：1个超一级，4个一级，12个二级，14个三级，11个四级和17个五级。而且特别规定，酒庄若更名易主，葡萄种植园还可保持相应名分。唯一变动出现在1973年，经男爵竭力争取，"木桐"酒庄由二级升为一级，形成了现在举世闻名的波尔多"六大名庄"格局。

波尔多葡萄酒虽大名鼎鼎，却并非起源地。葡萄酒的原乡位于亚洲西部，现今土耳其境内的小亚细亚半岛。那里北临黑海，西临爱琴海，南濒地中海，东接亚美尼亚高原，由安纳托利亚高原和土耳其西部低矮山地组成，气候极佳。葡萄酒诞生后，经埃及至希腊，再至意大利西西里岛、法国的普罗旺斯、北非的利比亚和西班牙沿海地区流布全世界。

参观拉风酒庄。它在法国波尔多马迪康的莫米松拉吉昂镇附近。连绵丘陵遍野苍翠，葡萄园的工程师言简意赅介绍道，此地老葡萄藤，年龄50岁。

工程师是位40多岁的法国男子，久经日晒，面色酱红，颌下黄胡须根根分明，让人联想中楷狼毫。

眼前枝藤，直径不到3厘米。我原以为这过了知天命年纪的葡萄藤，起码该有碗口粗吧？幸好遒劲沧桑的模样，尚符合它的年龄预设。

我问工程师，多少年树龄的葡萄藤可称为老藤？

答，迄今为止，葡萄酒界并没有任何一条规则，认定过老藤年龄。通常超过30年树龄，业内可称老藤。

我说，那么葡萄树大致能活多少年？

在波尔多生物动力葡萄园里，和葡萄一起感受阳光

50 年的葡萄藤

　　他说，在斯洛文尼亚有一株葡萄藤，2004 年被收入了吉尼斯世界纪录，是世界上现存的最古老葡萄藤，树龄有 400 多年。

　　我快速推算，那时大致明朝末年。这棵日后暴得大名的葡萄藤，破土而出。

　　我说，这棵藤的栽种在历史上可有记载？

　　工程师道，我去过斯洛文尼亚的"老葡萄树馆"，亲眼见过它。关于它的年龄，经过了充分的科学检测。它还有个名字，叫"众神之葡萄藤"。当时种植或自然萌生时，也不过是普通嫩藤，属古老的詹托福卡红葡萄品种，并无任何特别之处。它至今仍能结葡萄，只是产量不高，每年只有

· 126 ·

30—50 千克。

我问，您既然亲眼见过，能告诉我 400 年高龄的老藤有多粗吗？

工程师眼睛向左上方转动，进入回忆状态。答，主干大约有两拳那么粗。

50 年葡萄藤有它老祖八分之一直径，大致也能说得过去。

我又问，"众神之葡萄藤"果实，还能酿酒吗？

工程师点头道，能。

我说，您喝过吗？是不是味道非常独特？

边问边有些不敬地想，这棵老"葡萄妖"，酿酒或能迷魂。

工程师面露遗憾道，没喝过。它每年所结葡萄，大约只能酿出 100 小瓶酒，都被当作极珍贵的礼品，送给世界上最有威望的人。

我好奇，谁能喝上？

他答，比如罗马教皇和美国总统等。

说完他幽默补充道，听说那酒的味道并不怎么好，有点涩，口感层次也不丰富。

我虽不懂层次是何东西，还是跟工程师一道，幸灾乐祸。想想又问，老藤到底有什么神奇之处？

工程师答，树龄越老，结出的葡萄质量就越好。

我道，就是说，越老越好？

工程师解释，一株新的葡萄树，栽种 3 年后果实才能用来酿酒。通常，葡萄藤的寿命大约为 60 年。当然，其生命期也会根据品种、所处地区、气候以及人为照料等因素而有差异……葡萄是多年生植物，受气候影响很大。由于全球气候变暖，在过去 30 年里，欧洲葡萄园的花期提前了两个星期，葡萄酒的酿造时间则提前了一个月。

这一日，波尔多地区气温高达40摄氏度。我原以为葡萄架下，树影婆娑、凉风习习、果香阵阵。殊不知此地葡萄根本不搭架，半人多高，裸露于干燥沙砾地上。地面缀满石粒，如无数极小镜子，肆无忌惮地向各个角度反射阳光，炙热无比。

工程师说，我们把葡萄枝条绑在离地面很低的铁丝上，这样就能更好地接收地面热量，有助于葡萄成熟。

他边走边谈葡萄经。葡萄生长的前10年，为它的幼年期，大致相当于人的青春期吧。根扎得不深，结的果实比较稚嫩，酿出的酒，通常带着新鲜花香和清淡果香。这种酒无法长期保存，基本不可能成为陈酿。装瓶两年内，必须饮用，好处是有蓬勃的生命力。

想起古诗："……劝君惜取少年时。花开堪折直须折，莫待无花空折枝。"人啊，莫辜负了葡萄酒的曼妙年华。

工程师说，接下来的30年，葡萄藤成年了。它枝干粗壮，果实丰盈饱满，进入全盛量产期。葡萄根强韧深入地下，不单汲取水，还摄取丰富的矿物质。结出的每一粒葡萄，都色泽浓艳，甜度上乘。酿出的葡萄酒，能充分表达这个品种的全部特色与芬芳。生长50年后，葡萄藤不可遏制地进入衰老期。活力退弱，产量递减，不过此时的葡萄，风味却越加浓郁，葡萄酒质量登上巅峰。

想起成语"老蚌生珠"。

工程师说，眼前的这片葡萄园，从产量上说，已不是最佳时期。但论葡萄酒质量，无与伦比。我们用它酿造出一款名为"天堂舍利"的葡萄酒，午餐时大家可品尝。

我担心地问，那么随着时间推移，葡萄园是否江河日下？

工程师颔首道，我们正在采取各种措施，让葡萄园尽可能保持长时间的强韧力量。

我说，有何方法能让50岁的葡萄藤焕发青春？

工程师说，会用特殊制剂。

我问，非常棒的肥料？

工程师说，不。我们施行的是德米特农法，不用任何肥料，只用两种生物制剂。一种由西洋蓍草、蒲公英、甘菊、荨麻、橡树皮和缬草制成，另一种由牛粪和石英粉配制成。将它们共同喷洒后，土壤的肥力和葡萄藤的生命进程，都会得到加强并更加和谐。波尔多的土地，只要真心敬奉，便会给我们以回报。

是啊，大地乃生命根基、万物母亲。每个人都始自大地哺育，最终又都要回到大地襟怀。在希腊神话里，农业的保护神叫德墨忒尔，是庄重威严、典雅高贵的女子，是宙斯的姐姐。她的金发宛若波浪，散落丰腴肩头。出行坐骑，是飞龙战车。她教会了人们种植，谷物的种子被称为"德墨忒尔碎片"。

从公元前6世纪始，此女神职务不断上升，越来越显赫。除了掌管土地和农业，又进军法律界，成为立法女神，开始驯服野蛮的人类。同时她还兼管婚姻、妇女和家庭系统。

她还有一工作，担当送子娘娘，福佑胎儿。想来该女神真是个工作狂，估计天天加班。

此君从土地神岗位出发，繁衍出庞大的生命保障体系，可见人们对土地的尊重。想起咱的神话，单从建制上说，土地神就比较卑微。

农村的土地庙，多是小型建筑。该神在仙界疑似官职不高，大约只相当于科长抑或主任科员？虽挂着白胡子，因是民间信仰，造型粗疏，供品也很

DEMETER CERES

女神德墨忒尔

零落。有时干脆在树下或路旁，垒两块石头为壁，一块石头为顶，就建起袖珍版土地庙。据说现在乡村有用水泥砌成小框棚子，便充了土地佬儿的宿舍。台湾更是开了模具，工业化水泥灌制，大量生产极小型土地庙，售给人供奉。

从小印象深刻的是孙大圣金箍棒一敲地，土地神便抖着白胡须，战战兢兢钻出尘灰，报告妖怪下落。国人对土地的疏忽与怠慢，由此可见一斑。

希腊神话中的土地神不仅美艳，还颇有心机。由于水在农业生产中非常重要，女神德墨忒尔以身相许，嫁给了海神波塞冬。海神主管大海与陆地之水，枕头风一吹，田垄自此湿润。荷马更将相关传说勇猛推进，说德墨忒尔与伊阿西翁结合，生了个孩子就是财神普路托斯。土地神于是成了外版赵公元帅的亲娘。

德墨忒尔敬业，连所穿服饰也与农业息息相关。额佩鲜花花环，成熟的玉米穗扎成金黄发绺。一手执刚刚收获的麦穗，一手持点燃的火炬。按说她拿着麦穗顺理成章，但另手执火，费解。估计绘画者也生疑，有人会把火炬置换成镰刀。麦穗象征财富，镰刀代表无往不利。有的画家更直奔主题，把女神的火炬、镰刀通通撤下，让她直接拿点金杖，可点物成金。

说到这儿，不知您是否发现了一个小秘密？土地丰收女神叫"德墨忒尔"，世界生物动力农法的最高标准叫"德米特"，它们可有某种渊源？猜对啦，德米特就是用了此神名号啊！

我问法国工程师，生物启动剂多长时间使用一次？

工程师颤动狼毫回答说，德米特农耕法是一个系统。生物动力帮助大自然强化它特定的进程，以便在葡萄园内建立起最佳生态种群。至于具体的使用时间，根据多种因素决定。比如，要看月亮的阴晴圆缺。

听此话，我真吓了一跳。眼前的葡萄藤，莫非成了精，也按月相出没？

心心念念一句古诗"人有悲欢离合，月有阴晴圆缺，此事古难全"。

工程师说，您觉得葡萄最主要的成分是什么？

我说，水。

工程师说，对。葡萄的本质就是一层薄薄外衣包着一兜水。至于葡萄酒，更是85%至90%都是水。我们这颗星球，70%以上的表面积都是水，人体的70%也都是水。月亮和无边大海最引人注目的现象是什么？他望着我，等待回答。

我说，潮汐。

工程师道，没错，潮汐。潮汐是月亮的女儿。地球上所有的水，都受月相控制。月球引力也会对人体液体发生作用，这种现象叫生物潮。满月时，月球磁场会更多影响地球生物，刺激人的情绪活动。满月夜时人们睡眠普遍不好。深度睡眠时间要减少30分钟。睡眠喜欢残月，新月时睡眠时间也偏少。给葡萄施用启动剂，要参考月亮的运行轨迹……

我目瞪口呆，想象一粒葡萄中紫色潮汐汹涌澎湃。结结巴巴地问，月相处于什么时候……使用启动剂效果最好？

工程师说，我们也在试验中。现有结果证明，满月时浇灌葡萄藤，效果比朔月时要好得多。

心中慨叹：倘若当真如此，中秋节要改劳动节了。

又问，上弦月和下弦月可有区别？

工程师说，正在研究中，还未有定论。植物的生长，除了我们已知的诸般因素，还包含了更宽广的范畴。比如宇宙的影响、自然的灵魂等。比如有资料显示，残月时砍伐的树木，具有更强的硬度和耐腐性。满月时种下的胡萝卜，产量更高也更易保存。但土豆正好相反。

我百思不解，炖牛肉中经常联袂出演的胡萝卜、土豆与月亮的关系却大相径庭。想到成千上万颗饱满葡萄内部，黏腻汁水随38万千米之外的月亮动荡起伏，褐绿色的葡萄籽犹如礁石。可有金色的小船和白色的帆？波涛稠如蜂蜜……心旌荡漾。

关于土地启动剂，那天时间有限，未能完全明白。回国后，请教一位专家，学到一些相关知识。现买现卖，错了是我的。

这种物体，正确讲不叫"肥料"，而叫"配制剂"。听着不像农业像化学。不过这种"肥料"的的确确很传统，有特定的制作及掩埋方式。对，不错，就是"掩埋"，好像它是战死疆场的尸体。

配置土地启动剂，有多种方法，我们讲一种。首先，要备好母牛角。母牛角看起来不那么威武雄壮，比公牛角短小稚嫩，万不可贪大而用公牛角。母牛角的品质要新鲜，陈旧的不可。

我说，到哪里去找这么多的母牛角？

专家道，印度。他们养很多牛。

先把牛角里面掏空，然后填满新鲜牛粪。下一步骤是把母牛角口朝下排成队，埋到地下，角与角之间的距离是6厘米，上面覆盖20厘米的土壤。埋藏母牛角的地点不能有积水，但要保持湿润。埋藏时机选秋天，牛角们在地下安静地潜伏半年。春回大地时节，便可把牛角取出来使用。牛角出土时，时间已经让它们发生了神奇变化。半年时间的暗处发酵，牛粪已经变成一块泡酥的土状物。将这物质碾碎，放在桶中，加水搅拌，成为稍显混浊的液体。之后，用喷雾器将此混悬液，均匀地喷洒在土壤表面。你可能发愁，向整个土壤喷洒，掩埋多少母牛角才够用啊？别急，土地改良启动剂很神奇，每亩地20克就够了。当然如果你的启动剂储量丰富，多用点也无妨。它可以将板结贫瘠的土地改良得比较松软，使肥力大幅提高。

我从小生活在北京，于农事活动一窍不通。轮到上山下乡热浪袭来，我的同学们都去了陕北和内蒙古种地，我奔赴西藏阿里当兵。高原苦寒寸草不生，在我的同学们都成了种地的好把式之时，我仍对农耕一窍不通。

在印度教里，牛是主神湿婆的坐骑，你知道湿婆住在哪儿？就是我当兵时的冈底斯山脉的冈仁波齐啊。印度人敬神也敬神的坐骑，印度是牛的天堂。甘地说过："牛是印度千百万人的母亲。古代的圣贤，不论是谁，都来自牛。"牛因此在印度大摇大摆，全无顾忌，生活得十分惬意。

专家说，即使是在牛的圣地，母牛角价格飞涨，也已供不应求。

我说，莫非母牛角里含有特别的激素或是微生物，特别有利于地力或是某种菌群？

专家说，道理还不完全知晓。不过中国古老农法中，已有类似产品。

我说，愿闻其详。

专家道，农村有个叫"金汁"的东西。

"金汁"这名字好像有一点点印象，估计是一种液体？不然不能叫作"汁"啊。

专家说，唐朝女皇武则天非常喜欢牡丹花。

轮到我使劲点头。武则天把牡丹逐出京城，贬斥洛阳，然后又放了一把火，活活把牡丹烧成了"焦骨"，这应该说是特别忌恨牡丹吧？算了，牡丹的公案暂且放下，还是聚焦于母牛角和奇怪"金汁"。

专家说，武则天皇宫里的花匠，为了讨喜爱牡丹花的武则天欢心，想出一个沤肥的好方法。就是将粪便装入坛子里，然后埋入地下。也是静静等满一年后再取出来。也是按照一定比例兑水，再施到牡丹花根上，这样能让牡丹花提前开花，而且花期更为持久……

听专家侃侃而谈，我尘封的记忆裂出一道缝隙。当年学医时，教员提到在中国古代医学典籍中，好像是《黄帝内经》，要不就是《伤寒经》，提到过这个偏方。时间也要挑深秋入冬之际，取人的粪便加水，放入瓷坛中，然后密封起来，埋入土中。只是这给人服用的药剂，在地下埋藏的时间不是一年，而是长达几十年。最后打开来，坛内充满了清澈见底的汁液，无臭无味，可治疗高烧和肝病，滋阴、清热、活血、消积。

记得大家听完课后打趣道，上战场的时候，除了带上绷带强心针，也要背壶粪水。

不是任何人的粪尿都可制作"金汁"，必得要童子粪。这提供原料的童子，也有规格的要求。年龄既不能太大也不能太小，十一二岁正好。时间选冬至前后一个月，这个季节人粪不太臭。做药的粪便要反复淘洗，去除杂质。最后加入上好的井水或是山泉水。还要加土，土必须是红土。都加好后，用洁净的木杵用力搅拌，然后过滤均匀，至少得经过三次过滤，最后剩下的粪水才能装入陶瓮中。注意哦，是陶瓮而不是什么瓷罐。其上盖以碗碟，黄土加盐密封，入土贮藏。也有人说，"金汁"的原料，并不是取自童子，而是要取虔诚的佛教徒之粪便。按佛家戒律，和尚的排泄物污秽更少。我暗自揣摩，"金汁"在佛教传入中国之前便存在，估计童子便的传统更长远些。据说有人高烧不退，药石罔效，服下"金汁"，病很快就好了，只是通常不能告知病人这味药的真身。

"金汁"到了隐姓埋名才能治病救人的地步，怀才不遇啊。

回到拉风酒庄。葡萄园简易午餐已备好，法国小姐招呼大家前去品尝"天堂舍利"。

沿着垄间小径慢慢踱步，葡萄藤极为整齐，好像绿色铠甲的士卒列阵。不时有一株株柔曼的玫瑰，点缀在无边碧海之中，俏丽娇美。

工程师说，考考大家，葡萄园里为什么栽种玫瑰花？

波尔多地区凡有葡萄园处，定有玫瑰花。此时正是玫瑰盛开季节，碧绿葡萄叶映衬姹紫嫣红玫瑰花，美不胜收。

问题有趣，人们兴致勃勃猜测。

有人说，美酒配玫瑰，浪漫至极。亲上加亲，一箭双雕。

有人说，葡萄园里的玫瑰花，并不完全是为了美观和气氛，有它的实用价值。早年间，波尔多葡农耕地用马，为了避免马匹踏伤葡萄藤，就在葡萄桩边栽下野玫瑰。那时玫瑰未被驯化，枝干上长满利刺。马腿不由自主退避，能保护葡萄藤。

这么专业，大伙噤声，无人再补充。

工程师道，说得很好。不过葡萄园里种植玫瑰，并不仅仅是为了美观和防止践踏。玫瑰是葡萄的保护神。

人们惊呼，种植比例不足千分之一的弱不禁风的玫瑰花，靠什么来保护漫山遍野苗壮的葡萄藤？

工程师娓娓道来。葡萄生长有两大宿敌——白粉病和霜霉病，都是真菌感染，传播力极强。葡萄园一旦被侵袭，轻则当年颗粒无收，重则葡萄藤从根部坏死。不想玫瑰花对这两种致病菌，具有更高易感性，发病更早更急，成了葡萄园的灾害预警器。葡农们观察玫瑰花的生长状况，可以预见葡萄园安危。一旦玫瑰有发病迹象，马上采取相应预防措施，葡萄即可躲过一劫。

于是想起消息树，想起御敌于国门之外……回头再看玫瑰花，涌上身先士卒的悲怆。

一时气氛有些压抑。工程师察觉到，缓了口气说，现在种葡萄已经不用马了，科技也越来越发达，葡农们能够很好地监测和预防葡萄灾害，用不着玫瑰花通风报信了。不过，玫瑰花色彩丰富，香气令人陶醉。点缀葡萄园中，对视觉和嗅觉都是美好提升。所以如今波尔多葡萄园，继续保持着这个传统。

放眼望去，玫瑰娇艳绽放，绿豆大小的葡萄聚集成一坨坨细密块状物，天下太平。

参观酿造车间和酒窖。不是采摘季，巨大的不锈钢酿机闲着，"大智若愚"地掩藏着风光时的"翻江倒海"。想象中有堆积如山的葡萄，翻斗车轰鸣。葡萄珠被搅榨腾挪直至面目全非、支离破碎、汁液迸溅、血肉模糊……空气中曾弥漫呛人果香，那是葡萄粉身碎骨的祭献。

工程师说，我们采取的是传统波尔多酿法，工序很简单。通常经一星期发酵加上两星期泡皮，酒酿就可以装进橡木桶入窖了。

酒窖中安静守成的橡木桶，腆着大肚子酣睡。工程师说，20世纪70年代之前，波尔多地区的习惯是将酒在橡木桶内存放至少两年。现在已经缩短到一年半，以保留更多的果味。

我心怀敬畏端详原木色酒桶，充满不可知感。我悄声问工程师，您能预见酒桶中的葡萄酒是什么风味吗？

工程师迟疑了一下道，我不能够，估计我的同行们也不行。葡萄变成了酒，就有了自己的灵魂。每一束阳光、每一丘土壤、葡萄藤扭曲的朝向、刮过的每一缕风、降下的每一滴雨水，包括种植者的抚触，还有我们施用启动剂的时机……这些参数都影响着一株葡萄的呼吸与生长。采摘的火候、去梗压榨的力度、发酵的温度、时间的长短等，都会让葡萄酒发生微妙变异……葡萄酒从出生到成熟的经历，就像人的命运，深不可测。

我说，还要拜橡木桶的神奇所赐吧？

工程师说，橡木桶有它自己的脾气，很挑剔。像放大镜，会放大葡萄酒的优缺点。不是任意一款葡萄酒，都适宜进入橡木桶深造。只有那些品质超凡的葡萄酒，才承受得起橡木桶长期"典藏"的考验。大部分天资一般的葡萄酒，我建议还是赶紧出售吧。在橡木桶里待得越久，缺陷就越明显。我们的"天堂舍利"则非常适合在橡木桶中培养，能发展出复杂的烘烤香气及多层口感。

我是红酒盲，此话不甚了了，录在这里，供参考。

看管酒窖的工人，个头足有一米九。他日常洗手的白色瓷盆上方，贴着一个金发孩童的照片，嘴咧着，缺了两颗门牙，六七岁。

我问，您亲人？

他微笑道，儿子。

我说，为什么把他的照片贴在这里？

他说，照看酒窖，温度湿度都不能分心。传统的葡萄酒，每升大概会加200毫克的二氧化硫以防腐，这就是有些葡萄酒会让人头晕的原因。我们的酒加入的二氧化硫较少，口感更好，但比较不易保存，工作步骤需要更加洁净。我经常要洗手，贴在这里，一躬身，就可以看到他的笑容，我会回他一个微笑。

说完，他用长长的玻璃吸管，从橡木桶中放出一点葡萄酒半成品，分装在杯里，递给大家。

这是刚刚发酵了几个月的葡萄汁，还在成熟过程中。请先尝尝它，一会儿可以和成品"天堂舍利"做个比较。工程师告知。

杯中的汁水，尚不能算完全的葡萄酒。它呈浅紫红色，执拗地保持着葡萄轻快的酸甜感，不内敛，不厚重，一览无余。不过果香浓郁，可算上好饮品。

从冷沉酒窖钻出，重回波尔多明媚阳光下。葡萄田边，旧的橡木桶组成餐台，蜡烛环绕，青烟袅袅。乡间午餐不华丽不奢侈，如波尔多的原野一般安静低调。

"天堂舍利"果然名不虚传，它如鸽血般的宝石红色感人至深。轻轻以杯柱为轴心晃动酒杯，酒液所攀升到的杯壁最高处，酒痕凸起，沾在杯壁上，缓慢落下，像红烛未尽之泪。

餐桌上橙色、绿色、红色的彩椒，被侍者切削蒂部，成了或圆或方或不规则棱体的容器，注入水，端坐餐台，充当植物花瓶。内插一朵朵玫瑰花，芳香馥郁。

轻啜"天堂舍利"，口中回旋。它的确冷艳，初入口比较干，甚至有一点点"严峻"。在最初的凌厉之后，缓慢释放出醇厚与优雅，引人入胜。

餐桌离葡萄田很近。我凝视酒杯想，酿出杯中"天堂舍利"的那捧葡萄，或许就来自身边这株老藤吧？盛开的玫瑰花，随风摇曳，像在打招呼。

杯中酒啊，你可有知？咫尺天涯，转身的距离，你果真走了整整50年吗？你可还忆得起自己的前世今生，你可还认得出生死与共的俊友？

小飞机

欧洲行

10

Gazing at Europe from Up in the Sky

如果我有一个学龄孩子，
一定送他去华德福

斯图加特

单凭华德福学校这个名字，无法顾名思义。

伟大的政治家曼德拉曾说过，华德福教育是治疗南非历史创伤的最佳良药。

"华德福学校展示出的教学实况，给充满矛盾的现行教育提供了很好的参考。每一个实例都独一无二，无法生搬硬套。这种直接接触现实生活的教育理念以及这种教育实践所带来的成果，对那些被校园内外的厌学、暴力、故意破坏、失学等严重问题困扰的很多国家及其教育行政人员来说，华德福教育的实际经验是非常有效的。"

以上摘自联合国教科文组织 1994 年对华德福教育的介绍。

华德福教育是一种非主流非宗教性的完整独立教育体系，已有 90 多年的发展历史。从巴西圣保罗的贫民区，到大城市的富裕郊区均有分布。全球现有近千所华德福学校，2000 多所华德福幼儿园，300 所矫正教育和社会治疗机构

（各种文献记载的数字有出入，大体差不多）。它们遍布多个国家，绝大多数是私立学校。在欧洲发展得比较成熟，北美、南美和南太平洋区处于蓬勃兴起的过程中，在亚太地区的日本、泰国和越南等地也有长足进展。中国台湾有多所华德福教育机构，截至 2014 年，中国大陆有 6 所华德福学校。

华德福教育的源头在德国。20 世纪初，第一次世界大战结束，德国战败，国内经济一败涂地，饥荒遍地，罢工四起，暴动频仍。德国以至于整个世界何去何从？整个欧洲弥漫物质主义，人们迫切想找到解决社会、经济及政治上各种难题的答案，众说纷纭。有人发出强烈质疑——单纯追求物质满足对吗，传统的思考及教育方式正确否？

那位最终盖起了脑形建筑——歌德大殿的斯坦纳站出来，面对纷扰混乱的社会局势，他认为关键在于教育。传统的教育方式无法解决当时的文化困境及因社会巨变而产生的惶恐，必须有一套能照顾孩童身、心、灵整体发展的教育方式，来扩展每个人的内在潜能及生命视野，为更美好的人类未来奠定基础。他一针见血指出："我们不应问一个人生存于现今的社会应具备哪些知识与能力，而是应该问这个人的内在潜能是什么以及他的发展方向是什么……我们所努力的最高崇高理想是——培养开发出给自己生命订立目标及方向的自由人之能力。"

1919 年春天，斯坦纳以奥地利哲学家和科学家的双重身份，参观德国的沃尔多夫卷烟工厂，向工人发表演说。这家烟厂的老板——依米尔·默特，是个家境贫寒、父母早逝的苦孩子。他完全白手起家，自主创业，成了斯图加特一家著名卷烟厂的老板。香烟享誉全球后，他出资买下坐落在半山腰的豪华餐馆，请名人来演讲，宣布凡来听课的工人，照发工资。

斯坦纳在这里所开展的人智学讲座，直接诞育了华德福教育。默特听完讲座后大为感动，邀请斯坦纳为烟厂工人的孩子创办一所学校。斯坦纳答应了，不过提出要让教师管理学校，开设需要学生动脑的课程，培养学生的想象力，追求真理和责任感。校名"华德福"则源于烟厂之名。

斯坦纳的远见卓识与企业家的经济实力结合之后，如同双翅，华德福学校展现了教育新景象。它是让穷人的孩子和富人的孩子同在一起受教育的德国学校，也是第一所男女同校的学校。

这两个第一，今天看起来稀松平常，当时却是平地春雷般的创举。一个国家里有权、有钱和有知识的人们，各自利用所长，齐心合力为工人子弟建起一所最好的学校，并把自己的孩子也放在这所学校里受教育……单是这一

霞光笼罩下的斯图加特

点，就展现了华德福教育的先知光芒。

遗憾的是，那家烟厂，没能熬过1929年的世界性经济危机，经营一落千丈，最后被别的公司收购了。好在收购它的这家公司沿用了华德福的原有香烟名称，产品的包装背面至今还印有如下字样："约翰·阿斯特，1763年生于德国巴登。他是美国数位成功的德裔之一。1929年利是美公司沿用了这个品牌，曾大力援助设于斯图加特的华德福学校。"

斯坦纳认为，只有针对人深层意识的教育，才能让孩子成长为自己，具有超越物质、欲望和情感的洞察与判断力，结合与生俱来的智慧和本质达成自我，最终找到自我定位和人生方向。

斯坦纳的研究很深入具体，比如：对0—7岁孩子的教育方式，对这个孩子的一生具有怎样的影响？他们在这个阶段，具有人类与生俱来的模仿能力，是发展身体与意志力的时期。孩子经由对大人言行举止的优美模仿，在父母所提供的温暖、安全、自然美好的环境和规律生活中，得以健康长大，建立起探索世界的基础能力。

斯坦纳认为，如果孩子在0—7岁时缺乏爱与触摸，到了7—14岁时，就会出现思维缺乏和行为障碍。如果缺乏运动，则会影响孩子的身体、心灵和精神层面的发展。如果时常受到恐惧刺激，那么此人到了50—60岁时，会出现动脉硬化之类的心血管疾病（弱弱说一句，不知今天的研究者可有这样长远的数据）。

如他的情感没有得到很好的呵护，则容易出现抑郁、不满足、渴求爱、犹豫等特点。如果在孩子0—7岁时不尊重他的"个性"，时常讽刺、挖苦，那么孩子长大后就很难独立且没有自信。如果在这个阶段过早进行读写、思考，则会导致孩子僵化、无法进入精神世界。总之，很多成人的乖张行为，都是少年时的情结在起作用。

之后进入 7—14 岁时期。要强调心灵、情感与创造性的想象空间。需要足以使孩子产生长久信赖和敬仰的权威，借由艺术化的教学，引发孩子内心的需求，使孩子具备自信、兴趣和对生命安全感的满足，能在相互帮助的学习过程中，培养同情、容忍、合作与对社会的情感和爱。

14—21 岁的青少年期，重点在于精神与思想的启发。这一时期是生命力活跃、情感充沛的反叛年代，个人判断力和独立思考意识开始发展的关键时刻。专业而成熟的老师，能通过良好的师生互动，带引孩子迈向知识与精神的成熟。

华德福教育非常注重细节。校方强调环境整洁，如果环境脏乱差，孩子的行为也会很混乱。校舍中的每样东西，都要放在特定地方。这样有利于孩子们产生安全感和愉悦感。华德福教育体系非常强调孩子要到室外去，到大自然中去，听鸟叫、放声唱歌、观看彩虹……把单调的学习知识，创造性地与艺术、手工、肢体律动及音乐等密切结合，达到整个人——头脑、心性与四肢都均衡发展。孩子们需要学习绘画、唱歌、手工等。

访问华德福学校，老师介绍说，在正规课堂上课的时候，你会发现，所有学生多多少少都会偷偷做些自己的事情。

我会心一笑。是啊，这种情况，被人称为"爱做小动作"。我小时候，会经常换包书皮的纸。那时没有现在的塑料书皮，而是用画报纸当材料。不同画报有不同内容，我表面上是在看课本，实际上在读画报上的文字。别的同学也都独自忙着，要么东张西望偷看窗外，要么玩手、铅笔盒或是小玩具……我妹妹说她能上课吃零食，这个我没敢尝试，觉得难度系数比较高。我坚信没有一个孩子能老老实实在整整一堂课的时间里不走神。

华德福的老师问：孩子们这些额外的活动，到底意味着什么？

我摇摇头。虽已年过花甲，但我还真不知道童年上课时那些五花八门的

德国一家免费华德福学校

小把戏，意味着什么。

华德福的老师回答，是"成长"。孩子通过自身的活动获得成长。如果自主活动的意图被阻止或中断，对成长极具破坏性。人们都明白，婴儿需要通过吮吸、触摸、爬行……种种自发活动来探索世界，成人会为孩子的每一点进步而欢欣雀跃。可是当他们能够自主行走，掌握简单的会话本领之后，悲惨的拐点发生了。成人会板起面孔，希望孩子变成木头人，乖乖呆坐，一动不动，随时接受大人的教育和训诫，然后在统一的框架中长大。它违背幼儿的成长天性且极不符合逻辑。

华德福教育的目标，是让孩子成长为真正的人：身体有力量，生活有规律，与环境和他人和谐共处，同时能够坚持自我道路。

华德福幼儿园里有大量玩具，都是纯天然布料制品，由老师手工制作，娃娃的表情刻意简单化，据说这样更能激发孩子的想象。

受华德福学校教育的孩子，天性奔放，有自信，想象力丰富。明确知道自己想要什么并能坚持自己的选择。话说有这样一个学生，本来学习的是文学专业，为了自己想做的事情，特意去学习了日语、德语、西班牙语、中文……这个有为青年，就是我们的领队加翻译官小艾。他的友善、机智和博学多才，让人对华德福教育充满了兴趣。华德福特别强调爱的教育。爱是一种能力，它不是生来就有的，必须通过领悟和感受，通过学习和实践，才能使其慢慢发育成熟并切实掌握。

华德福课程安排也和常规教育不同，以手工、艺术、自然园艺、歌唱、神话故事等艺术为基础教育方法，户外活动很多，给孩子自由玩耍的足够空间。华德福反对电视和电脑，老师授课一律手写板书，不用 PPT。

人们对所有的经历都不会忘记。也许那幼小孩儿的创伤性记忆，会被今后的经历一层层覆盖，直到在理智层面被遗忘，可他的肉身却终生铭记。潜意识的记忆斩钉截铁，至死不渝。唯一的纠正方法是将它们重新清理，重新认识，然后打包收起。从此，我心里有数，知道你就在那里，但我轻易不去扰动你。如果你忍不住跳出来作祟，我知道你从哪里来，我会把你送回那里去，重新打上封印，让你待在安静的地方睡眠。我尊重你，因你已是历史的一部分。历史不可改写，但我不能时时活在历史中。我将背负着你，负重向前。如果我们能将这创伤发生的概率减少，如果从幼年起就让人们逐渐培养起痊愈的力量，多好啊！

看到这里，我猜你会奇怪为什么斯坦纳对教育这样富有创见。

前面说过，斯坦纳治愈了一个脑水肿的孩子。从 1884 年开始，他担当这个孩子的家庭教师。这家人不仅仅有个病孩子，还有 3 个正常孩子。斯坦纳把这份工作做了 6 年，通过一种结合了身体和心灵的教育方式，唤醒了孩子们沉睡的能力。家庭教师的经历，让斯坦纳对教育的自由倾注了更多心力。他开始在欧洲各城市演讲，表达对教育与学校的看法。

想起一件往事。

多年前，我同一位海外儿童文学家聊天。她说，我走过很多国家，到过很多学校，也接触了无数孩子。您知道在全世界，最虚伪的孩子在哪里？

我对此所知甚少，该问题火药味甚浓。我真不情愿将"虚伪"这个词与天真的孩子挂钩。便说，不知，请指教。

海外专家说，是中国大陆的孩子。

我诧异，为何这么讲？

她说，记得那年六一儿童节前后，我集中走访了中国大陆的一些学校，吃惊地发现，无论是北京、上海这样的大都市，还是穷乡僻壤的边远小学，孩子们的发言稿基本上都一模一样，没有一点创造性，甚至连他们讲话的腔调都非常相似。这只能让人得出一个答案，那就是他们讲的不是自己的话，他们根本不会说自己的话……

关于教育体制的讨论，已经持续了很多年。那么，一个真正有趣有效、有力量、有成果的教育体系应该是怎样的？华德福打开了一扇门。

我参观过国内的一所华德福学校。进校门后碰到的每一个孩子，都笑脸纯真，非常自然地打招呼，既不畏缩，也不"人来疯"，一切流露都恰到好处。

我一下子被感动了。孩子最好的状态，便是自然。完全伸展开自己的四肢和感官，按照感受决定自己的反应，既看不到束缚又懂得必要的规矩。

华德福学校要求主班老师必须满6年任期，陪伴孩子从一年级到六年级毕业，全须全尾。上课时绝对不使用幻灯片和投影仪。幻灯片虽然极大地减轻了老师的负担，不需要再亲自动手，也解救了一些板书不美观的老师，不过孩子们在用幻灯片授课的课堂上更容易走神，长时间盯着发光的物体，也会产生用眼负担。

老师教学没有诸如主流学校的教科书，学生所拥有的是在课程学习过程中逐渐填满的练习簿。练习簿记录了学生的经验和所学到的知识。从本质上说，是孩子们创造了自己的教科书。

华德福学校把艺术置于核心地位。比起枯燥的讲演和死记硬背的学习，儿童对这类教学法更能做出积极的响应。

学校和教室的设计布置，从教学用品到学生用品都尽量做到自然、和谐和温馨，给予孩子温暖、安全和爱的感觉。孩子在这种环境中才能生发出善良和美好的想象。若限制了想象力的发展，就会影响孩子的身心健康。

华德福学校设有大量的美术、音乐、表演艺术、话剧、手工、园艺和农艺等艺术化教育课程，而且数学、科学、文学、外语、历史和人文课等都以艺术化手段进行教学。让孩子参与多种日常工作和艺术创造，能加强对人生的责任感。这种责任感来自对美的感受和追求。

针对学生求真、求实的天性，学校开设了大量的自然科学课，如数学、物理、化学、生物、农艺、气象学、投影几何、科学史等，人文课程方面则开设了文学、社会学、艺术史等。让人不但学习科学知识，也学习普遍和永恒真理，探索人生的终极问题。尽力使意志、感觉和思考得以平衡发展，在突出想象力的同时，不忘培养责任感和真理感，强调物质环境和精神环境的平衡和谐。

这么说有点枯燥，我说说华德福学校的有趣细节。管中窥豹，可对斯坦纳倡导的这种独特教育体系多一点了解。

让学龄前的孩子玩自然状态下的松果、贝壳、石头和木头，引导孩子发挥想象力，开始认识和了解地球。

华德福教育让学生每天都有机会动手创造，在老师指导下编写资料，配上图表、数据和标本等，然后装订成有个人特色的课本。

有一家幼儿园在院子里栽了很多树，目的是让孩子们尽可能地体味大自然，学会爬树。老师会经常观察树是否能经得住孩子们的攀爬，是否足够安全。

当一棵树渐渐衰老时，就会种下一棵新树。到老树被砍伐时，新树已茁壮长成，能够担当起陪孩子们玩的责任了。

有家华德福学校有3间木工房，每间木工房由一位老师引导。华德福学校重视孩子们的动手能力，设有木工教程。记得有个流传很广的小故事，说的是幼年的爱因斯坦手笨，做的小板凳十分丑陋。老师挖苦道，谁见过这么难看的小凳子啊？同学们都不说话，唯有小爱因斯坦说，我见过，我之前做过的小板凳，比这个还丑。

记得我听到这传说时的第一反应，不是感叹爱因斯坦的执着和老师的言辞不当，而是大为惊奇人家学校里还教怎么做小板凳啊……我孤陋寡闻，不知中国有多少公立学校开设了此课程，大胆猜测一下，极有可能是零。

话说此校的3位木工老师各有特点：一位经验老到中规中矩；一位擅长把木料制成艺术品，例如竖琴和大小提琴；最后一位则重视实用性，主攻打造家具。

如果能自由选择老师，你愿师从哪种风格？换我，就师从做家具那派，日后给自家修修补补，一生受益。

我在一所华德福木工房里看到很多小凳子，不过，没有任何两个木凳样式相同。我挨个端详，还坐上去试了试感觉。

一个五边形凳面的凳子，其下是圆润菱形，一共有10个侧面，打磨得十分滑腻。试坐的感觉也很舒服。木工老师说，我也很喜欢孩子的这件作品。不过，这里的每一件作品都是孩子精心制作的，里面有制造者的灵魂。

一眼瞄到某小凳，凳面轮廓锐利，看着就有扎臀感觉。坐上一试，果然极不舒服。我对老师说，凳子是实用器具，请制作这小凳的孩子，抱一袋10斤重的米，坐在他亲手完成的作品上，坚持10分钟。

老师搔搔头说，我也觉得这个凳面造型有问题。但是，我要隐忍住，不能说。

我惊讶，为什么不说？

老师道，怕伤了孩子的创造性。

我对此弱弱地有一点不同看法。普通教育，并不是以培养艺术家为己任的。一个孩子，需要学习规则。艺术并不是法外之地，一个如荆棘般的凳子，不是好构思。我是门外汉，最终什么也没说。好在这把年纪了，忍住不说话，不算太难。

每个学校都有一些具体的规定，也很有趣。比如某华德福幼儿园规定，所有女老师无论春夏秋冬，一律穿长裙。

我很吃惊，问，必须如此？

园长很肯定地说，必须。

我说，为了美观吗？

院长说，在小孩子的眼中，大人的身体是一个整体。如果老师分别穿裤子和上衣，幼小孩子从下往上打量老师的时候，会看到老师身体呈半截状，这对他们的审美不利。如果孩子有请求，需要拉住老师的时候，裤子不容易让孩子的小手拉住。而裙摆比裤子要方便得多……

心细如针啊。

华德福幼儿园的编制也有特色——不按年龄分，大小孩子混班。大孩子可以带小孩子，能体会到哥哥姐姐的感觉。小孩子也能互相帮助，学会和不同年龄段的同伴相处。

想起一件往事。20世纪30年代，教育家陶行知先生写了一首诗："有个学校真奇怪，大孩自动教小孩。七十二行皆先生，先生不在学生在。"有个八九岁的小女孩看了后说，既然大孩能够自动教小孩，那么小孩就不能教大孩了吗？可以改成：小孩自动教小孩。陶行知仔细考虑过以后，觉得小姑娘建议甚好，当即把"大孩"改成了"小孩"。以后逢人便夸赞小姑娘，说，这个小姑娘可真是我

斯德哥尔摩集市

丹麦童话作家安徒生的家乡——欧登塞

的一字师啊！可见，大孩子和小孩子的和谐相处，实在是一件美好的事情。

华德福学校会把所有孩子的作业都张贴在墙上，并不标明谁第一谁第二，只为让孩子们学会相互欣赏。

在一所华德福学校里，我看到孩子们做的手工成果，叹为观止。他们用毛线编织小兔子、小狗、小花朵，用五彩棉布拼接起百衲衣般的椅垫。更有甚者缝纫出了某出古典戏剧的全套戏服，而教授他们手工课程的，居然是一位现当代文学的博士。

我说，您现在担任缝纫课的老师，和自己的专业没多少关系了，可快乐？

她喜笑颜开地说，太快乐了。我一直喜欢手工，找不到时间来做。现在，工作成了娱乐，孩子们可喜欢上我的课了，特有成就感，非常开心地度过每一天。我觉得我不仅是在工作，重要的是在选择一种所爱的生活方式。

华德福学校的每个孩子都要练习演讲，当然之前会很紧张，临场也很可能砸锅出意外……一次次的失败，让孩子们学会了平常心。平常心这个东西，大家常常挂在嘴头上，但实操起来很多人做不到。不是说平常就能平常，必须让这件事真正成为寻常生活中的常客。学会演讲，是当今时代必须具备的基本技能。

在瑞典华德福学校，曾经发生过这样一件事。

学校位于斯德哥尔摩以南 60 千米处的小镇雅娜。20 世纪 80 年代，瑞典国王到这所华德福学校参观，看到孩子们快乐而富于灵性，跟受皇家教育完全不同，深受触动。他立即决定把王子和公主送到这所华德福学校读书。可是，这所华德福学校是开放式的，没围墙也没保安，实在无法保障王子和公主的安全，最后只好遗憾作罢。

学校正面临一个难题：设计师需要用一种很贵的木材做木工房地板，经费成了问题。国王得知后，说，我来想想办法吧。

不久，一家木材公司给学校打来电话，请学校选木工房需要的木材。国王说了，数量不限，由他全部买单。结果就是这所学校，拥有了全世界华德福学校中最好的木工房。

再来说说丹麦欧登塞的华德福学校。欧登塞大家不陌生，是享誉世界的童话作家安徒生的家乡。那地方很寒冷，要不然，安徒生怎么能写出被冻死的卖火柴的小女孩呢？一定是他在童年对寒冷有刻骨铭心的记忆。

欧登塞有一条河，河水清澈，现在还可见鸭子浮游。我猜测，幼年的安徒生，一定在河边看到过嬉戏的小鸭子，印象深刻。多少年后，他让小鸭子在自己的笔下复活为天鹅。

前面说了，华德福的教育体系认为，一定要让孩子保有对自然的感觉。和大自然的密切接触，是成长为人的必要条件。如若不然，孩子就会成为虽有血肉，却没有感觉、没有温度甚至冷酷无情的孤独人、电子人、机械人……长大后即使回到大自然中，也觉得无趣。

这个理念说起来很美，但在城市中实行起来并不容易。于是，欧登塞的华德福学校在校内拒绝硬化地面，顽强地保留沙石地面。所谓硬化地面，就是用水泥、砖块、石块甚至木板，将地面遮挡起来。显而易见的好处是在北欧常见的雨雪泥泞中，让人不会湿了鞋袜，脏了裤腿裙边。

但"硬化"这个词，不符合土地的属性。肥沃的土地，绝不是硬的。土地不应该完全水平，也不该整齐划一、千篇一律。好的土地松软而富有弹性，它蕴藏着水分的气泡、蚯蚓的通道、草根的遗骸、新生的种芽……

拒绝硬化带来的直接后果就是，风雨中走来的人们，因欧登塞城市的道路早在几个世纪之前铺就的卵石，而成功地避免了鞋底的泥污，但当他们踏入原以为更洁净的华德福学校，看到的却是自然生长的草地或是裸露的土壤。孩子们穿着雨鞋，在水洼和泥泞中奔跑，一不留神滑倒，摔个大马趴，来个满脸花，身上的衣服更是惨不忍睹。然而孩子们照样嬉笑，一点都不担心身上沾满泥污，犹如世世代代的祖先那样不会嫌弃土地。这才是真正的品位与奢侈。

再来说说芬兰的华德福学校。

《纽约时报》2011年12月21日有一篇报道，总结芬兰教育的特色如下：

1.7岁才上学。

2.几乎没有家庭作业。

3.16岁才有第一次考试。

4.政府只提供指导性的教育大纲。

5.不分快慢班或尖子班。

6.老师的地位与律师和医生一样。

7.所有的老师必须有硕士学位。

8.大学毕业生中成绩在前10%的学生才能当老师。

怎么样？虽说篇幅不长，但估计看得比较慢，忍不住一边看一边和咱们身边的教育现状相比较。

芬兰教育方面的大好形势，并不是从天上掉下来的。

几十年前，芬兰的教育体系也是杂乱无章的，具备与一般教育体系相同的特征：自上而下的评价体系，广泛的跟踪、流动性较高的师资……以课程为基础，强调竞争，重视标准化，以考试为责任，惯于控制。

变化出现于20世纪70年代。首先是政府要求所有的教师必须拥有硕士学位。2008年，新入职教师的薪酬是2.9万美元，达到了资深教师的96%。

芬兰认为，如果让孩子在7岁前入学，就是对儿童权利的一种侵犯。

最初的6年教育，并不以学业成就为目的，也不对学生进行测评，只是让他们为学习做准备，并试图发现他们的兴趣所在。教育的主要目的是为整个社会的平衡服务。

斯坦纳定下规矩，华德福学校没有校长，是由教师治校。教师必须爱好教学，爱孩子，因为热爱而从事工作。华德福学校必须是非营利性的，如果有了盈利，不得用于分红，只能用于学校的继续发展。

我对教育完全不懂，只是把自己看到听到的点滴心得，写在这里，希望他山之玉，可以攻石。

古话讲的是"他山之石，可以攻玉"，好像石头一定比玉硬。按照摩氏硬度计测定，翡翠的硬度可达7，玛瑙、水晶、木变石、东陵石、河南玉等，硬度也可在6之上。至于石头，滑石的硬度只有1，方解石是3，萤石是4。就算大名鼎鼎的石英石，硬度也只是7，翡翠可以和它打个平手。

希望华德福的教育理念，给我们更多启迪。

我学习心理学多年，知道没有什么百战不殆的方法，可以对抗这个世界上所有的狰狞恶意。不过，如果你能披覆自信的铠甲，流淌充沛的热血，起码可以在受伤后不至于立毙，能争得疗治的时间。换个说法就是——谁也不能保证你不中剑，但能寄希望于你不会一剑毙命。遍体鳞伤之后，尚可慢慢复原，以期重新强壮。

最好的教育其实是自我教育，孩子要学会成长，同命运协调、握手言和。而老师和父母，则是孩子成长环境中的一部分，我们要尽可能让自己成为最好的环境。

美国作家、诺贝尔文学奖获得者索尔·贝娄说："如果我有一个学龄孩子，一定送他去华德福学校学习。"

小飞机

欧洲行

Gazing at Europe from Up in the Sky

11

三个火枪手故事发生的地方

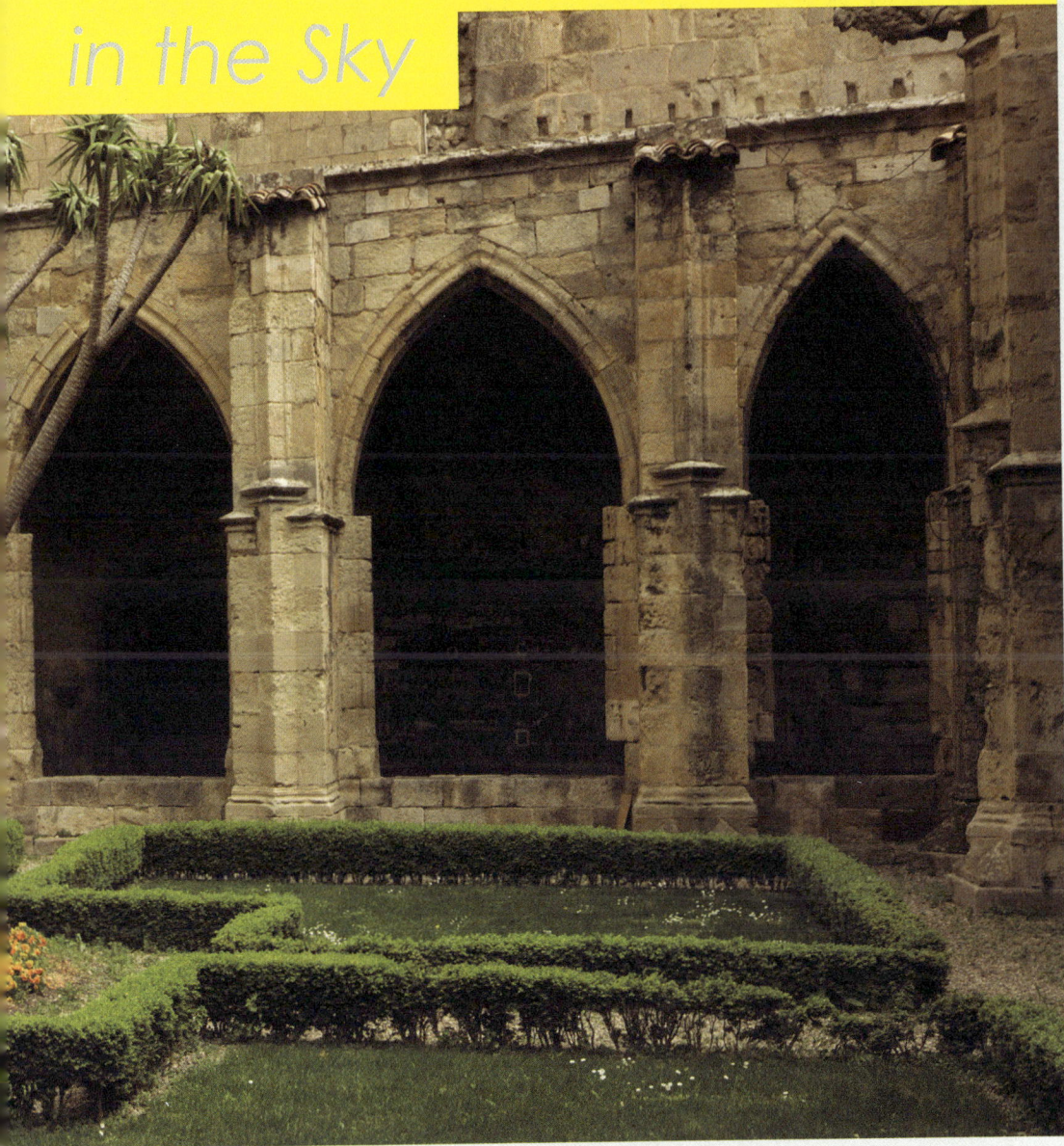

欧洲修道院

以赵老师诗开篇。

法国乡村风情

赵为民

法国马迪康厄热涅莱班的乡村小旅馆环境优雅，奢俭有度，庄园外的乡间马道，教堂钟声，激荡着世纪回响。凤凰卫视原中文台台长王纪言先生称赞其颇具皇家贵族浪漫风情。余等下榻于此地，甚感心静如水，思绪远长。

雨生青草味

风送麦菽香

悦色春应绿

和颜秋自黄

花幽孤亦仰

木直独当昂

月出归鸟静

心随乡绪长

法国波尔多某小镇的一处修道院遗址，由中国企业家买下，现正热火朝天地改建成酒店。

修道院为神职人员修习圣道之地，是培养神职人员的至高学府。东正教多称其为"隐修院"。在欧洲中古时期，修道院曾非常流行。进入修道院的人大约分几类：有些人全身心敬拜宗教，愿意在十字架下思考《圣经》，信奉本笃苦修静默教条，以献身为快乐；还有一些人则是被当时频发的战乱所迫，把修道院当成避难所，"躲进小楼成一统"，希望能过相对太平的日子；还有人是因各式各样个人原因，选择逃离世界躲在修道院度日，期望减灭本性罪恶，一步步达臻圣洁。

总之诸种因素叠加，让中世纪的欧洲修道院林立，一如我们历史上曾有过的"南朝四百八十寺"。

修道院制度可谓古老。罗马帝国崩溃时代，基督教不断扩张，修道院逐渐遍布西欧。贵族的捐赠加上拥有的商业优势，渐渐让修道院变成当时富庶阶层聚集之所。入住的人有钱了，修道院的建筑档次也不断升级。通常以石头砌成，高墙环绕，坚固异常。围墙很厚，可达2—3米，高度约在10至12米，堪比城墙。主要作用是保护院内财产安稳，修士们不受骚扰和侵略。

不过我们现在面对的这座修道院，围墙已被岁月荡平，只遗留各种建筑残骸和废墟。

我纳闷，想象中的修道院应与世无争，为什么要修森严的围墙为壁垒？单是为了让修士们有个好场地修身养性，似乎不用如此大动干戈吧？查了资料方才明白，当时真实情况是——修道院远非与世无争的桃花源，而是与遍布欧洲的狰狞城堡一样，肩负着非常重要的战争功能。硝烟燃烧之时，巍峨坚固的修道院，摇身一变为坚不可摧的壁垒。

想起我们的寺庙道观，好像从未兼备战争功能。

修道院高耸的塔楼，打起仗来，可起到瞭望乃至制高点作用。高而厚的石造城墙，使守军居高临下，占易守难攻优势。

参观时正值中午，小镇静谧。修道院的中心教堂建于公元 10 世纪，迄今保存完整。入内参观，陈设简洁，无金碧辉煌，亦无多余装饰，朴素厚重。大概真正希图教化民众的殿堂，都遵从简明扼要为上。教堂前方，有一下行楼梯，扶着栏杆走下去，进入一个狭小空间，被称为"禁室"，据说是供奉圣物的地方，以前外人绝不允许进入。一时间，想起《圣经》中约柜所在。教堂底层有一个小厅堂，布置有圣坛。安静安全，封闭得让人有踏实隐秘之感。想来这里可能是私密的祈祷和忏悔空间，充当着上帝直接与人对话的场所。

我也疑它在战争中有类似地下掩体的功能。

修道院如同一座自给自足的城池，建筑上安排得"万事不求人"，想必鼎盛时期，工坊、伙房、粮仓、酒窖、医院……一个都不能少吧？现在镇子的规模还在，但常住居民只有 400 人了。

出了教堂，在平阔旷野和残迹中踯躅，路边开遍类似雏菊的小花，听说它的名字叫"国王的纽扣"。这名字传神，又想，怕只有国王，衣物如山，才用得了这么多纽扣。

于废墟中，想起中世纪的一则传说。说是有一种经文，只能在废弃的修道院中念诵。经文的用途是——诅咒仇敌致死。不是暴毙那种，而是使他慢慢衰弱，任何医生和药物都对此症无能为力。这经文难得出世，一是因为知晓它的人凤毛麟角，二是纵使懂得并会背诵，人们也不愿手染鲜血。无论谁吟诵了经文，都是犯下重罪。将来末日审判时，会被投入地狱火湖。

鬼故事让人惴惴。不由自主看了看四周。有没有猫头鹰幽绿眼珠，有没有倒挂的吸血蝙蝠？好在什么可怕的征兆都不见，有的只是波尔多夏日明朗如火的阳光。

火枪手雕塑

漫步其中，遥想当年此修道院的布局。这里可是宽阔的中心广场？四周应有延展出来的十字形道路吧。依那依然耸立的教堂风格，这里似乎应是回廊所在。回廊可有高高的拱状翼肋？修道士们会在土地上劳作，遍植蔬菜和花草，或许还有药材。那么，哪里是花园，哪里是菜圃？

除了孤零零的教堂，其他都已湮灭，只有一个美丽的小亭子形单影只地屹立着，顽强彰显着昔日的精致。我想象不出它当年的功能，问了当地居民，似乎也说不明白。现在的用途倒是简单明了，是小镇居民每日聚会场所。尤其是早上，各家各户扛着篮子，在这里展示刚从地里收获的蔬果产品，相互交易，形成小小的农贸集市。

之所以对这座修道院如此情有独钟，是因为大仲马的名篇《三个火枪手》里所讲述的故事，据说就发生在这里。那么根据小说情节，此修道院应该同时接纳修士和修女共修吧？

恕我啰唆一下那故事的梗概。它以法国国王路易十三和手握重兵、权倾朝野的首相黎塞留（红衣主教）的矛盾为背景，穿插群臣派系的明争暗斗，围绕宫廷秘史逸闻，展开传奇故事。

男主人公少年勇士达达尼昂，怀揣其父留给他的 15 埃居（法国当时的货币，有金银两种。一般在法国文学中提到埃居的时候，指的是银制埃居，价值只相当于金埃居的一半。欧共体的货币也用过这个名称，不过两者并非同一货币。1999 年 1 月 1 日欧元诞生之后，埃居自动以 1 ∶ 1 汇价折成欧元）。

咱先不说钱了，回到 17 世纪的法国。达达尼昂骑一匹长毛瘦马，告别家乡及亲人，远赴巴黎，在同乡特雷维尔当队长的国王火枪队谋到一份工作。他遇上阿托斯、波托斯和阿拉米斯 3 个火枪手，4 人结为知己。

法国国王路易十三和王后安娜，再加上首相黎塞留，各掌大权。王后把国王送给她的金刚钻坠，赠给了旧时情人英国白金汉公爵。主教进言国王组织盛大宫廷舞会，请王后佩戴金刚钻坠出席。舞会日期渐近，王后没有金刚钻坠，胆战心惊。她的侍女波那瑟献计，请达达尼昂相助。达达尼昂因对侍女满怀情愫，便答应了此事。在3个火枪手朋友的全力支持下，4人分头赴英。一路惊险磨难自不必说，达达尼昂终于面见白金汉公爵，带回了金刚钻坠，救王后于千钧一发之时。

红衣主教黎塞留与白金汉公爵是情敌（共恋王后），利用新旧教徒矛盾，引发了法英战争。他组建阴谋班底，得力亲信叫米拉迪。此女美貌，却心狠手辣。达达尼昂与其亲密交往，于床笫之欢时，发现米拉迪肩烙百合花。在当时，这是女子犯罪的刑迹。

达达尼昂将情报通知温特勋爵，米拉迪刚踏上英国土地，就被抓获并遭软禁。米拉迪卖弄风情，诱惑看守。看守救出米拉迪，刺死了白金汉。米拉迪在归法途中，巧进修道院，将达达尼昂情人毒死（就是这个修道院吗）。后面还有若干细节，恕我打住。最后达达尼昂和3个火枪手都报仇雪恨，他本人擢升火枪队副官，兄弟们也荣归乡里，或娶媳妇，或皈教门，各得其所、其乐融融。

如果这里是米拉迪曾经犯下罪恶的修道院，那么，罪恶的百合花开在脚下哪一片土地上？

到了公元12世纪，修道院越发世俗化，成了当时社会的一个安全阀。一般的家庭财力只够为大子女安排婚姻，其他子女就只剩进修道院一途。孩童们并不是净身而来，通常都会带一些财产入院。修道院当然不会拒绝这些财物，积少成多，变得越来越富有。

不过，修道院也不是谁想进就进得了，要经过一段时间考验，之后还得发下终身誓言。誓言的核心是"三守"。第一要守得住贫穷，放弃世界上一切物质的所有权。第二是要守住贞洁，远离情欲守独身。这还不算，还须禁一切享受。第三条是守服从，完全顺从修道院院长的任何合理或不合理的要求。

修道院内的生活主要由两部分组成。首要是静修。包括读经、祷告、默想。其次是体力劳动，修士修女们要用自己的双手，达到生活自给自足。修道院传统是"祈祷不忘工作""在工作中祈祷，在祈祷中工作"。

教堂远处，有一排排石砌房屋组成的院落，陈阳南先生说是以老旧房屋价钱收购的修道院原物。大家颇感兴趣，推门进去，院落似有某种神秘魔力，散发着古老气息。满地齐腰深的荒草，依稀可分辨出疑似马厩或仓廪的格局。院子左边砌着烟囱的一排房舍，好像是厨房。我本想入内细细查看，被人很有礼貌地拦住，说此地已是危房，进去怕有坠物，影响安全，还是不要看了吧。偷着从石屋窗棂一觑，见屋内坐落多副炉灶，想来此地是修士们开伙的大厨房？修道院鼎盛时的规模可见一斑，只有如此宏大的操作间，才能在同一时间供应众多修士们开伙。

院子角落有口巨井，井口直径近两米。井壁高出地面约有 1 米，现盖着巨大盖子，疑青铜制成，雕有精致花纹，还有同样质地的金属压水把手。想来无数修女修士们，都曾饮过井中汲取的水吧。我琢磨还应看到铰水链子，睃巡四周不见踪影，不知是否遗失。

我问，这口井内现在可还有水？

当地人答，有水，非常清冽。

被这口井吸引，大家围拢过来，议论纷纷。这里应是修道院的主要饮水处。

寻常人家，哪里用得着这么大的井啊！

赵老师说，将来可以在这儿开个茶馆。

此议甚好，希望有一天，用这口古井中的法国水，沏一杯明前的龙井茶。

这个修道院，真是传说多多，据说还与电影《大鼻子情圣》有关。

19世纪末，法国剧作家埃德蒙·罗斯丹的5幕浪漫诗剧《西哈诺·德·贝热拉克》，在巴黎圣马丁门剧院首演，获得空前好评，有评论家称这几乎是19世纪法国戏剧的最大成功。

根据这部诗剧改编的电影《大鼻子情圣》，获1990年第43届戛纳电影节评审团奖和最佳男演员奖，还有欧洲电影奖、第15届多伦多国际电影节最佳故事片奖、第48届美国金球奖最佳外语片奖、第16届法国电影凯撒奖等。

故事的发生地就在这里。诗人西哈诺才华横溢，又是个武艺高强的军官，因为长了一个丑陋的大鼻子，心生自卑，不敢向表妹罗珊表白爱情。罗珊喜欢西哈诺的卫兵克里斯蒂安。克里斯蒂安风流倜傥，腹中无甚墨水，请西哈诺代他写情书给罗珊。西哈诺借代笔之机，酣畅淋漓地表白对罗珊的爱慕。罗珊被充满爱意且无比优美的情书打动，嫁给了克里斯蒂安。原本李代桃僵的姻缘，招来了伯爵的醋意，原来伯爵也是罗珊的爱慕者。见美梦破灭，恼羞成怒的伯爵将西哈诺和克里斯蒂安派到战火纷飞的前线。

战斗间隙，西哈诺依然代写情书。克里斯蒂安发现西哈诺深爱罗珊，不顾危险，亲自送信。他想向罗珊说明真相，不料死在途中。罗珊捧着染有丈夫鲜血的情书，悲恸欲绝，一转身进了修道院（还是这所修道院吗？是男女兼收吗？）。

15年过去，西哈诺抨击社会弊端的文章招来了杀身之祸，弥留之际，请来罗珊。他接过罗珊递过来的那封沾有血迹的情书，说出了真相。罗珊这才明白西哈诺对她的深深爱恋。

之所以啰唆这两个有点狗血的故事（文豪们请原谅啊，没有恶意，只是多嘴多舌），就是因为无法确认面前这个修道院遗址，到底是蛇蝎女米拉迪曾经勾引小修士的地方，抑或痴情女罗珊丧夫之后遁进的空门？

天湛蓝，蓝到令人担心，如果没有那几朵稀薄的白云托举，波尔多的天空会不会如蓝玻璃般砸下来？叮叮当当的装修声，让人们对这个建造在修道院遗址上的酒店，充满了期待。期盼着酒店早点完工，早点开业。希望将来在修道院酒店每间客房的茶几上，都摆放一本大仲马的名著《三个火枪手》。你如在此下榻，夜晚时翻开书的某个篇章，偶然抬起头来，会看到中世纪的法国历史，就在窗外，徐徐展开。

大鼻子情圣

Gazing at Europe from Up in the Sky

12

瓷器与中国

晶莹的瓷器

之后几章，我将写到位于法国的欧洲瓷都，写到参观瓷器博物馆，写到一位赫赫有名的间谍……在这一切开始之前，恕我写写瓷器和中国的关系。

　　中国国名的英译——China，如果首字母大写，即"中国"，如果首字母小写——china，便是瓷器。

　　它们一致至此，有何渊源？众说纷纭，并无定论。我摘录几种说法。

　　一说，中国瓷器传入欧洲，欧洲人才知道原来世上还有如此精妙器物。他们根据"昌南（景德镇）"的汉语发音，把这个镇子叫作"china"。插一句，景德镇的原名就叫"昌南镇"，于宋真宗景德元年，即公元 1004 年，才赐名为景德镇。

　　那时中国瓷器先是外销朝鲜、日本、越南等国，然后经阿拉伯远入欧洲。外销过程中，为了方便，将瓷器的产地"昌南"，作为所有货物的统一商品名称。

"昌南"从此声名远播，英文写作 china。18 世纪前，欧洲人不会制造高档瓷器，故"昌南"瓷器极受欢迎。时间久了，欧洲人把"昌南"本意忘了，索性把生产这美物的远方，叫作 China，只是按照惯例，将首字母大写。从此，这便成了这遥远国度的正式名称。

二说，China 起源于古梵文"支那"，专指华夏。文字记载中，"支那"有时写为"脂那、至那"，已有 3000 年的历史。古印度史诗《摩诃婆罗多》和《罗摩衍那》，都有"支那"一词，其原意为"智巧"，是 3400 年前的印度王朝，对黄河流域商朝的美称。

三说它来自秦。伟大的秦帝国，只在历史上存在了 15 年。不过别忘了，在统一六国之前，秦已足够强大。秦的影响并不只始于秦朝，而是更早、更为深远。秦帝国的地理位置很是重要，西面有白匈奴、月氏、乌孙等。月氏人西迁后，雄霸中亚，建立了贵霜帝国。贵霜帝国再向西，便是波斯帝国。这些民族和国度的人，在历史上只知有秦，不知秦其后的朝代更迭。波斯语中，将中国就称作"秦（Chin）"。在后面加上一个字母"a"，便用来表示地域。于是，顺理成章、大功告成，天下便有了"China"这个组合，

四说源于"契丹"。俄语中称中国为 Kitan（契丹），称中国人为 Kitanyes（契丹人）。希腊语干脆把整个中国称为契丹，读音为 Kita1a。阿拉伯语中也把北中国叫契丹（Khita，Khata）。中古英语也把中国叫作 Cathay。这就是说，中世纪时，从中亚直到西欧，"契丹"是对中国的通称，成了中国的代名词。为何"契丹"成了中国通名？研究者多认为这与蒙古人的东征西战和元朝的统治有关。

从个人感情来说，我比较倾向第二和第三种说法。你想啊，偌大文明古国，中国历史数千年，哪能说这星球上别地人氏，自古以来会对这样一个庞然大物没有专属称谓呢？瓷器还没在全世界流通之时，外国人管中国叫什么？无

名氏？不可能。哪能等得到 18 世纪之后，中国瓷器行销世界之时，才采用一种货物名称指代中国？这个说法，难以成立。无论从实践上还是感情上，都断乎不通。

回到瓷器。当精美绝伦的中国瓷在欧洲一现身，立刻成为上流社会的宠儿。

说到这个"现身"经过，居然和战事有关。葡萄牙从 15 世纪起，乘着大航海时代的风帆，在世界舞台上扮演了重要角色。1603 年，在一次从亚洲返航途中，葡萄牙商船被号称"海上马车夫"的荷兰的战舰截获，后者将葡船货物悉数掠走。荷兰人第一次见识到来自中国的珍宝——"明万历年间的瓷器"，大喜过望，将它们全部运回母国，在荷兰米德尔堡和阿姆斯特丹进行拍卖。这是一场轰动了欧洲的盛大买卖，买主名单中，有法王亨利四世和英王詹姆士一世。

荷兰人将这批瓷器命名为"克拉克瓷"，荷兰语的本意是"西班牙战舰"。东方的精美物件穿上火药味的甲胄。

说起瓷器历史，全世界没有异议的是它最早产自中国，究竟出于哪个年代，尚无定论。人们通常将发掘自河南郑州商代的高岭土彩釉器皿，作为世界上已知的最早瓷器。

见识了来自遥远东方的瑰宝，欧洲人给瓷器起了个珠光宝气的新名字——"白色金子"。王公贵族趋之若鹜，在他们的引领下，人们发起对中国瓷器梦寐以求式的追索，特别是欧洲宫廷，刮起收藏中国瓷器之风。

在英国人赫德逊的《欧洲与中国》一书中，有这样一首诗。

　　去找那种瓷器吧，

　　它那美丽在吸引我，诱惑我。

马可·波罗（*Marco Polo 1254—1324*）

它来自一个新的世界，

我们不可能看到更美丽的东西了。

它是多么迷人！多么精美！

它是中国的产品！

举两个王室小例子。1713 年，普鲁士国王选皇后。为了给自己增光添彩，让婚礼气派堂皇非同凡响，他不惜用 600 名仪表堂堂的御林军做代价，向邻国君主换来一批中国瓷器。

法王路易十五的情妇蓬帕杜尔夫人，为了中国瓷器一掷千金，在巴黎专门出售中国商品的店里，一次买走 5 只中国青花瓷瓶。

据不完全统计，仅 18 世纪，至少有 6000 万件中国瓷器行销欧洲。它价格昂贵，只有达官贵人才享用得起。由于欧洲产品无法进入自给自足万事不求人的中国市场，产生贸易逆差，致使各国金银外流。欧洲人既舍不下中国瓷器，又无法忍受"失血"状态，怎么办？唯有自己造出来。用今天的话讲，便是瓷器生产"本土化"。

中国瓷器究竟是怎么烧制出来的？这个秘密，不仅刺激欧洲人的好奇心，更以其巨大的商业价值，煎熬着欧洲人被金钱缠绕的神经。他们挖空心思锲而不舍，不断尝试揭秘。马可·波罗曾经这样描述过中国瓷器的诀窍。

"中国人从地下挖取一种泥土，将它垒成一个大堆。任凭风吹雨打日晒，从不翻动。历时三四十年，泥土经过这种处理，质地变得纯化、精炼……再抹上颜色适宜的釉，放入窑内或炉内烧制……"

欧洲原以为马可·波罗懂得中国瓷器，一个小证据是法国、意大利等国将中国福建德化所产的白瓷，直接命名为"马可·波罗瓷"。还有更大而化之图省事的，将中国宋元两代输出的白瓷，统称为"马可·波罗瓷"。由上文判断，虽然马可·波罗名头很大，但他很可能并无深入细致研究过瓷器的制造过程，倒很有可能是道听途说。他所描述的制瓷程序虽大体不错，但缺少细节，大而无当。对企图仿制中国瓷器的欧洲人来说，几乎毫无裨益。

欧洲的制瓷工业，当时也非一张白纸。在罗马帝国时代，铅釉陶技术从埃及，锡釉陶技术从中东都已传入意大利。后来借文艺复兴思潮，此技术辐射至整个欧洲。不过其产品质量与中国瓷器相比，天壤之别。

想要成功仿造中国瓷器，欧洲人的思维和方法兵分两路。一路看到中国瓷器温润光滑、玲珑剔透，认为此物和玻璃沾亲带故。再一路，认为瓷器价格昂贵，应与炼金术有关。

沿第一思路，陶艺师们使用玻璃技术，制造出威尼斯玻璃蓝彩陶，德国烧制出了釉陶。此后，法国、英国、意大利争相仿效，相继制造出了红陶、高温彩色釉陶以及白釉蓝彩的"类瓷器"。可惜，这些制品单独摆放，大致还能看得过去，一旦与真正的中国瓷器比肩而立，须臾败下阵来。直率地说，17世纪前，所有的欧洲瓷器都不能算作上等货，大部分是陶器或软质瓷。再往后，欧洲虽然会烧制高温硬质瓷了，但瓷器的品质，仍然无法与中国瓷器媲美。

沿第二条思路，欧洲炼金术士们一通紧忙活。1560年，意大利的弗拉公爵炼金实验室，开始"炼瓷"。可惜"炼瓷"以失败告终，证明此路不通。美第奇家族的工匠们更是勇气可嘉，把沙子、玻璃、水晶砂、黏土等材料一勺烩，烧出的"瓷器"是一堆釉色混浊、含有大量气泡的废品，与中国瓷器更是相差万里。

反复的失败让欧洲人彻底整明白了，自个儿瞎摸索没有出路，只能到万里之外的中国窃取秘方。

此刻，一个叫作殷弘绪的人登场了，时间是1698年。他的名字很中国化，但他不是中国人，乃地地道道的法国人，实名叫"佩里·昂特雷科莱"。

殷弘绪出生于法国里昂，死于清乾隆年间。他的一生，跨越了清康、雍、乾三个朝代，是不折不扣的中国通。1698年，他跟随白晋在广州登陆，初到中国。白晋何许人也？他是法王路易十四派往中国的传教士，在法王和康熙帝之间架起了联系桥梁。殷弘绪来华后，先在厦门学中文。此人很有语言天才，迅速掌握了华语。后来他接受任命，到江西饶州传教，主要活动区域在抚州、九江、饶州一带。法国耶稣会在中国的传教，目的并不完全在宗教，还肩负着搜集科技情报的任务。他们在征召传教士的时候，就特别要求其具有科学知识背景。法国科学院更是明确指示他们到中国要进行科学考察。官派传教士身份，为殷弘绪在景德镇从事"间谍"活动，提供了极大方便。

殷弘绪在景德镇"深入生活"，居住了7年。此人之所以能长驻景德镇，主要与他在康熙四十八年（1709）通过与江西巡抚郎廷极的私交，将法国葡萄酒进呈给了康熙皇帝有关系。殷弘绪能够自由进出景德镇的大小陶瓷作坊，逐渐熟悉了窑场制造瓷器的各项工序与技术。康熙五十一年（1712）及康熙六十一年（1722），殷弘绪两次向欧洲报告了他刺探到的瓷器制作情报。将景德镇瓷器的制造方法，系统而完整地介绍到了欧洲。

殷弘绪在中国，除了窃取了制造陶瓷的秘密，还曾完成过一件轰动世界的大事——将人痘接种的方法传到了欧洲。此人精通中国人情世故，用的手段也很中国化。先用礼物结交清廷御医，搞到了人痘种和种痘方式，然后传

景德镇一家瓷坊

至欧洲，从此结束了欧洲天花无法预防的历史。

那时，景德镇代表着中国制瓷技艺的最高境界，是中国瓷都，也是世界瓷都。从事"间谍"活动，放到今天，仍是非常严重的罪行，要有事实有根据。我找到了法国传教士殷弘绪写给中国和印度传教会奥日神父的信件原文翻译件。本想摘录一部分以飨读者，不料在此过程中，看到国内有些专家学者，对殷弘绪盗窃中国制瓷秘密这一间谍案的评价是："在中国和欧洲的交流史上，写下了光辉的一笔……在景德镇瓷器和世界交流方面，做出了重大贡献。"

我无法按捺满腔悲愤，决意将这封信单独成章，请读者诸君自行判断这个法国人300年前的行径，到底是"光辉"还是"罪行"。

自殷弘绪告密之后，中国瓷器最核心的法宝，就这样毫无遮蔽地袒露在

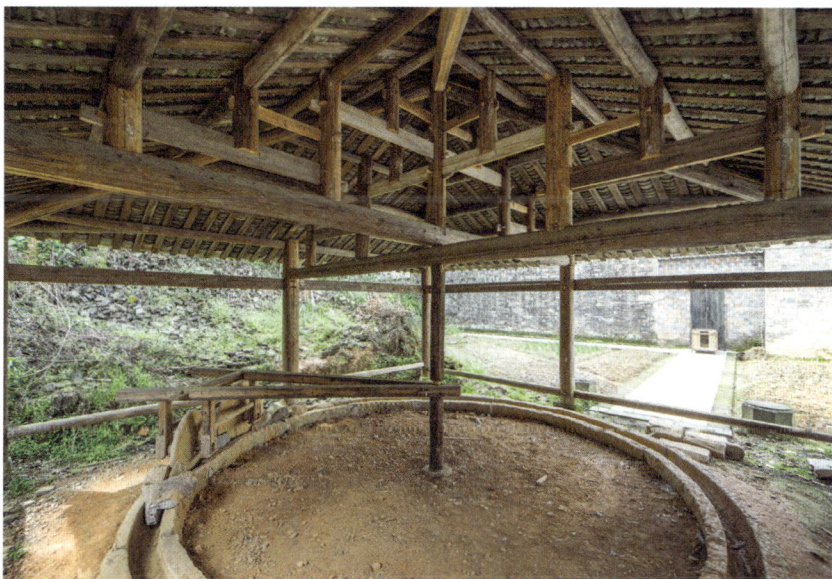

陶土加工

欧洲人面前。1712年殷弘绪写信之后，又奉上了高岭土、瓷土样本。1716年，法国《科学》杂志上，全文刊发了殷弘绪的万言信。至此，中国瓷器——瓷石加高岭土的"二元配方"制胎法，再无秘密可言。

殷弘绪这个法国技术间谍，窃取他国知识产权，毫无疑问是违法的。设想一下，一个中国人，钻到法国的某个顶尖技术范畴内，比如空客的制造基地，将核心机密一网打尽，然后一字一句报告给自己的母国。这样的事情，法国人能让它发生吗，能容忍吗？！法国人以及欧洲人为殷弘绪歌功颂德，已是卑下。殷弘绪窃取中国经济情报该当何罪？某些中国学者，在几百年后，还要为他唱赞歌，真不知屁股坐到哪里，良知何在，脊骨何在？！

西方的某些人，看不到中国人的勤劳和智慧、聪明与苦干，为了找到"合理化"的借口，武断地把中国的经济和技术进步，指责为抄袭西方。他们习惯了鸟瞰中国，习惯了中国的落后与贫穷。由于狂妄的傲慢，把灾难深重的殖民地半殖民地命运，归结为中国人的愚笨和无知。中国的崛起，让他们大惊失色，感到强烈的不安。他们找到的合理解释，就是我们"学习""偷师"了他们。如果是他们严密封锁的领域，中国人获得了突破，那只有一个答案，就是"抄袭"或"间谍"。他们对中国的怀疑和提防，随着中国国力日益增强而越发高涨。

中国的历史，真如此不堪吗？别的不说，就说西方每个体面家庭生活中必备的茶叶、丝绸和瓷器，都是从中国引进的。

驰骋世界的葡萄牙人，最先把茶叶带入欧洲。紧接着，浪迹天涯的荷兰人紧跟其上，上流社会饮茶成风。葡萄牙国王若昂四世的女儿凯瑟琳公主，与英国斯图亚特王朝君主查理二世联姻。为了壮门面，备下丰厚嫁妆。来自中国的一箱茶叶，堂皇地出现在陪嫁品之中。饮茶的习惯，随着公主的脚步，踏入了英国。

之后，中国茶叶席卷了欧洲各王室。到了19世纪，英国殖民者将茶叶引入印度。1834年，英国国会通过法案，取消了东印度公司对华贸易的垄断权。东印度公司眼看再无法通过垄断方式维持茶叶贸易的高利润，萌生出在印度种植茶叶的念想。

英国东印度公司的总部，位于印度的加尔各答。中国茶叶的种子，被英国人带到印度东北部与中国南方丘陵地区气候接近的阿萨姆邦。中国茶苗在那里试种获得成功，1838年，阿萨姆出产的12箱茶叶被运往伦敦，在伦敦茶叶拍卖会上高价卖出。就这样，印度渐渐发展为仅次于中国的世界第二大茶叶生产国。

当年流入印度的茶叶种子，都是中国茶农经过上千年才培育出来的，那时的英国人，可曾想过茶树种苗的知识产权并不属于他们？在世界农产品贸易中，种子是最珍贵的资源。现代西方公司千方百计保护其种子权益，农户每年都得购买它们的种子，否则就被视为侵权。不知它们对历史上的这种行径，做何解释？

欧洲有个关于丝绸来源的传说。东罗马帝国皇帝查士丁尼一世麾下的僧侣，把一根寻常手杖凿成中空，然后塞入从中国窃取的蚕卵。就这样把"丝绸的种子"走私到了君士坦丁堡。于是，从12世纪开始，意大利城邦国家开始了大规模的丝绸生产。法国紧跟其后，15世纪也开始生产丝绸。欧洲人在获得中国养蚕缫丝和瓷器烧制技术的时候，都违反了中国政府的法令。这些所作所为，可有道歉？可有忏悔？可有感恩？！

在瓷器制造上，谁学习了谁、谁抄袭了谁的问题，殷弘绪的亲笔信就是铁证。

写到这里，正好看到2018年7月4日新闻：澳大利亚商业间谍窃取中国

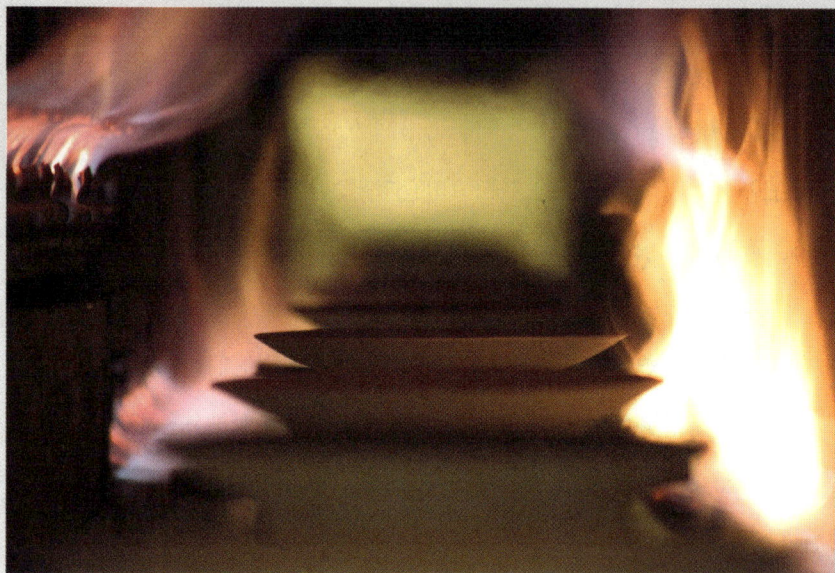

火焰与瓷器

铁矿石谈判情报，2009 年被判 10 年徒刑，今日刑满释放。

关于这件事的来龙去脉，我不详细说了。大体是澳大利亚籍华裔人士，原力拓集团驻上海首席代表胡士泰和其所带领的力拓中国区销售团队，深入三四线城市的小钢厂，去深度挖掘各种"机密信息"，包括：原料库存的周转天数、进口矿的平均成本、吨钢单位毛利、生铁的单位消耗等财务数据。

胡士泰说，可以用最小的代价打听到最有价值的情报，一顿饭就可以从钢厂问到库存、产量等消息。他采取不正当手段，通过拉拢收买中国钢铁生产单位内部人员，刺探窃取了中国国家秘密，对中国国家经济安全和利益造成重大损害。

2009 年中国 20 余家企业多支出预付款 10.18 亿元，仅下半年的利息损失即达人民币 1170.3 万余元。上海市第一中级人民法院对力拓案做出一审判决，认定胡士泰犯有非国家工作人员受贿罪、侵犯商业秘密罪，数罪并罚，判处被告人胡士泰有期徒刑 10 年，并处没收财产和罚金人民币 100 万元。胡士泰后决定放弃上诉。

这是 300 年后发生在中国大地上的审判。

罪恶不会因 300 年的时光就漂洗成功绩。法国商业间谍，你 300 年后也要上中国的道德法庭！

间谍的亲笔信

古人烧瓷图

殷弘绪 1712 年的这封信，计 20000 多字。太长，我做了删减，并偶尔插入自己的一两句感受，以"——"标出。辛苦读者诸君耐心读完，您将增加对历史的了解，还将收获愤慨与正义。

尊敬的神父：

我在景德镇培养教徒的同时，有机会研究了传播世界各地、博得人们高度赞赏的美丽瓷器的制作方法。我之所以对此进行探索，并非出于好奇心；我相信，较为详细地记述制瓷方法，这对欧洲将起到一定的作用。

——狼子野心，不打自招。

关于制瓷方法，除了亲眼看到的以外，我还从基督教徒那里了解到许多特殊情节。在这些基督教徒中有不少从事制瓷工作的人，也有一些是大瓷商。为了证实他们回答我的问题是否真实，我参阅了一些

· 186 ·

记载瓷器的中国书籍，并比较正确地掌握了这一绝妙艺术的各方面知识，因而很自信地把它记述下来。

——殷教士可谓理论联系实际的典范。深入"火线"窃得第一手资料，还下功夫和中国典籍——对照，以提高情报的准确性，实乃敬业间谍。

在诸书中，我阅读了编年史和《浮梁县志》，尤其精读了第四卷中关于瓷器的章节。景德镇属于浮梁县管辖，浮梁县距景德镇仅有一里（古里）多；而浮梁则为饶州管辖的一个县……

——殷教士详尽介绍景德镇的地理位置、风土人情及当地的奇闻逸事，略去。

在这些史书上还专门记载着地方特产或交易商品和货物事宜。至于我想了解的关于瓷器起源的记载，假如中国，尤其是浮梁县不常经历社会变革的话，那么毫无疑问，我一定能找到它。老实说，虽然这些书籍主要是为中国人而不是为欧洲人编写的，但中国人几乎完全无视这方面的知识。

据《浮梁县志》记载，自唐朝武德皇帝即位的第二年起……当地的陶工常以瓷器朝贡，于是朝廷派遣了一两名官吏来当地监督陶务……毫无疑问，它经过不断改进，逐步成为欧洲最富贵的人爱用的瓷器。至于发明者究竟是谁，到底出于什么目的，或是出于什么偶然原因才发明了瓷器，概无记载。据《县志》的说法，瓷器自古呈绝妙的白色，毫无缺陷……

——殷教士描述了中国瓷器的历史和地理分布图。他强调中国其他任何一处所产瓷器的质量，都无法和景德镇的相比。举中国皇帝为例。

无知的今上皇帝（即清圣祖）下令把陶工和制瓷所需要的一切东西带进北京。陶工在御前尽力而为，以期成功，但未能见效，遂归失败。

——殷教士强调获取的瓷器情报真实可靠，又对清朝皇帝奉上贬斥。详细汇报景德镇历史和概况，用心良苦。

尊敬的神父：下面有必要先给您简单谈谈景德镇的概况。此地无城墙。因此，与中国其他人口稠密、土地宽广的城市相比，景德镇不能称为城市，所以称为镇……（镇里）街道笔直，按一定距离纵横交叉，无空地。房屋拥挤，街道狭窄……

——殷教士说到当地富豪在海上航行时因受到海神娘娘——妈祖保佑，幸免于难，感恩之心让他以全部财产为天后建造了一座宫殿，其规模之壮观超过其他庙宇。写到这里，殷教士大发感慨愿景：

上帝呵，但愿这座宫殿在这个故事被讲给我们基督教徒以后的有朝一日，将变为"巴什利克"圣堂，以献给天上真正的女王（圣母马利亚）。
……昔日景德镇只有300座窑，而现在窑数已达到3000座……景德镇处在山岳包围的平原上，镇东边缘的外侧构成一种半圆形。有两条河从靠近镇边的山岳里流下来，并汇合在一起。一条较小，而另一条则很大：宽阔的水面形成了一里多长的良港……也许这种山岳环抱的地形，最适合烧造瓷器。

——日后在欧洲制瓷业异军突起的法国瓷都利摩日，正是此种地形。

接下来殷教士详尽报告景德镇的行政管理体系，限于篇幅，恕我略去。

　　条条街道都设有栅栏，晚上把它关闭起来。大街道设有几个栅栏，每个栅栏都由街道派出一人来守护，若不知特定的暗号是不开栅栏门的，此外，当地官吏还常常出来巡夜，浮梁县的那些官吏也不时地来巡视街道。再则，外国人是不准在景德镇过夜的，所以只好待在船上过夜，或宿在能为他们的品德做担保的友人家里。一切秩序是全靠上述治安组织来维持的，这就保证了这个拥有易勾起无数盗贼贪欲心的大量财宝的地方的绝对安全。”

——漫长铺垫之后，殷教士进入商业情报核心部分。

　　尊敬的神父，我要给您叙述的内容可归纳为：瓷器的组成、品种、制作方法、赋予瓷器以光泽的釉及其各种性质、彩瓷的颜色及彩饰艺术、烧成温度及控制适宜烧成温度的方法。最后以关于对古瓷和现代瓷的几点考察（而结束）……

关于目的，殷教士直抒胸臆——“若发现同样原料，则在欧洲也许能容易地实施这些方案。”

　　瓷用原料是由叫作白不子和高岭的两种土合成的。后者（高岭）含有微微发光的微粒，而前者只呈白色，有光滑的扪触感……白不子的颗粒非常微细……优质岩稍带绿色……

……白不子的制备工序：先用铁槌破碎岩块，后将小碎块倒入乳钵内。用顶端固定有以铁皮加固的石块的杠杆把它捣成微细粉末。这种杠杆可用人力或水力不停顿地操作，其操作方式与磨纸机上的捣槌的操作方式无异（日文：其形状与唐纸机上的捣槌无异）。然后，取出粉末，倒入盛满水的大缸内，用铁铲用力搅拌。停止搅拌后数分钟，有乳状物浮出表面，它有四五根手指厚。再把乳状物取出，倒入盛满水的另一容器内。这一操作要重复多次，直到头一个缸内的水经过数次搅拌和取浆，在其底部只剩下不能用来制备粉料的渣子为止。

然后取出渣子，重新捣碎。将乳状物从第一个缸取出来倒入第二个容器内，不久便在底部产生泥浆的沉淀。俟上面的水澄清之后，将容器倾斜，倒出水，这时要注意，勿使沉淀物把水弄浑。再将泥浆移入使其干燥的大模子内。在没有完全变硬以前，把它切成小方块，成百成千地出售，"白不子"一称，是按其形状和颜色命名的。

这个倒浆用的模子又大又宽，形状像箱子，其底是用砖竖砌的，表面平整。在这个排列整齐的砖层上，铺一张面积和箱子（面积）相等的粗布，往里倒入泥浆，稍等片刻，用另外的布把它覆盖，再在其上面平铺一层砖。这就能迅速地排除水分，完全不影响瓷器的质量，干燥后容易做成砖形。

——同为外行，我此刻能感受到读者诸君阅读以上文字时的陌生和烦躁，被纷至沓来的工序搞得头晕眼花。不得不佩服这个商业间谍观察细致，记录准确。他接着把魔爪伸向关键原料高岭土。

高岭是瓷器成分之一，其加工比白不子简单。一般直接使用自然土。在表层被红土覆盖的一些山中可以找到高岭矿。它埋藏得较深，并以块状存在。把它做成正方形的方法，与做白不子的方法相同……精瓷之所以密实，完全是因为含有高岭，高岭可比作瓷器的神经。同样，软土的混合物增加了白不子的强度，使它比岩石还要坚硬。

——殷教士生怕如此细致入微的描写还不到位，精心举例：

一个豪商说，若干年前，英国人，也许是荷兰人（中国给这两国人起了一个共同的称呼）把白不子买回本国，试图烧造瓷器，但他没有使用高岭，因而事归失败，这是他们后来谈出来的。关于这件事情，这个商人笑着对我说："他们不用骨骼，而只想用肌肉造出结实的身体。"

——殷教士生接着写道：

在景德镇的河岸，除聚集着许多载有白不子和高岭的小船外，还可以看到满载着白色液体的小船。我虽早已知道这种液体是使瓷器获得白色和光泽的釉，但不知其成分，直到最近才有所了解……

尽管釉是从做白不子的原石中提炼出来的，但还必须经过选矿，以提出颜色最白且带艳丽的绿斑的矿石……用于做釉的矿石，带有柏树叶般的斑点（即柏树叶斑）或者有点像油芝麻糖，稍像野麻（法文中无），在浅褐色的底色上有红色的斑点。应该先将此石洗净，后以处理白不子的方法处理之。即先进行一般需要做的操作，再把最纯净的泥浆从头一个缸移入别的容器内，按大约1%的比例往泥浆内掺入被称为石膏的明矾般的石或矿物,应先用火把把它烤红后捣碎。石膏能使泥浆凝结、变稠,但应时刻注意勿使它失去液态。

……(釉)决不应单独使用,而必须掺以另一种活性釉。

其配制方法如下:首先取大块生石灰,用手洒上少量水,使它化成粉末,然后铺上一层凤尾草,再在上面敷一层熟石灰。这样交替地敷上多层后,用火点燃凤尾草,待它全部烧尽之后,再把燃灰和凤尾草相间地铺上几层,再用火点燃凤尾草。这一过程至少要连续重复五六次,重复次数越多,釉的质量就越好……

石灰和凤尾草的性质,也对釉的质量有很大影响:某一地方产的石灰和凤尾草比其他地方产的更为人们所爱用。

将石灰和凤尾草灰这样配合后,倒入盛满水的缸内,再按约100:1的比例掺以石膏,拌匀混合液,停止搅拌后放置起来,直至在其表面出现皮层为止。然后,取出皮层,移入别的容器内,该操作要重复数次。若器底产生了泥浆的沉淀,则将容器倾斜,排除余水,再取底浆。此浆就是二级釉,应与上述的釉浆加以混合。为了使两种釉浆充分混合,必须使它们的浓度相等……在用量方面,岩石釉同由石灰和凤尾草灰制成的釉的混合比例,以10:1为最好……

——怎么样?周全吧?就算原本对瓷器的成分配比一无所知的人,现在也能根据这份精密报告,进军瓷器生产了。别急,殷间谍的报告远远未完。下一个环节是陶瓷成形。

在坯体上上釉,即施涂料的方法以前,先谈谈瓷器是怎样成形的。

这个工作首先在景德镇最不繁华的地方开始，在那被围墙围绕着的境域内有庞大的作坊，每条棚板上并（排）摆着土坯。围墙内有无数工人在从事各自专门的劳动。一件瓷坯，在被运出这座工场到窑房的过程中，至少要经过20余人之手，但是，并不发生任何混乱的现象……

要制作细瓷，则将高岭和白不子等量相配；要制作中等瓷，则高岭和白不子的配比为4：6。但高岭和白不子的配比最小为1：3。

——其后还有一些非常具体的步骤和工序的描写，恕我加以压缩。殷间谍特别叮嘱：

（捏炼混合泥块时）要特（别）注意，勿使空隙和杂质留在里面。即使有一根毛发或一粒沙子，也会使瓷器的制作归于失败。若不充分捏炼泥块，瓷器就会龟裂、破裂、坍塌，甚至会变形……

——殷间谍还不放心，特地以一个瓷杯为例：

采用第一种方法（辘轳成形），如一个杯坯，当它从辘轳上离开时，像未完工的圆帽……工人首先按一定的直径和高度进行修坯，其速度很快，几乎一着手操作就可以完成……每条板上摆26个杯坯，这时的杯坯底足，只不过是一块具有一定直径的泥巴而已。等坯经过干燥而变硬之后，即修胚结束后，才用泥刀挖底足……粗坯一离开辘轳，就立即被送到第二个工人手中，置于坯板上，不久传给第三个工人。他把坯置于模型上进行印制和整形，这种模型是安置在一种旋转装置上的。第四个工人用泥刀进行修坯。这时要特别注意口缘，尽可能修得薄些，以使之获得一定的透明度，杯坯要修数次。在修坯过程中，如果坯体太干，就用水稍润湿，以防止裂纹出现。脱模时，顺着模型旋转的方向轻轻转动，避免紧压一边，否则坯体就会挤瘪或变形。听人说，一件瓷器，直到烧成为止，要经过70只手。亲眼看到这些真实情况后，我才相信。

——小的杯子说完，再说大器皿。

大件瓷件是分两次制作的。三四个陶工支撑着辘轳的边缘成形坯体的一半，然后把它和快要变干的另一半相接合。为了接合这两块坯体，采用制瓷原土。使用这种土时，要往里面掺水，把它制成泥浆或糊。接合后成形的完整坯体在完全干燥后要用泥刀修整内外面的接合处，然后进行上釉，消除接痕，使坯体匀称。把、耳等其他附件也是用同样的方法粘上去……然后，以挖凿、研磨等常用的专门工具精修坯体。

——模具也不能落下。

下面谈谈我最近看到的模型种类……这种模型的各个部分体积都很大，摁压完毕就把它放置起来，等待硬化。在使用前，把它放在火旁进行短时间的烘烤，然后，根据所要求的厚度，往里倒入一定量的制瓷原料，用手摁在里面的各个部分，继而用火烘烤顷刻。这就使瓷土黏附于模型（内）的湿气由于火的温度而蒸发，因而所压入的瓷土便会脱离模型。之后，从模型内逐个取出瓷坯的各个部分，用较稀的制瓷泥浆把它们粘接起来。

——间谍事无巨细，所述包罗万象，开始描绘大的动物瓷像工艺。

它是待整个坯体硬化后被赋予理想的形状的，最后用凿刀进行修坯，粘接单独的各个部分。制作这种形状的瓷器时，要特别仔细，尽可能做得精细些。成形完毕就进行施釉和素烧，然后任意进行彩绘和描金，接着进行第二次烧成。

——他还特别提醒了仿制者一些注意事项并提出应对方案：

如果整个坯体干燥不均匀，就会出现开裂。为了避免这种危险发生，常（需）提高厂房内的温度……

瓷器被传到画工手里，即进入绚丽彩饰的阶段……

——他充满不屑地写道：

这些画工，甚至全部中国画家，他们的知识没有立足于任何原则之上，而只是局限于某种习惯、基于一种想象力而已。他们对于这种艺术的一切基本规划，一无所知……

彩绘这一劳动是在同一工场内由许多工人分别进行的：一个工人单纯地把圆形色线绘在瓷器的口缘上，第二个工人描绘花的轮廓，第三个工人接着润色。这一伙人专门画山水，而那一伙人就专门画鸟兽。人物画画得最粗糙。

——接着谈及颜料。

青料的处理方法：首先把它埋入窑内深半尺多的沙砾层里连续煅烧 24 小时，然后像其他色料一样研磨成极微细的粉末。青料并不是在大理石上粉碎的，而是倒入内底无釉的大瓷钵内，用头部无釉的（瓷）槌研磨成粉末的。

——之后，他详尽地描述了各种颜料的配置比例和研磨方式。

红料是用"矾"，即皂矾制成的。中国人制备红料的技术也许是独特的……先往坩埚里倒入两斤皂矾，用另一个坩埚把它扣起来，严密封泥。上面的坩埚上开一小孔，小孔要用盖子盖起来。这个盖子能随时自由启开，坩埚要置于木炭火中以强火加热。为了增加反射热，用砖把炭火围起来。若冒出熊熊黑烟，说明火候未到；而开始冒出薄而细密的云彩般的烟，说明火候适宜。这时，从坩埚内取出此少量原料，加水后在柏木上做试验。做试验时，如果它呈现鲜丽的红色，那么就拆除包围和覆盖坩埚的炭火，完全冷却后取出在坩埚底上业已成块的红料。最好的红料是黏着在上面的坩埚上的。用一斤皂矾，可制得 4 盎司（约 114 克）红料。

——他还详尽说明白料、绿料、紫料都是如何配制而成的。接着谈到高端瓷器制作方法。

（吹红的）制作方法如下。预先准备红料和管子，把管子的一端用纱包紧，轻轻地放在红料上，使红料渗入纱里，然后将管子对着瓷器喷吹，以使红色的小斑点遮蔽瓷胎表面。吹红比釉里红珍贵，价格也较高。一切操作必须进行得适宜，否则很难做成功。

黑色的瓷器既美观又珍贵。被称为乌金的瓷器呈铅黑色，与法国的燃烧镜相像；若饰以金彩，则更为美观。坯体在干燥之后要上黑料，黑料由3盎司（约86克）青料和7盎司（约199克）普通石釉配成，根据对颜色的深度要求调剂这两种成分的配比。只要做些试验，就会得知它们的准确配量。黑料变干后再进行烧成，而后上金彩，装入另一座特殊的窑内进行彩烧……

要想上金彩，就将金子磨碎，倒入瓷钵内，使之与水混合直至水底出现一层金为止。平时将其保持干燥。使用时，取其一部分，溶于适量的橡胶水里，然后掺入铅粉。金子和铅粉的配比为30∶3。在瓷胎上上金彩的方法同上色料的方法一样。

——殷间谍的冗长报告，终于进入烧窑工序。

窑，其较小者，一般用土，也可以用铁建造……约有一人高，约有法国最大的酒樽宽，是由大约一指厚、一尺高、一尺半长的砖砌成的……建窑时，把砖一块一块地用水泥砌起来。窑体底部离地面约有半尺高，建在两三层厚而不宽的砖上……窑壁下部开有三四个起风箱作用的通风孔，在周壁与窑体之间留有大约半尺宽的空隙，其仅有三四处是充满的，它们好像窑的几个支脚……所要釉彩烧的瓷器在满窑时，正如上所述，是按大小摞起来的。满窑后，用与窑壁相同的土块覆盖窑的上面。这些土块相互挤紧，并用石灰浆或湿黏土粘紧，而只在窑顶中央留下一个观察瓷器的烧成状况用的小孔。其次，在窑的下面和窑盖上面生大量炭火。炭是从窑盖上往窑与周壁之间的空隙投入的。窑顶看火孔要用破壶盖起来，当火烧得很旺时，应频繁地从这个小孔窥视窑内。当瓷器焕发出光辉、彩画颜色鲜艳时，就要拆除炭火，取出瓷器……

另外，上釉也颇需要技术。釉既不可上得过多，又要上得全面、均匀。薄胎细瓷，上釉要分两次进行，即在内面和外面上釉，釉要上得薄些。如果釉层过厚，杯坯的薄壁因承受不住自重而立刻变形。较坚硬的细瓷要上两次釉，但有时只上一次釉。第一次上釉是洒釉，第二次上釉是浸釉，首先用一只手从外部托住杯坯，将口斜着对准釉壶嘴，再用另一只手浇釉。这时务必使釉浆荡遍整个杯坯内部，这样即可对许多杯坯连续进行浇釉。当第一部分杯坯内部的釉变干时，按下述方式在杯坯外部上釉：用一只手顶住杯内底心，用小棍支撑住底足中央，浸于盛满釉的容器里，一浸釉就立即提出来。

——以下部分我原不打算一字一句地照抄。您若忙，不必再看。我相信看了上面的文字，您已经能明白这个间谍做了些什么。为了让这个资料更完整，我忍着满腔怒气，将间谍文字继续录入。

瓷坯的装匣方法也不应忘记介绍。工人不直接用手拿坯，因为它很脆，容易破裂、剥落或变形。从坯板提坯时使用细绳子绑在稍弯曲的木制棒的两个分支上，工人用一只手拿着叉棒，用另一只手拿着绳子的两端，交叉地绕挂住瓷坯，轻轻地提起来放在匣钵内的垫饼上。

这一系列的操作之迅速，实在令人难以置信。

如上所述，窑底铺有一层半尺厚的粗粒沙砾。该沙砾层起着稳定瓷坯堆垛的作用。在窑内的中央部位，匣钵桩的高度至少有7尺以上，每排匣钵桩最下面的两个匣钵是空着的，因为火焰很难回流到下部，这些匣钵的局部埋在沙砾中。由于同样原因，也把匣钵桩最上面的匣钵空起来。满窑就是按这种方式进行的，只是把烟囱正下部位空起来。

在窑内中央部位装最精细的瓷器，在其后面装次等瓷器，入口处装颜色较深的、白不子和高岭的含量相等的、上有由稍带黑色或红色斑点的矿石制成的釉的瓷器。之所以把这种瓷器放在这一部位，是因为这种釉可能比其他釉坚实。所有这些匣钵柱要从密排列，并在上部、下部和中间三处的隙缝塞进一些泥巴，这就能使火焰往各个方向均匀地流动。

——殷间谍承认"工人的眼力和熟练程度可能是决定企业成败的关键"，并难得地幽默了一把："像动物体内所发生的便秘那样的事故，要尽可能避免。"

装瓷坯用的匣钵不是用任何的土都能制造的。通常所使用的土有3种：其一为比较普遍的黄色土，其数量多，因而是主要原料；其二为"牢土"，即硬质土；其三为油性土，称之"油土"。后两种土，冬季采自某一矿山的极深处，因为夏季在那里不能采矿。将它们等量相配的混合土，虽然价格较高，但所制匣钵经久耐用……黄土做的匣钵只能使用两三次，若超过两三次就会完全破裂。如果匣钵上只出现了小龟裂纹或小裂纹，就用柳条把它绑紧。虽然柳条会烧掉，但匣钵这一次还可以使用，不至于使瓷器遭受损伤……

下面谈谈窑的结构。窑位于长长的前室的后面。前室起着窑的风箱的作用，也是窑的卸货处，其形状有点像玻璃工坊的拱形门。今日的窑比古时的大（下面写了具体的尺寸）……窑的拱顶和窑体都很厚，所以走在窑顶上也不会烤人。拱顶内部既不平坦又不作尖形，越往里面越狭窄，在拱顶的尽处有一个大通风口，烟火就是从这里冒出去的。除了这个咽喉（即烟囱）之外，窑顶还有5个叫作窑眼的小孔，它们都用破壶盖着，这就可以少量地看到窑内的火焰和空气。瓷器之烧成与否，是通过这些小孔观察才能判断出来的：打开离烟囱较近的小孔的盖子，用铁制火箸启开一个匣盖，若窑内发白光，说明烧程进行得适宜。当匣钵已被烧透、各种彩色发出鲜丽的光泽时，即行停火，并将窑门封泥一段时间，直至开窑。窑前的整个延伸面是长度与宽度各为一至二尺的火床。装窑时，把板子搭在火床上进入窑内。在火床上点火后，立即封闭窑门。窑门要仅留一个必要的小口，从这里投入大约一尺长的细柴捆，先连续焚烧一昼夜，后由两个工人交替而又不间断地投柴。通常，一次烧成需要耗用180捆柴。但是，从中国书籍上的记载来看，这么多的柴是不够用的……

起初，用小火连烧7昼夜，从第八天起改用大火。从前注意到，装小件瓷坯用的匣钵，在入窑前应该用另一座窑烧一次，因为古时的瓷胎比今日的厚。有一个古时被严格遵守而今日却被废止的注意事项：大件瓷器在火绝10天后打开窑门取出；小件瓷器在火绝5天后取出。而现在，实际上熄火几天以后就取出大件瓷器，若不这样做，瓷器就会碎裂。小件瓷器，若如夜晚熄火，次晨便可取出。其目的很明显，不外乎是为下一次烧成节约窑柴。开窑工人颈上戴着披肩劳动，因为瓷器还很热。

——殷间谍还不忘交代窑业废渣的处理。

　　在结束这封冗长的信之前，我应解释一下必然因我所述而产生的疑问……景德镇所拥有的 3000 座窑是以匣钵和瓷坯满窑的，这些匣钵只能使用三四次……难道此地有广阔的深渊，能足以容纳大约 1300 年以来人们抛弃的全部废瓷和窑渣而有余吗？……

　　起初，景德镇并不这样大。……（除了充作造房的建筑材料之外）它们还被抛弃在景德镇边缘的河岸上，长年累月形成了填筑池……这些废品经过雨水淋、行人踩，首先成为集市贸易的适宜场所，然后变成道路。此外，在涨水季节，河水也冲走了许多碎瓷片。河床好似用碎瓷片铺成。

——在这间谍信的最后部分，殷间谍写道：

　　现在，景德镇已经有一所由布洛尹西亚侯爵的施舍而兴建的教堂。教徒众多，而且每年都在显著增加。天主呵，愿你多赐予这些新入教的信徒吧！我劝告他们为您祈祷，如果想对他们所做的祈祷表示支持和援助，则以增加教士为宜。这就可以感化他们，使他们感到欧洲人寄至景德镇的钱财，不只是为了满足自己的奢侈和贪欲了。他们是些热心的人，他们比起那些想从本地捞起易碎的珍贵玩物的人要崇高得多。

　　　　　　　　　　　　　　　　　　　耶稣会传教士昂特雷科莱谨启

　　　　　　　　　　　　　　　　　　　　　　　　1712 年 9 月 1 日

这封写于 306 年前的间谍信，全文完。

Gazing at Europe from Up in the Sky

14

法国瓷都博物馆必增加的藏品

法国瓷都利摩日

殷弘绪的间谍报告，除了提供烧制中国瓷器的原料配方外，还详细揭示了坯体的成形、釉料的处理、彩绘的方法、窑的结构和烧窑的燃料等制瓷诀窍。此信一经刊发，似乎再没有什么能阻挡欧洲人烧制中国瓷器的脚步了。可是若干年过去，欧洲人始终没能获得真正的成功。

　　殷弘绪再次回到景德镇展开调查，1717年，将高岭土样本寄回了法国。1722年写回了第二封间谍信。除了对前信内容做了详细补充，还破解了金彩、色釉瓷、紫金釉、龙泉瓷、黑釉、红釉、窑变等的技术特点和制作要领。但是，仿造中国瓷器的进程，依然不顺利。瓷器烧制的3要素：高岭土、高温和上釉技术，此时已被殷弘绪一网打尽。由于殷弘绪殚精竭虑的传授，欧洲瓷厂一家家建立，能烧制高温硬质瓷了。但因为一直找不到中国配方的高岭土，仍造不出瓷器精品。"得高岭土者得瓷器天下！"一时间，找土造瓷运动，遍及欧洲。

通常介绍里殷弘绪的出生地是法国里昂。我在资料里看到，殷弘绪的家乡，其实是法国利摩日。利摩日是法国南部上维埃纳省的城市，距巴黎409千米。也有翻译成里蒙日、里蒙的，是法国最为古老的城市之一，始建于公元前12世纪。公元11世纪，此地成为法国艺术之都。中世纪时，是法国西部的宗教中心。它位于小山丘上，并非陡峻山城，仅是由北向南倾斜。

1768年，位于圣·依希丽斯山丘上的圣提勒小镇，有一外科医生。此人医术现已不得而知，暴得大名的是他的妻子黛莱特。这位勤劳女子在家中洗衣，偶然发现院子里的白色黏土具有增白功效，可以用它来漂白衣服。消息一传开，引起相关人士注意。进一步的实验证明，从这种白色黏土中提炼出的纯正、洁白无瑕的瓷土，正是遍寻不得的优质制瓷原料。

利摩日小镇街道

圣提勒小镇，隶属于利摩日。18 世纪以后，法国利摩日开始生产高档精致瓷器，成为法国以至欧洲的陶瓷之都。

利摩日最著名的大街叫作路易·勃朗大道。若按中国人习惯，此街可称"瓷器一条街"。2.5 千米的街道，分布着 70 多家瓷器店，我们参观了其中一家瓷厂。它始创于 1797 年，至今已 200 多年。咱来自瓷器老家，对 200 多年制瓷史，提不起太多敬意。不过看到所产瓷器时，凛然一震，它是欧洲顶级瓷器的同义词。

据说这家店早年间以生产高档餐具著称。欧洲人大宴宾客的时候，只要拿出的瓷器是皇家利摩日出产的，宾客们便会刮目相看，瓷器成了身份的象征。

我们随后参观了利摩日瓷器博物馆。法国共有 4 家此类博物馆，两家为国立的，分别位于利摩日和塞夫勒，还有两家市级博物馆，在马赛和鲁昂。利摩日瓷器博物馆创建于 1845 年。1865 年，阿德里安·迪布谢先生将自己的大量瓷器收藏，慷慨捐赠给博物馆，他因此被任命为馆长。1876 年，法国行政法院同意将博物馆以阿德里安·迪布谢的名字命名。1881 年，该博物馆正式成为国立博物馆，现在的全称是：阿德里安·迪布谢国立博物馆。馆藏瓷器共 1.5 万件，以 17 世纪至 18 世纪的瓷器为主，藏品非常丰富，是世界上馆藏瓷器最多的博物馆之一。馆内藏有中国瓷器 2000 件，展出 20 多件，仅占 1%。

现任馆长梅兰女士，亲自陪同我们参观，她身材高大、步履矫健，满面笑容介绍展品，对每一件展品都很熟悉，如数家珍，充满感情。

本来以为瓷器古老，博物馆悠久，应是很古老的建筑，却不想现代感十足，大量使用金属和玻璃材质，馆内光线非常充足，但并不刺眼，让瓷器柔和的光芒恰到好处地暗淡闪烁。一进馆，便见一面相当于展览前言的白墙，悬挂类乎《清明上河图》风格的巨型中国古卷。梅兰女士轻声介绍道，众所周知，瓷器发源于中国。

紧接着，进入展厅主体部分。一块比杏子稍大点的白色瓷片，贴在背景墙上，位置显赫。细看它式样普通，貌不惊人，不知为何如此隆重推出。与质地坚密、晶莹如玉、釉面滋润似脂如膏的中国白瓷相比，真是上不得台面。

梅兰女士微笑道，利摩日发现了高岭土，这是巨大喜讯。利摩日总督杜尔哥下令建造瓷器厂。1771年，本地第一座瓷器厂建成，第一批瓷器问世。瓷器的形状很简单，品种单一。墙上所展示的就是利摩日烧制出的第一块白瓷。

她侃侃而谈，充满自豪。但我站在那里，心往下沉，愣怔迷茫。中国瓷器那时已风靡世界，为何这小镇因为发现了高岭土，就夺走了中国瓷器的宝座？这个转变，突兀冷峭。

那时，我还未曾完整看过殷弘绪的间谍信，只是直觉这不合乎逻辑。

且听梅兰馆长继续介绍。利摩日瓷器在19世纪迎来发展黄金期，欧洲80%以上的皇家瓷器上，都印有"利摩日出品"字样，利摩日瓷器成了家喻户晓的精品。奢华无比的泰坦尼克号上，餐厅使用的就是利摩日瓷器。人们以为利摩日是个公司，实际上从18世纪末到1930年，只要是使用高岭土为材料并在法国利摩日市周边制作的瓷器，就都可在底部印上"利摩日"字样。印象派画家雷诺瓦，青年时期也曾在利摩日学过瓷器绘画。1850年，这里的瓷厂增至30多家，造型也开始多种多样，被视为"桌上艺术"。近年来，法国戛纳国际电影节和利摩日瓷厂合作，推出极具观赏和收藏价值的纪念餐具，还创制了直径为2米的明星瓷盘，汇集了戛纳历史上100位世界著名的电影明星的亲笔签名。它享誉世界，载入吉尼斯纪录。

我们马不停蹄地在馆内观赏，晶莹剔透的陶瓷制品如春花扑入眼帘。从3000年前希腊罗马时期的古陶，到当代设计师的经典名瓷，鳞次栉比。比如，英国伊丽莎白二世登基时所用的皇家瓷盘、美国总统海斯与林肯等人的总统瓷盘、雷蒙德·洛威为法航头等舱设计的迷你尺寸餐瓷等，尤以金漆绘制的法国名瓷最为辉煌奢靡。

欧洲早期模仿中国瓷器的产品，图案可笑。基本格局是：两只鸟儿高飞，一艘船慢驶，三四人上桥，岸边柳枝摇，寺庙河边坐，篱笆绕果树……

利摩日的特产"白瓷烛杯"，也是博物馆的热门展品，典雅细腻。买了一个拳头大小的烛杯，价100欧元，精致到让人胆战心惊。一路生怕碎裂，总算完整带回家。细观之下，有点像咱的蛋壳瓷，薄而镂空，四绕花卉图案。

利摩日瓷器厂

利摩日瓷杯

若点上蜡烛，烛光摇曳，整个杯体呈柔和橘色，玫瑰花图案随烛影跳跃，梦幻迷离。几次想找个蜡烛头燃起试看，终是不舍。

总之琳琅满目的瓷器海洋，淹得人两眼翻白，口鼻不得呼吸。不过，

欧洲瓷器店

在馆长事无巨细的介绍里，没有一个字谈到法国间谍对中国制瓷技术的窃取。

馆长边走边说，20世纪上半叶，瓷器风格出现了分化，大体分为新艺术和装饰艺术。瓷器制造商直接将名家大师的作品画到瓷器上，大家群起效仿。第二次世界大战爆发，利摩日高档瓷器遭受沉重打击，战后才慢慢恢复。

之前我等参观了瓷器厂的生产车间，了解了生产流程。美丽的法国小姐，引导我们从高岭土开始，走入瓷器生命历程。小姐介绍道：瓷器一般由45%至48%的高岭土、2%至5%的黏土、25%的长石和石英等成分组成。制作工艺包括做坯、烧制、上釉、彩绘等。因为烧制过程中瓷器会收缩，模具一般要比成品实物大40%左右。粗坯上色后，根据不同的色彩，加热温度也不同，大致在750—1300摄氏度之间。蓝色是耐高温的勇士，能承受1400摄氏度。他们的瓷器成品率不太高，至少有25%的废品，比如有斑点、裂纹、不平整等。

隔着玻璃屏，可以看到车间里工人们的劳作，有人正用金漆绘瓷。据说每天用的金漆都要登记，下班后统一锁在保险库里。单是从每年回收的擦拭金漆的抹布中，就能烧熔出100千克的金子（真有那么多吗？多大的瓷器产量啊）。

小姐道，1999年，利摩日瓷艺师提出了"陶瓷首饰"概念。

什么叫陶瓷首饰？不解。

法国小姐说，就是用加工瓷器的技术来制作戒指、领带夹、耳环、胸饰、项链坠等首饰，开拓了瓷器的新市场。

虽然来自陶瓷故乡，国内佩戴陶瓷首饰的人似并不多。

想象中，一块碎碗碴子打孔当了耳坠，有点搞笑。问，陶瓷首饰效果如何？

小姐说，销路很好。每逢节日，更是销售高峰，它成了法国人送礼的首选，名气超过传统瓷器。

我后来特地寻到陶瓷首饰柜台，才明白这陶瓷首饰是在瓷上勾画各种图案，比如水果、人物、风光、动物等图案，再烧成传统首饰的式样，比如手镯、戒指、项链、领带夹等，有圆形、椭圆形、方形、长方形等。图案和色彩完美搭配，独具风格。好看归好看，价格着实不便宜。一副陶瓷耳环，约人民币 1000 元。一枚陶瓷领带夹，也要 600 多元人民币。见我犹豫，店员解释说，陶瓷首饰的工艺十分繁复，要先烧制成初级的首饰，那时颜色都是白的。陶艺师要为这些首饰绘图上色，让它们魅力夺目。还须把它们悬挂在特制的支架上晾干，更特别的是每种首饰只制作唯一一套，不怕和别人撞车。我频频点头对店员致谢，然而终是不买。

我问法国小姐：中国的高岭土和利摩日的高岭土，哪种质量更好？

估计没人问过这个问题，小姐沉默了一下答，利摩日现在已经没有高岭土了，20 世纪 50 年代用尽了储量。

我追问，那如何继续生产利摩日瓷器？

美女道，利摩日现在所用高岭土，是从法国比利牛斯、布列塔尼还有欧洲其他国家运来的。有些甚至来自更远的地方，比如南美、澳大利亚、新西兰等。利摩日面临挑战，制瓷成本增加，购买瓷器的人数却不断下降，很多厂家都关闭了。从前人们结婚时，都以置办一套利摩日餐具为居家必备。现在，年轻人喜欢旅游、买电器和家具，对餐具没那么多讲究了。好在经常有一些大订单，比如欧洲、中东皇室婚嫁喜庆庆典时，都会定制瓷器餐具隆重纪念。阿拉伯某公主大婚，全部要利摩日生产的印有阿拉伯文的金色餐具。一个餐盘，价值上千欧元。

参观瓷器博物馆之前，我做了点功课，本以为会看到法国路易十六的老婆玛丽皇后设计的冰激凌碗，却没能找到。玛丽皇后因为死于断头台，成为史上最著名的皇后。据说她设计的这款碗，至今利摩日的制瓷厂还在复制。那碗乍看并无特别之处，一旦翻转过来，才会惊诧发现它是乳房形状。这碗诞生于200多年前的法国，可以想见当年的惊世骇俗。

据说在国外进行过测试，问普通人：提到中国，你最先联想到的一件事是什么？答案中占第一位的便是瓷器。走访利摩日瓷器博物馆之后，那块镶在墙上杏子大小的白瓷，让我如鲠在喉，无法忘怀。

中国的景德镇从五代时期，开始尝试白釉瓷。宋代时，影青研制成功。元代之前说"白釉"，其实是不含呈色元素的透明釉，依靠瓷胎本色透显出白色。这种天然去雕饰的白瓷，却不入元朝统治者的法眼。也许因来自草原，蒙古族崇尚牛奶般不透明的乳白色。元代的影青便生出两翼，一个翅膀更青，另一个翅膀更白。与后者对应的产品就是元代的"卵白釉"。在质量最精美的器皿上，都模印"枢府"二字，由元代最高军事机构"枢密院"在景德镇定烧。

枢府瓷卵白釉，属乳浊釉，釉色偏白失透，微微闪青或闪黄，似鹅蛋色，不透明。而青白釉是莹透有光的。

15世纪初，中国明朝的永乐皇帝喜欢白瓷，他在位22年，从21岁到65岁，44年间常驻北京，深受元朝宫廷"尚白"影响。景德镇心领神会，创制出白色瓷器，釉色甜美洁白。起名的人也不想多费脑汁了，偷个懒直奔主题，干脆就叫"甜白釉"。

有西域异国使者，向永乐皇帝进贡玉碗（进贡皇帝的物件，估计质量差

利摩日瓷器博物馆

利摩日瓷器博物馆馆长在向我们讲述镇馆之宝

旧时法国人想象中的中国人

不了，莫非是和田白玉吗）。永乐皇帝却不喜欢，让礼部赏了钱打发人家回去了。皇帝对尚书郑赐说："朕朝夕所用中国瓷器，洁素莹然，甚适于心，不必此也。"

译成现代白话，就是永乐皇帝说自己每天用的白瓷碗，洁白晶莹，甚可心欢喜，用不着这个西域来的玉碗。

永乐皇帝觉得白瓷碗，比玉碗还精美漂亮。可见那时中国瓷器的技艺达到的高超程度。不过，自法国间谍信后，中国瓷走向厄运。

1800 年前后，英国的托马斯·弗莱在制瓷过程中偶然掺入动物骨粉，增加了瓷器的硬度和透光度。约西亚·斯波德在此基础上继续研究，最终发明出骨瓷，它更薄、更透、更白，轻盈又细致。这是欧洲瓷器界的伟大发明，首创不属于中国，自此，欧洲瓷器产生了质的飞跃，彻底站了起来，昂然与中国瓷分庭抗礼，最终占了上风。

现代英语中意为"瓷器"的，其实有两个单词，另一个是"porcelain"，特指高级陶瓷制品，欧洲瓷器用 300 年，跨越了中国瓷器几千年所走过的漫长道路。

中国瓷器开始坠落，用户集中在欧洲中下阶层，"china"沦为廉价日用品的代名词。欧洲高端阶层只用本土烧制的精美瓷器，他们生产了世界高端瓷器的 90%，其余由美国和日本瓜分，曾经风靡世界的中国瓷器，已退出主流市场。

我对法国利摩日瓷器博物馆的展示方式，表示强烈异议。它诱导人们得出错误结论——好像 1768 年利摩日发现了高岭土，法国与欧洲制瓷业才自然而然发生了翻天覆地的变化。不，历史真相绝非如此！高岭土只是原料，如果说发现了某种原料就能改天换地，就如同说某画家得到一卷上好宣纸，便有了石破天惊的画卷。这是自欺欺人、罔顾事实的谎言。即便此画家的手艺从此惊天地泣鬼神，那必要的前提是且必须是——原本就有巧夺天工的技艺，得了好纸锦上添花。小镇上的医生妻子，把白土当洗衣粉用，发现的只是这土的去污能力，和炼瓷有何关系？唯一顺理成章的解释是——当时的法国，由于获取了制瓷业的翔实谍报，对整个工艺已烂熟于心，可"巧妇难为无米之炊"，找不到高岭土。行内人士对此高度敏感，闻听哪里有奇土出现，马上如嗜血牛虻般叮上去。或许他们有铩羽而归的经历，但这一次，利摩日的"洗衣粉"救了他们。它真的是高岭土，殷弘绪窃取的所有制瓷情报，都有了用武之地。利摩日白瓷块，应运而生。

讲个和瓷器有点关联的小故事。2007 年金融危机爆发前，美国经济学家皮帕·马尔姆格林，在纽约市的一家百货公司，看到堆积着大批成套餐具。餐具上印的图案十分搞怪，是专供万圣节用的。要知道万圣节一年只过一次，这种餐具一年也只能使用一次。

经济学家停下了脚步。人们买一年只用一次的餐具，剩下的 364 天都闲置，这需要多大的房子放置呢？餐具量很大，看起来买的人也很多。这就是说，很多人居住的房子足够大。房子大了，冬季供暖的花费必然大，房主挣得出那么多钱吗？如果挣得少花得多，是不是意味着某种危机已悄然到来？这些万圣节瓷器，散发着不祥气息。经济学家见微知著，准确预计到了随后爆发的经济危机。

回到利摩日。我以为一家享誉世界的国立陶瓷博物馆，应该有直面历史的勇气，应该有襟怀和担当。关于瓷器发展的脉络应条理分明。否则，便是瞒天过海、偷天换日，无实事求是之意，无诚实坦荡之心。陈列品再多，也逻辑不清、包含谬误。高岭土，并不是决定因素。世界各地都有可能找到高岭土，但制瓷技术才是核心秘密，乃人类瑰宝。比如非洲某地，至今还在向利摩日提供高岭土原料，但那里并没有瓷都，概因他们不掌握制瓷技术。

强烈建议法国阿德里安·迪布谢国立博物馆增加一件展品。将法国间谍殷弘绪的信件影印件，陈列在那块法国人引为自豪的杏子大的白瓷片之下，以还原历史的残酷真相。

美国历史专家曾说："18世纪，耶稣会教士带回更多的中国技术资料，被加以利用，欧洲才开始生产出真正的瓷器。"

威尔士比萨店的箴言

欧洲乡间风光

小飞机抵达英国。

威尔士公国的元首，是"威尔士亲王"。

这块土地上祖祖辈辈生活着威尔士人，在罗马统治后，分成多个侯国。1258年，卢埃林·阿普·约尔沃思自称"威尔士亲王"，得到了亨利三世承认。1277年，亨利三世的后继者爱德华一世，发兵攻打威尔士，7年后，征服了全境。他颁行了"威尔士法"，遭到当地人激烈反抗。爱德华一世允诺他们，会有"一位在威尔士出生、不会讲英语、生下来第一句话就说威尔士语的人来当亲王"。听起来不错，尊重了威尔士人的民族感情，当地人便平息了怒火。

之后，爱德华一世把行将分娩的埃莉诺王后，送到了刚修建好的卡纳冯城堡。王子诞生后，他抱着新生的孩子现身，对威尔士的贵族们宣布，这就是刚刚受封的威尔士亲王。

那么，小王子是否符合爱德华一世之前的承诺呢？

1. 在威尔士出生——这条是符合的。王后分娩在威尔士土地上。

2. 不会讲英语——当时英国王室说诺曼底法语，小爱德华刚出生，当然不会说英语了。

3. 生下来第一句话就说威尔士语——小王子的哭声，就是他的语言，当然也和刚出生的威尔士婴儿一模一样了。

传说有鼻子有眼。是否真实，不详。

威尔士海边

威尔士红龙

现在，英国君主传统上会赐予其长子威尔士王子（婚后称威尔士亲王）名衔。不过这个称号，并不是英国君主的长子自动拥有，需要在位君主正式册封。

我们乘车进入威尔士域境后，小艾说，请大家看看店铺的招牌和路标，发现了什么？

众人赶紧四处睃巡。抢答：双语文字标注，路标上还衬以红色巨龙图案。

小艾说，观察很正确。可认得出是什么文字？

大家道，一种是英文，另外一种，不认识。

小艾说，那另一种文字，是威尔士语，红色巨龙是古威尔士标志。

威尔士的官方语言是英语和威尔士语。英语为绝大部分的威尔士人使用，也是实质上的主要语言。1993年颁布的《威尔士语言法例》规定，威尔士语和英语被一视同仁。威尔士的议会、各地的委员会、警局、消防署、健康部门等都应将威尔士语作为官方语言来使用。比如，学校写给家长的信函、图书馆的资料及委员会的资料等都要使用威尔士语。上面提到的《威尔士语言法例》规定，必须教授所有的儿童威尔士语，直到他们年满16周岁。虽然威尔士使用双语，但情形也有些可危。2001年的调查显示，有20.5%的人能用威尔士语对话，到了2011年，仅有19%的人会说威尔士语了。

不管怎么说，古威尔士语能在不利条件下存活且绵延不绝，实属不易，被世人视为奇迹。

威尔士的格温内思郡议会规定，在一切职位上都要优先考虑雇佣会说威尔士语的人员。如果只会说英语，哪怕是求职清洁工人或会计等对语言技能无特殊要求的工作，也会吃闭门羹。

关于那条红龙，有这样的故事。路特王统治时期，每年5月都会听到可怕叫声，引发灾难。路特王求助于兄弟李瓦，李瓦告诉他是一红一白两条龙正在打斗，叫声是红龙在痛苦悲鸣。路特王接受李瓦建议，在不列颠中心挖了深坑并灌入蜂蜜，让两条龙晚上打累后到坑里喝蜂蜜。路特王趁龙睡觉时，用布料包住它们并放入石棺，埋在了迪纳斯·埃姆里斯。亨利七世的盾徽，左侧就是威尔士红龙。

伏提庚王是公元409年后崛起的凯尔特人的王，因撒克逊人违约起兵，只能退守威尔士，在迪纳斯·埃姆里斯开建城堡。施工时，每天半夜建城的原料都会消失。国王找来巫师，巫师建议去找梅林。梅林是英格兰及威尔士神话中亚瑟王的伟大魔法师，法力强大，充满睿智，能够预知未来，还会变形术。梅林当时年仅7岁，不过这并不妨碍他法术通天，告知了国王两条龙的事。国王挖开地面，发现了两条龙。龙醒来后又大打出手，红龙胜利了，白龙落荒而走。梅林说，白龙代表撒克逊，红龙代表国王的子民。故事的象征意义很明确——必将击退撒克逊人。

另有传说。7世纪时，一位威尔士的主教，在赛文河畔听到一位英格兰人说奇怪的撒克逊语，顿感不祥。他记载了这次令人深为惊恐不安的事件，说道："对岸那口音奇怪的男人啊，他和他的人们将占据这片土地，成为这片土地的主人。"

从古代回到现代。威尔士大学是英国仅次于伦敦大学的第二大联邦大学，成立于1893年，历史悠久，拥有斯旺西大学、格林多大学等10所学府，现任名誉校董为英国查尔斯王子。

我们和威尔士大学校长进行了富有建设性的谈话。

赵老师有诗为证。

威尔士大学有作

赵为民

威尔士大学是英国皇家教育机构，查尔斯王子亲任校董。校长为人亲和且睿智，颇具绅士风度。中西士阶层都追求优雅高贵，或曰"绅士"，或曰"君子"也。校长谈论教育唯重人文精神。其崇尚中国文化，并为两国文化交流做出积极努力。口占一绝以为志。

教以人为本

育当文作功

尔留绅士味

君子吾遗风

会面之后，我们在威尔士首府加的夫漫步，赵老师诗兴大发，又咏诗一首。

咏威尔士海鸥城

赵为民

威尔士公国比邻大海，自然环境优美。这里的城镇宁静安详，海风吹送，野麦花香。然而今年天气逆袭，酷热难耐。好在街市上不时可见鸥影闪动，其鸣声声，尽显一派自由景象，人们燥热的心情也因之得以平复。兴致所及，感赋一绝。

风翻白浪急英伦

海阔多生不了因

鸥鸟机心犹可善

飞来相近与人亲

走着走着，到了午餐饭点，随意走进路边一家比萨店。

门脸不大，布置得很温馨。土黄色页片石镶嵌的墙裙，透着乡土气息。到处摆放着自制小摆设，比如一颗红心、一个小插花瓶什么的，让人觉得这不大像饭馆，而是谁家的温馨客厅。不过，似乎没有什么和意大利有关的风情噱头。

客人不多，服务人员更少，一位年龄大约四十出头的汉子，憨厚笑着，问我们吃哪种比萨。

我问小艾，除了比萨，还能有什么选择？期待威尔士特色的食品。

小艾询问服务员兼店主的汉子后，对我说，很抱歉，这里只提供比萨，没有其他食品。

在威尔士店里吃意大利食品，稍有遗憾，不过，人在旅途，充饥即可。

小艾问大家各选什么品种的比萨。大家反问，哪些可选？

店主答，只提供5种比萨。且并不按惯常的厚型比萨、薄脆比萨、烤盘比萨、纽约比萨、芝加哥比萨等分类，直截了当以"番茄比萨""洋葱比萨"等命名。众人点了几种，之后预备喝茶等着吃饼了。

同行老师带了极好的茶，向店主申请要一个茶壶，大汉店主即刻送来。再申请滚开热水，店主抱歉道，这个要现烧，请稍等。

好不容易等到水开了，才发现这店里未提供茶杯。继续申请，店主拿来了几个颜色、高矮、样式都不相同的小杯。

对茶道很讲究的老师说，这是盛过咖啡的杯子，用来沏茶，会影响风味。

我完全理解老师的担心。他的茶，采自深山老林的千年古树。倒入常年浸染咖啡的杯中，实有暴殄天物之嫌。

小艾道，我请店主把每个茶杯都重洗一遍，再用开水烫过，估计能好一些。

看来只能如此。小艾收拾好桌上茶杯，拿到正在不远处和面做比萨饼坯的店主那里。店主现大吃一惊神色，很无奈地述说着。距离加角度不宜，小艾表情未看清。只见小艾自己将杯子拿到水龙头那儿冲洗一番，将杯子带回。

大家没注意到这番周折，以为杯子彻底清洗了，再无赘言。这时水开了，沏入茶杯。茶委实太棒，或许我非深谙茶道之人，反正未觉异样。茶香悠远，沁人心脾。

我找个机会悄声问小艾，我看你同老板商量洗杯一事，他显为难？

小艾说，是啊。他说杯子都是洗干净的，消过毒的，卫生上没有任何问题。

我说，那你怎样回答？

小艾道，我说客人们要喝茶，茶的味道要纯粹，所以麻烦请再用开水冲烫一下这些杯子。

我问，店主人又如何作答？

小艾说，他一边做着比萨饼坯，一边十分困惑地眨着眼睛问，真的……需要这样做吗？

店里没有多余人手，如果他去冲洗杯子，就要停下做饼坯工作，会延缓比萨成品的时间。再者，电炉上煮的开水，是预备沏茶用的。若冲了杯子，还得再等第二壶水烧开才能沏茶。店主人为难了，不知如何是好。

我说，那你怎么办呢？

小艾答，我说，这样吧，您还是快点做比萨，我来洗杯子……后面的事，就是大家很快喝上茶了。

本就过了饭点，再加上好茶，胃肠啸叫造反。汉子店主正和一中年女子忙得不亦乐乎，一时间还不能呈饼于餐桌。

其实他们做饭程序比较简单，面皮已完工，只剩单纯的"烤"了。若是中餐，更不知要等到何时。想我中华料理，单是对菜肴所能下的杀手，我约略一算，总有几十种吧？炒、煎、烧、炸、腌、卤、熏、泡、蒸、熘、煨、煮、炖、焖、卷、焯、爆、炝、煸、烩、糁、蒙、贴、酿、酥、糟、风、醉、拌……

越想越饿，赶紧转移视线。看到桌旁摆一块木制小板，上面手写着类乎诗句的文字。我以为是威尔士文，细看却是英文。我问小艾，为什么要摆放这块板？

小艾做事认真，跑去问店主。店主一边挥汗如雨做比萨一边回答。小艾告诉我，店主人说那是他家的家训。

我来了兴趣，为减轻大家对食物的渴求，说，请各位老师独立翻译出本店家训。

好茶有兴奋作用，小木板在大家手中击鼓传花般周游。不一会儿，同行者纷纷拿出成果。这一飞机人，端的是藏龙卧虎。有院士有博士，学贯中西，译文"色彩纷呈"。

威尔士比萨小店店主的家训

---

1. 生命短暂，生活无常。
   宽容放下，拥吻亲情。
   爱有真诚，喜乐人生。

2. 生命短暂，无须自缚。
   快速放下，慢吻真情。
   真诚去爱，开怀大笑。

---

3. 生命短暂，无须自缚。
   快速放下，慢速接吻。
   真诚相爱，笑傲人生。

4. 生命短暂，生活无常。
   宽容放下，慢享亲情。
   真诚友爱，笑傲人生。

---

5. 生命短暂，生活无常。
   快速放下，慢享亲情。
   真诚友爱，笑傲人生。

6. 生命短暂，生活无常。
   快速放下，慢享升华。
   真诚友爱，笑傲人生。

一时彼此鉴赏，好不热闹。谈笑间，比萨饼端上来了，橄榄油鲜香四溢，各种馅料五花八门。饼底香脆，谷物炭烤后的特殊味道，把肚腹的原始欲望变成一言不发的口舌大啖。

我等都是使用餐刀，一块块切着吃。唯有小艾这个正宗意大利人，把比萨如折皮夹般叠起来吃。饼的外层柔软适度，绝无破裂。

我说，小艾，比你家乡的比萨若何？

小艾说，很好吃。

LIFE IS SHORT
BREAK THE RULES
FORGIVE QUICKLY
KISS SLOWLY
LOVE TRULY
LAUGH
UNCONTROLLABLY

我特喜欢这个家训

小艾聪明，回话艺术。他并没有正面回答与意大利比萨相比孰高孰下问题，只是肯定它很好吃。这街边小店的威尔士面饼，的确不能算正宗比萨，但胜在面粉质地极好，蔬菜味道上乘。汉子店长全程手工操持加之新鲜出炉，催人涎水。整个饼充满农家诚意，自然、纯净、美味。

等小艾吃完最后一口比萨，我悄声说，麻烦您，我想和店主聊聊。请尽量委婉些，不要叫他觉得我这人怎么这么包打听。

小艾点点头道，好的，您想问什么？

我说，问问他是从哪儿学做意大利比萨的。

店主有点腼腆地回答，都是自己琢磨的。

我心想，果不出所料，真是自学成才。想起据说马可·波罗也是告诉意大利厨师馅饼的简版，人家自作主张把馅料放在皮上，成就了意式比萨的传奇。看来比萨这种食品，历史上就鼓励发明创造。

我又说，请问他是不是意大利人。

问题一出，店主很利落地摇头，想必是否定的。接着汉子店主又补充了一句。

小艾告诉我，他说他是土生土长的威尔士人。

我说，请告诉他，比萨非常好吃，尤其是饼坯，特别香。

汉子店长听后非常高兴，说个不停。等他告一段落，小艾转述。店长说，做饼坯的麦子，都是他们家农场出产的，店里从来不用别家面粉。

我顿悟美味的奥秘。

我又道，家训很好，大家都很喜欢。

汉子店长答，这是家族箴言。

我追问，流传有多久？

汉子店长答，很久很久了。具体有多少代，已说不清。因为觉得好，所

和餐馆店主与家训

和餐馆老妈妈与家训

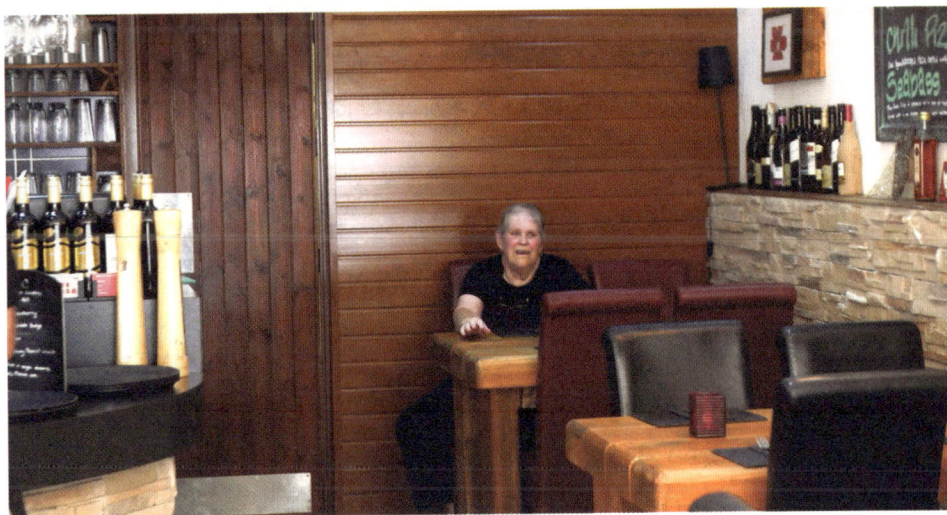
威尔士餐馆的老妈妈

以抄录下来，放在店里，让更多的人看到，看过的人都说好……

我对小艾说，我的问题基本上没有了……

小艾松了一口气。不过悲惨的是我马上又道，还有最后一个问题，比较麻烦。您如果觉得我太过分了，不翻译也可，就当我没说，因为这实在太像刺探人家隐私了。

这么一说，倒激起了小艾的好奇心。他道，您说说看，我尽量满足您的愿望。

我说，刚才在烤箱边帮他一块烤比萨的女子，是他的妻子吗？

小艾说，嘿，原来是这个问题。无须问了，刚才他就跟我说了，他和妻子一块加油干，尽量快点给咱上比萨。他看出大家都饿了。

我说，小艾，别着急啊，我还想知道那个坐在饭馆角落里的老太太，一直盯着我们看的那个，是他的什么人。

小艾不动声色扫了一眼。最靠边那张桌子后，端坐一位老人家，估计有80岁了，目光温和地扫来扫去，装作未曾盯着我们。不过我早已注意到她的注意力一直集中在我们的方向。小艾和汉子店长对话时，她几乎目不转睛。

这一问真让小艾为难了。他说，或许是一个等着买比萨的客人呢？

我很肯定道，不是。咱们一进门，她就坐在那里。这么长时间，店长并没有招呼过她，她也没有主动点过任何食物，说明她并非普通食客。

小艾道，那也许是老板熟人，到这里随便坐着散散心的。

我说，有这个可能，不过，我总觉得她对谈话的好奇心，超过了一般朋友。您帮我问问吧，或许他们并不会生气。

面对我的死缠烂打，小艾只好再次跑向老板。没想到老板听闻后，一下子喜笑颜开，说，那是我的妈妈啊！她很关心餐馆的营业好不好，经常到店里来坐着，心满意足。今天碰到远道而来的朋友，她很高兴。来，我介绍你们认识一下。

说完，他领着我走到老妈妈跟前，告诉妈妈说我们是来自中国的客人，夸赞他们家的比萨非常好吃，特别是饼底的面质很好。

果然，老妈妈听完之后，满面笑容。

我说，还请转告老妈妈，我们都很喜欢他们家族的家训，把它翻译出来了，带回遥远的东方。我想，在中国，也会有人喜欢这个家训的。

老妈妈一听，高兴得合不拢嘴，和我一道与他们家族的家训合影。

尽管我们这一行人当中诸多高手，已经将家训译出，我还是将它发在这里，希望有朋友继续发挥想象力，翻译出自己的特色。

端详译文，无论谁的译文，起手第一句——"生命短暂"，都很一致。可见无论中国还是外国，都确知生命是一个有涯过程。它短暂且不可重复，命运多舛的威尔士人深有感悟。

中国社科院英美文学研究室博士生导师朱虹老师给出的意译译文是：

人生苦短啊，要敢于违背规律

原谅要赶快抓紧，接吻可要慢慢来

爱要千真万确，无所顾忌开怀大笑

某日在英国的乡间旅舍住下，别的尚好，只是天气炎热。在屋内寻空调，未见，汗水淋漓，几无法安卧。辗转中，小艾发来短信：

"晚上好！很抱歉，英国基本没有空调，在气候变暖之前也很少会出现这么高的温度。不过外面现在比较凉快，建议大家开窗户，让外面的空气进来。"

想起威尔士比萨店的箴言，面对窗外，淡然一笑，心情在炎热深夜渐渐舒展。

16

Gazing at Europe from Up in the Sky

花朵是天空之星的倒影

盛开的花

英国查尔斯王子有个私家农场，名叫海格洛夫庄园。王子全家经常在这里休闲度假，也亲力亲为地劳作。他还有个花园，也是亲自设计亲自施工，连续洒下了30多年的汗水。微信群中，我多次收到一干亲朋转发来的花园图片，美轮美奂。花园每年有一半时间向公众开放。不过要提前预约，门票每人50英镑。据说每年有超过3万人到海格洛夫花园参观。诸君可迅速心算一下，单此一项，年收入150万英镑，王子一举两得。

花园位于英格兰中部格洛切斯特郡，邻近小镇泰特伯里。通往王子花园的路十分低调，自乡间公路毫无征兆地拐进隐蔽小路。可想王子一家人度假时，从城市喧闹之处，进入林荫深处，渐次徜徉另一时空。

现任的英国女王伊丽莎白二世，1952年即位。2018年4月21日，女王满92岁，是英国历史上在位时间最长的君主。伊丽莎白二世与菲利普亲王1947年结婚，

1948 年 11 月 14 日长子查尔斯出生，于 1958 年被封为威尔士亲王，创下了英国最长时间储君的纪录。

进入海格洛夫花园的安保检查十分严格，毕竟王子一家时不时来此度假和劳作。有两条要求似乎别的参观场所不多见。一是不得携带任何摄像设备，一律留在大门入口处保管；二是整个参观过程中无洗手间。所有游客，都须提前解决好生理排泄问题。

关于第二条，我问小艾，若是谁突然闹肚子，怎么办？

小艾说，那就赶快跑回入口处的卫生间。

小艾的主意说起来好，实行起来有困难。参观路径是单行线，游客们一旦进入某园，园门就在大家身后被工作人员无声关闭，不可能走回头路。届时通融一下可否获准返程？因无实践，不知。或是若已游多半程，不妨干脆往前跑，提前抵达终点进入卫生间？因为我等肠胃都正常，忍住口渴也没多喝水，两个多小时的参观过程未现紧急状况，所以无法与大家汇报相应攻略。

海格洛夫皇家花园并非一览无余的整体，内部被分为若干独立小区，可以把它想成很多具有独特风格的主题小区。比如：村舍花园、地中海风格花园、百里香步道、日晷花园、繁花草地、杜鹃花步道、厨房花园、植物园和圣所、旱谷花园、树桩园以及地毯花园……花团锦簇的名字暗香扑鼻。这些不同主题的微型公园，处处打着查尔斯王子个人兴趣的印戳。

我本以为不让人自带相机，是出于安全考虑。毕竟是王子私人府邸，且在持续使用中。王子一家人不定期地来此休憩，不免跟游客狭路相逢。

同行朋友道，除了安全考虑，我觉得更多出自审美。

我不解，疑惑上脸。

朋友说，你想啊，凡植物花草，都有生命周期，花无百日红。如果所有游客，都按照自己的喜好拍摄花园，那么有的角度不好，有的季节不对，呈现出的花园景观可能并非最佳。现在人们看到的有关海格洛夫花园的图片，无比秀美。这不仅为专业摄影师杰作，也有天时地利在内。

谢谢他的提点。

花园里除了繁茂无比的花草外，还有一栋建于1796年的蜜色石楼，已有200多年历史。原来的主人叫莫里斯·麦克米伦，家族也非等闲。莫里斯的父亲是20世纪50年代末至60年代初的英国首相。有些资料将此地说得十分僻远，不确。

游客浏览并不可随意走动，园方在入口处将参观者分成10人一组，派一领队，带领大家缓步慢行。我组领队是位优雅的英国女士，植物学硕士。她让我们的海格洛夫花园巡游，既乐趣盎然又颇长知识。

花园的历史，要从王子大婚说起。1980年，查尔斯王子31岁，即将和戴安娜完婚。贵为王子，自有古老宫殿可居，但他想要一个完全属于自己的家。王子来到这里，对此地一见钟情，一往情深地爱上了它。他买下364公顷几近荒芜的土地，全然不顾当时杂草丛生，苔藓遍地，老树空心，枯叶凋零。

王子在《高地：庄园的肖像》中透露当时心境："这里根本无从下手，在园艺方面我实在是一无所知。"

王子并非一时冲动。几年前他访问特兰西瓦尼亚，发现人类生产活动已经让英国失去了超过90%的野花草地，生物多样性受到极大破坏。对这块自己的土地，他决定沿袭最古老的耕作方法，保持最天然的生态环境。

他的想法是："在许多方面，海格洛夫的这个花园代表一个很小的尝试，医治对土壤、景观和我们灵魂的令人吃惊的短视的伤害……我已经把我的心和灵魂投入海格洛夫，我会继续尽可能做下去。我也已经把我的后背投入海格洛夫，因此，我可能已经在这个过程中过早衰老。"

人们都说，自从有了海格洛夫花园，查尔斯王子变成了"植物人"。几十年劳动不止，有时干得兴起，还会光个大膀子干活。

花园是查尔斯和戴安娜新婚居所，他的两个儿子威廉和哈里，在这里留下了童年回忆。建筑师曾在威廉王子 3 岁和 5 岁时问过他，想要什么样的房间？威廉王子说："我希望它越高越好，这样我就可以远离所有人。我想要一个能拉起的梯子，这样就没人能接近我了。"

童言无忌，一般的父亲听听也就过去了。查尔斯王子记在心里，1989 年威廉王子 7 岁生日时，爸爸在海格洛夫盖起了一座小房子。高高梯子之上有一个平台，上面盖了小房子，四周有栏杆，安全但绝不奢华。现在游人不能靠近，但可远观。据说是因为查尔斯王子的孙子——小小的乔治王子，也会爬到上面去玩。即使贵为王子，小孩子也一代代地希望有自己的专属领地。

王子可以任性。海格洛夫花园的一系列设计，都留下查尔斯灵光乍现的痕迹。漫步其中，犹如走入花园积木群。王子对此的解释是："我期望并想象，我已经在某种程度上以画家的视角打理这座花园……花园的每一部分都是一幅独立的'画作'，当光线强度梦幻般变化的时候，可以有一种不断行走、变换的效果。"

于是海格洛夫成了一块画布，王子在此浓墨重彩地挥洒情怀。冬季到来，百花收敛，花园的结构如同一个人的筋骨，凸显出来。假若下了雪，灯光和雪花汇成扑朔迷离的幻象，如梦如幻。春天，草坪莹绿，鲜花盛开，恍若天堂。秋天则是树叶色彩大拼盘……

查尔斯王子说："我很快就学到，仓促地把任何东西放在花园里很容易出问题，所以我从不勉强计划或设计，而是要等待正确时刻，凭'直觉'去自然而然形成。"海格洛夫向公众开放之际，王子为自己的"任性"找到了一个很好的理由。他说："我的一大乐趣是看到花园能给许多游客都带来乐趣，每个人似乎都找到了特别适合他们的那一部分。"这话，让我想起一句俗语——总有一款适合你。

首先进入橡树屋，英国传统农舍风格。它的历史并不老，建于 1998 年，材料是当地蜜色石。屋外门廊下有四把柚木椅子，一张刷过石灰的橡木长凳。这是卡米拉送给王子的 50 岁的生日礼物。

我觉得这很有象征意味，先声夺人，宣告了谁是这里今天的主人。

橡树屋一侧，有一扇木雕大门，图案精细繁复，被命名为尚德门。查尔斯王子某次出访印度时，偶然发现了这扇印度 18 世纪的手工门，将它带回家，取名"尚德"。在海格洛夫花园，有很多这种充满感情的纪念物。游览途中，不断遇到这种有温度的设计，有时猝不及防。

花园之旅由尚德门正式开始，入门后是村舍花园。将传统的英国风格与来自喜马拉雅山脉的丰富色彩掺和在一处，色彩斑斓（私下觉得有点乱搭）。

英国人对于搜集植物品种，有着世界上最高的热情。由于原来的"日不落帝国"疆域辽阔，他们得以博采众长，不断丰富植物收藏。在村舍花园中，分为新旧两区。旧区最初由王子本人设计，后由园艺师接手完成，主要由传统英格兰植物组成。新区主打喜马拉雅山脉图案风格，红粉蓝紫聚在一处，颇具视觉撞击力。其间点缀着凉亭、砂岩石凳子、英国紫杉等，据导游介绍，都出自王子本人的创意。

前行，到地中海风格花园。此地密植迷迭香、薰衣草、鼠尾草和岩蔷薇，还有玫瑰、紫藤、铁线莲和金银花……正值初夏，一众花草争相吐艳，如火如荼。

之后是橡树大厅。

名为大厅，其实并不是标准房舍，而是橡木尖顶下的开放亭子。2007 年冬季，由于气候原因，生长了 200 多年高达 20 多米的雪松，不幸死了多棵。枯树挖走后场地空闲，遂盖起橡树大厅，以彰纪念。

大厅旁有张半圆椅子，用石头和橡树加锻铁制作，面向花床。这里培育的杜鹃花种苗，是罗斯柴尔德家族从自家庄园采送的礼物，身世不凡。

百里香步道，名实相符，共种了 20 多种百里香。它是半灌木，圆叶子紫红花冠的植株占了半壁江山，间或有淡紫、粉红色夹杂其中，还点缀了墨角兰和报春花。修剪成立方体的红豆杉树篱挺立四周，如同优雅卫队。

以上丰富的植物名称，都拜植物学优雅硕士导游所授。

说实在话，我不知道百里香是啥东西，记得家中有一瓶人家送的调料，似乎叫这名字。

我小声问身边朋友，这花的果实可以吃吗？

想验证一下，我家厨房的百里香，是否和高贵的皇室花卉是远房亲戚。

朋友对园艺颇有研究，说，它本是常用香料，可以炖肉，放在汤里也增美味。欧洲传说里，百里香象征勇气，中世纪勇士出征时，人们常常以此物相赠。

我长出一口气，原来我家调料瓶里的储物，乃它的嫡亲骨肉。

沿着百里香步道走到尽头，是睡莲池花园。

蕨类植物生长在月桂花隧道鹅卵石小径四周，隧道中央立有一座石头方尖碑。

进入台地花园，优雅女士介绍，此处生长的植物全是查尔斯王子自选。一座喷泉流过石磨盘，水流汩汩。角落里的亭子，居然呈胡椒罐形状，看来王子喜爱此物。亭子铺设的瓷砖，充满墨西哥韵味。四周栽有大橄榄树，据说树龄在150年以上，是从西班牙引进的。

日晷花园，顾名思义，园子中央是一座石头做成的日晷，四周花床中种植着茉莉、海格洛夫玫瑰和紫藤。园中的飞燕草正值花季，傲然挺立，姹紫嫣红，繁盛到令人瞠目结舌。

在一道修剪整齐的紫杉树篱前，安放着4尊查尔斯王子的半身塑像。我暗想，王子还挺自恋哦。优雅女士介绍，这都是王子的雕刻家朋友送他的礼物。想想自己主观了。查尔斯王子重感情，友人的赠品，当然要找个好场地安置。

繁花草地，它环绕园内的主建筑，就是前面说过的蜜色石主楼。门前的车道由碎沙石铺就，不见任何柏油水泥的痕迹。优雅女士说，王子和家人平日来花园，下榻此处。房间并不很多，胜在视野开阔。它面对的 4 英里（约 6.4 千米）土地上，种满了随季节自然转换的野草闲花和树木。草地种于 1982 年，当年撒下了混合有 32 种植物的原始种子，之后每年引进更多品种。树木种类也很多，有橡树、甜栗子、七叶树、香脂白杨、日本枫树、山毛榉等。楼的正前方，是形态各异的紫杉树。据说紫杉原本就生长在这里，查尔斯王子建议，每个园丁一棵树，按照自己的设想将它修剪成形。于是园丁们八仙过海各显神通，紫杉被大胆设计成了各种造型。有几棵紫杉都被修剪成螺旋状，让人觉得像是放大了的……便便。

优雅女士介绍道，草地已经有 30 多年历史，王子坚持用传统方法打理它，绝不用割草机。花籽成熟季节，园丁们用最传统的小镰刀割草。一是不会伤害到草地中的小动物，二是能让花卉种子四处分散得更均匀，每年 9 至 12 月，他们会赶羊群来吃草，让新鲜种子更富有生机，更好发芽。一条隐隐小路通向厨房花园，长满卡马夏、贝母花、拜占庭唐菖蒲、郁金香、樟子松……

据说王子初来海格洛夫时，厨房花园这片区域是荒芜废弃的。王子着手规划了一个占地一英亩（约 0.4 公顷）的“爱国”厨房花园。如果从天空俯视，会看到花园的图案是一面英国国旗。我等无法上天，未见此奇观。

杜鹃花步道。杜鹃花种在意大利赤陶盆中，不知是水土不服还是季节不宜，恕我弱弱说一句，长势不好。此步道南端，有座女神塑像，为神话中的狩猎女神，名叫戴安娜。不知道这条小径，和当年的王妃可有渊源。

这个是山梅花，这个是喜马拉雅梅，这个是山茱萸。优雅女士介绍道。

我问同伴：这个山茱萸……

同伴是博士，很肯定地点头说，对，就是“遍插茱萸少一人”的茱萸。

我问优雅女士，在这么多的主题花园中，最喜欢哪个园子？

她想也不想地回答，最喜欢菜园。

我说，为什么？

优雅女士说，每个花园都很美，王子说过，花园是天上星星的镜子。但我觉得菜园是星星们的餐桌。镜子当然要照，餐桌也必不可少。

我说，王子家会用这个菜园的菜当餐食吗？

向导说，那是当然。如果某种蔬菜集中成熟，他们吃不完，就会送到医院或是慈善救济院去。

我说，那些病人和穷人，知道自己吃的是王子种出的菜吗？

向导沉吟，没人问过如此细节。顿了一下后答，那些人，应该不知道。

置身于花木海洋，不由得思考花朵的象征意义。迎接贵客，人们会献上鲜花。盛大晚会或典礼，会摆满鲜花。恋爱中的人们，会赠予鲜花。甚至葬礼上，人们手执鲜花，扫墓时也会祭上鲜花。胜利有花环，祭奠有花圈……

梅·萨藤说过，如果一个人专心致志地瞧一朵花、一块石头、一棵树、一片草地、一朵浮云……这时启迪性的事件便会发生。

鲜花到底代表什么？它被人喜爱，来自人类古老的潜意识。花朵代表种植，代表农耕社会的稳定。有了花朵，才可能有果实。有了果实，才会有丰收，有食物和安宁。女主人的温柔，孩子们的欢笑，逝去祖先的保佑……自此引申出和平与友善，富足与安妥，鲜花如影随形。所以有人说，花园比诗歌更接近上帝亲手制造的作品。

游览花园实在是美好的事情。

在一扇用巴斯石制作的门框上，查尔斯干子基金会的学生们创作了石雕图，图案多为老鼠、鸟巢等大自然中的景象。门楣上刻有古埃及象形字铭文，优雅女士介绍其大意为：花园里的花朵是天空之星的倒影。

王子在步道的墙上摆放了一系列他钦佩的朋友和人物的胸像。在此长廊中占据一"席"之地的人，有音乐家、作曲家、诗人、主教、学者、环保活动家等。

特别引人注意的是，这里还有狗的雕刻，是王子专为纪念他2004年去世的爱犬Tigga而修的。

植物园和圣所之地。这片区域植物品种十分丰富，有很多珍稀树种。优雅女士如数家珍：玉兰、樱花、海棠、连香树、榉木、南欧紫荆、日本枫树等。花卉则有多种杜鹃、荚莲属植物、山茱萸、绣球、瑞香、水仙花、仙客来、雪莲花……

植物形态可圈可点。不论何种树草，都是在接近建筑处才被略加修剪，其余部分都自由生长，如同生在旷野之上。

旱谷花园比较新，10年前才初具雏形。当时有人建议将这里辟为南半球植物的保护区域，王子欣然接纳。英国蕨类植物协会大力相助，送来很多蕨类植物。一条小溪潺潺流过，两旁广植根乃拉草和"穷人伞"。我至今不知"穷人伞"大名何许，不知它哪科哪属，只记得在南美热带雨林中常见它的身影。此植物叶片碧绿，广约一平方米。当地导游告知，南美赤道山地多雨，骤雨袭来，若没带伞，折下它的一片树叶，顶在头上，可妥帖避雨，故称"穷人伞"。不过这伞离了故土，在高纬度的王子花园中，长势较家乡羸弱，叶片面积缩水近一半。此时称"穷人伞"略觉牵强，似可改叫"穷人锅盖"。

树桩园是所有区域中特色最鲜明、感觉最震撼的园林。园子里大部分是甜栗树和橡树，还有查尔斯王子个人偏爱的大型阔叶玉簪花。园的中心，更像是一座用于祭祀的庙宇。绿色橡木经钻孔和喷砂处理，恰似坚固石头，组成了园中的"先贤寺"。它的中心，是雕塑家制作的查尔斯王子祖母——当今英国女王母亲的雕像。雕像周围，围绕无数树根。它们看似杂乱无章地堆积着，木料原有的色泽被岁月蒙灰，纹理漫漶不清，好像死去很久的野兽褐色骨殖。节疤、凹凸、曲线、窟窿等殊姿异态，缠结一处，纷乱惆怅，整个园林给人强烈压抑感，有的材料中说这是根雕园，但我以为它们并未被雕琢过，全是自然天成。优雅女士介绍，树根都是从洪水中搜集而来。

到了最美丽的地毯花园，它赢得过 2001 年切尔西花展银奖。

一年一度的"切尔西花展"，始创于 1862 年，迄今已有 150 多年历史，是全世界最著名、最盛大的园艺博览会之一。主办方是英国皇家园艺协会。它最初在肯辛顿举办，自 1913 年起移至伦敦的切尔西地区，故得名。每年都会有几百名全球顶尖的园艺家携最新创意参展。在英国有这样的说法，有三件事常常引起伦敦交通堵塞。第一，女王出行；第二，足球队凯旋；第三，切尔西花展对外开放。

查尔斯王子的创作灵感据说来自海格洛夫庄园的一张土耳其地毯。某天王子突发奇想，要把地毯中的几何线条和颜色，在大地上复制出来。于是，和专业人士携手完成了这个花园。

它是一个被围墙封闭的庭园，类似古代中东的城市格局。花园中心有个喷水池，极富东方风格的花色陶砖铺砌四周，图案的颜色与园内花卉的色彩遥相呼应。花园里栽有玫瑰、铁线莲、甜豌豆、紫菀、鼠尾草、牡丹等花卉，还种植了橄榄树、软木橡树和葡萄藤等。围墙前，遍植查尔斯王子最喜欢的意大利柏树。地毯的边角处栽有各色花卉，构成细密图案。中心处也如地毯一般，对称稳定。我去过伊朗的地毯博物馆，古波斯丝毯，细腻柔滑极富光泽。把蚕丝才能达到的效果，改用鲜活多变的植物组合表现出来，实属不易。

关于花园地毯的栽种方式，据优雅女士介绍，先要按照比例放大，将真地毯上的纹路描画到大地上。再来选择具有这种颜色的花草，按照地毯的花纹种植。王子还提了一点设想，希望大地上的地毯有香味。这要求真够高的，即使颜色相仿，该植物若无香也不得入选。我没见过那块真正东方风情的地毯，想象中它应有复杂的纹路穿插，色彩艳丽吧？把它落实在土地上非常困难，就算所有的花样和色彩都拼凑得当，但植物自有节律，如何保证它们能在同一个时间段盛开？我们此刻看到的这块真正"地"毯，纹路稀疏可疑，颜色斑驳混淆，高度参差不齐……幸好萦绕淡淡香气，胜过丝毯几分。

有人说海格洛夫花园是世界上最美的花园，我因见识不够广博，不能肯定这一点，但要说它是一个非常有特色的花园，那当之无愧。你可以看到一个鲜活的人，在打造他喜爱的生活。或许他的审美趣味并不能得到所有人的赞同，但他的努力和慈爱，包括跌宕的命运，都渗透在这里的一花一叶、一树一石之中。

查尔斯王子3岁成为王位法定继承人，在王储位置上，等待了60多年。他老爸菲利普亲王曾经说过，儿子如果加冕为国王，将有损英国的君主制度。英国《每日快报》爆料说，菲利普亲王在某个私人晚宴上，向朋友们说，自己和女王如此长寿，就是为了阻止查尔斯登上王位。英国记者汤姆·鲍文据说采访了王室内部120多人，大家都认为王子容易沮丧，讨厌受人批评，很容易"玻璃心"泛滥，婚姻不幸，与父母的关系也不是很好。

他17岁时，在学校演出《麦克白》，老爸看戏时突然大笑起来，说查尔斯的表演"看上去像个呆瓜"，脆弱敏感的王子至今无法释怀。上高中时，王子因为打呼噜而遭同学殴打，在家信中他说："我宿舍的人都很邪恶。"他曾经接受心理治疗长达14年之久，又和戴安娜分道扬镳……

也许按照世俗的观点，他不是一个成功者。但在这个生机盎然的海格洛夫花园中，你会被他对大自然的真挚深深感动。

据说乔治小小王子非常喜欢花园中的一尊大理石大象，只要来到海格洛夫，一定要骑上去玩一会儿……就是继祖母卡米拉所赠的生日礼物。

乔治小小王子过两岁生日时，爷爷查尔斯在海格洛夫庄园中，也为他建了一间树屋。他常常带着乔治到庄园喝下午茶，陪孙子玩游戏。小孙子还帮爷爷种了两棵树。不过爷爷似乎并不很领情，说，我又收到了一棵树苗。不过，我不能让我的孙子孙女们把它弄到手。

不过，海格洛夫庄园也并不总是温情脉脉。哈里王子16岁那年，查尔斯王子正在庄园中劳作，工作人员告诉他，哈里王子在庄园开私人派对时，他们曾闻到强烈的大麻气味。查尔斯大为震惊，立即把哈里叫来，沉郁而严肃地询问哈里。据知悉内情的人说，查尔斯并未冲儿子尖叫或大吼，而是语气柔和，但那是一个质问。他交往的"朋友"，是适合交往的人吗？16岁的孩子就去做某些事，到底应不应该？据说哈里表现得很成熟，承认自己曾试着吸过几次大麻，并在海格洛夫庄园旁的小酒吧喝过酒。在英国，吸毒是违法的，法律也不允许未满18岁的未成年人喝酒。

查尔斯立即带着儿子去了吸毒康复中心，让哈里充分认识到吸毒给人们带来的伤害。哈里与一些曾吸过毒的人深入交谈后，"受到了极大震撼"，从此再也没碰过毒品。英国王室发言人公开宣布，这是一起严重的事件，但"它已经在王室内部得到了解决，现在这件事已经过去了，结束了"。

从这件事可以看出，查尔斯王子是一个有思想有方法的尽职父亲。他没有仰仗权威，也不光靠说大道理，采用温和但强有力的教育手段，取得了很好的效果。

天色渐晚，我们结束了海格洛夫花园之行。优雅女士与我们告别，赶回位于伦敦的家。她说，希望我们记住这个美丽的、有温度的、充满了激情和特色的花园。它的主旨，关乎大自然的永续，关乎创意和成长。

表示感谢之后，我问她，在海格洛夫花园，您最喜欢哪一处景观？

她略微迟疑了一下，说，现在正是海格洛夫最瑰丽的季节，尤其飞燕草正值花期，非常漂亮，我很喜欢。但如果说到最喜欢的景观，不是园中花草，而是一段小路。

我蒙了，园里到处都是小路，她说的究竟是哪一段？

优雅女士微笑道，园中原属于麦克米伦家族的那座蜜色石旧楼门前的小路，有一个优美的弧度。王子一家人一下车，脚就踩在质朴的土地上。那条路，没有水泥和石板，铺的是易渗水的细碎沙石……充满万物温情。

Gazing at Europe from Up in the Sky

17

褐白花奶牛

奶牛

海格洛夫农庄怀旧

赵为民

欧洲的农庄大都风光秀丽，英国的海格洛夫农庄颇具代表性。据农庄主任涅克先生介绍，查尔斯王子初期所圈之地也是荒蛮的，经过几十年的开拓，才有了今天的气象。人类的智慧和勤劳是可以创造奇迹的，而人的创造与自然的高度融合才是完美的。感而有赋。

麦苗青

蔽叶碧

一马平川

风雨连天地

尘外黄牛闲也醉

日落斜晖

月上云开未

草知迷

花识媚

曾忆凄凉

几处辛酸泪

岂有神仙情可寄

王子农夫

同是人间意

英国乡村，平原起伏、绿草如茵，参天古树枝繁叶茂，溪流蜿蜒，石块青青（苔藓）。田野散发谷物和青草气味，让每一个到达此地的人，顿生熟悉之感。我从未在农村生活过，更别说异国他乡的农村，惊奇这种质朴亲切从何而来。想想，哦，明白了，一己的生命不过数十年，但贯穿生命的进化链条，已经存在了几百万年，毫不费力地将你从头到脚刺穿。全身的每一个细胞，都记得人类农耕进化的暖心史并为之群起呼应。

我说的"此地"，是查尔斯王子的农场，位于兰彼得小镇附近。这小镇在威尔士心脏地带，据称是英国最美小镇之一，彭布罗克郡海岸国家公园就在近旁。

王子农场的主任，是个身材高大的红脸汉子，迎接我们时说，你们是第一批抵达这里参观的中国人。在你们之前，还从未有中国人来过。

读者诸君可能问，不是说过查尔斯王子的花园人头攒动吗，怎么这里寂寞

我和赵为民教授在王子农场

查尔斯王子农场主任

查尔斯王子农场

安静？

问得好。不过，海格洛夫是王子花园，而这里是王子农庄。

我问农庄主任，王子常常来干农活吗？

主任先是指着地图，告知大家农场被兰彼得镇分隔成两部分，然后回答我，经常来。

我说，他的农业手艺怎么样呢？

主任很肯定地点头道，还可以，他很喜欢干农活的。

漫步庄园，经过庄稼地旁的一段篱笆墙，主任随手指着约几米长的裸露篱笆说，这是王子亲自修剪的。

王子农庄的篱笆墙，并不是想象中的单薄植株，而是厚达一米以上类乎树墙样的植物群落。

主任补充道，农场共有 27 千米长的篱笆墙，很壮观。

我惊讶道，为了拦人吗，有人敢来偷王子家的庄稼吗？如果要把王家奶牛赶走，估计也不容易啊。

红脸膛主任朗声笑起来，说，没有人来偷庄稼或是牛。这道灌木组成的植物墙，是为了给鸟类和害虫一个栖息的地方。

我想不通，给鸟提供休憩驿站，尚能理解，若是连害虫的福利也一并照管上，是不是太过仁慈？

红脸膛主任并不知我的想法，自顾说下去。绿篱的组成中，有能开花的植物，这会引来蜜蜂蝴蝶，它们停留在这道篱笆上，捎带着就给农庄的庄稼授粉了。再有，我们选种的绿篱植物，有些是害虫们最喜爱吃的品种。它们吃了绿篱，就不会去啃庄稼了。

我终于把心中的疑惑端出，绿篱岂不是要被害虫吃光？

红脸膛主任道，害虫也不完全是有害的。它们是庄稼的敌人，但对绿篱并不会致命。大自然就是这样一个循环往复的整体，也要给那些害虫一条生路啊。

有趣的观点。我们通常会对某些动植物赶尽杀绝，但要从万物相生相克宇宙大循环的层面上说，存在必有理由。给害虫们以适当引导，给它们一席之地，好方法。

我说，您能具体讲讲王子干活的故事吗？

红脸膛主任没有马上回答，略沉吟。我明白他不是想不起来，而是这样的事例太多，要挑选一下。想定之后他说，有一次，王子正在整修绿篱。他穿着工作服，浑身沾满泥巴。因为农忙，我们新雇了一个老工人，指挥大家干活。你要知道，这个工作是有技术要求的，需要把绿篱植物的适当部位主干一侧树皮刮除，完整保留另侧树皮，再将主干弯曲成特定姿势。这样植物在之后的自我修复过程中，就会弯曲盘绕，甚至横向生长，成为我们所需的交织篱笆形状。简言之，就是借修剪植物的外皮，设计出它将来的生长方向。几十千米的绿篱，千千万万株植物，每一株都需这样细致而有远见和充满设计感的修剪。你现在看到的壮丽绵延的绿篱，都经过了这道工序。

我点点头，明白这是需要想象力、艺术感加很大气力的农活。

红脸膛主任说，王子正干着活，老工人走过来，端详了一番王子的劳动成果，不客气地说，你这活儿干得不好，这儿……这儿……都不对，你应该这样修剪……一边批评王子，一边拿过园艺工具亲做指导。

我说，英国人民还有不认识王子的吗？这老人居然没看出来！

主任说，王子一身泥土，穿着工作服，老工人年纪大了眼神不好，真没认出王子。

我说，王子怎么回应呢？

主任说，王子什么也没说，按照老工人的指点，重新修剪绿篱。

我沉默了一小会儿，给自己一点时间消化这故事：礼服在身，他贵为储君；换上耕衣，他就一挥汗如雨的农夫。

我又问，王子家的其他人也来干活吗？

主任说，都来过，王子来得最多。下个星期二，他还会来此地干活。

我说，您见过王子的孙子吗？我是说小小王子。

主任点点头。

查尔斯王子不但躬耕，而且对有机农业情有独钟。他可算是有机农业达人，从 20 世纪 70 年代起，致力于有机农业发展。他的农场和花园，从环境到最后的终端产品，都是天然有机的。土地绝不使用化肥，灌溉全靠雨水和地下水。通过有机耕作，他把这里变成人类与大自然重新取得和谐的试验田。

路过菜地，主任说，王子经常和蔬菜说话。

不知如何回应。读过《马语者》，知道这世界上有一类奇人，可以用特定的方式与马交流。虽然那是一本小说，可能有虚构，但我对此深信不疑。

我一入伍就被分配到了西藏阿里军分区，部队的前身是西藏阿里骑兵支队，畜有军马。老兵们对马一往情深，经常讲马能通灵的故事。老兵言之凿凿地告诉我，马的智力相比三四岁的孩子，只能在其上而不会在其下……想想 4 岁孩子，简直是小精灵，从此绝不敢小觑马。

不过和蔬菜说话，真有点让人不知所措。这需要对土地的热爱和理解，对万物生灵的一往情深。

漫步走入绿篱，之内的地块是庄稼，有的成片区域是茂盛的三叶草，低矮匍匐，如绿色毛毡。细看草高度只三四厘米，三枚小叶很是精致。叶形如倒置的心，边缘呈细密锯齿状，叶面不可思议地现出一个"V"形白晕，好像有一个精灵趴在那里打出胜利手势。

主任介绍道，三叶草根部有根瘤菌共生，轮作的时候，可以积攒地力。

我问，农场的地块几年一轮作？

主任答，3年。

我说，种两年休耕一年？

主任答，不是。种一年，休耕两年。

想起我们不堪重负的土地，只有沉默。

土壤是地球皮肤，人类正在加速剥去地球表层。毁掉土地很容易，恢复则慢到无法想象。达尔文曾说过，一英寸厚的表土，地球需要一到两个世纪才能生成。土壤产生，需5种因素共同作用：岩石，土壤之母；气候，指大自然的循环往复；生物，就是其中无以计数的微小生灵；地形，鬼斧神工、天造地设的结构；时间，不言而喻。多少年以来，我们热衷于开疆拓土。殊不知，土一

休耕的土地

旦被"拓"，极容易流失。只有健康的土壤，才能够保障人类生存。

听一位专家讲过，她曾随同外国专家从中国耕地上随意抓起一把土。专家一撒手，土被风吹飞，留下一缕黄色烟尘。专家说，他知道中国土地贫瘠，没想到贫瘠到这个地步。这种耕地，只剩下土，完全没有"壤"的内容和实质了。

土和壤是完全不同的。"土"——由各类岩石经风化作用而成的疏松堆积物，是位于地壳表层的地质环境，物理状态多变，力学强度低。

"壤"的范畴比土要小，专指"可耕之地"。

我们的土壤为中国人民服务了千万年，在竭诚贡献了无数稻谷蜀黍之后依旧保有生命力。这些年来却变得薄弱贫瘠，几乎不堪一击。

有数据显示：中国土壤有机物降低，有的土地有机质甚至从几十年前的50%降低到了1%。化肥亩均使用量全球第一，农药使用量是世界平均水平的2.5倍。土壤一旦受损，修复起来就像粘连一幅支离破碎的古画，非常艰难。

到了王子的辽阔牧场，几十头乳牛正在安闲吃草，第一次觉得它们这样美。

乳牛身架很大，呈前略窄后浑圆的近椭圆轮廓，浑身无赘肉但并不单薄。它们兀自吃着草，散发宁静安详的光辉。奶牛也有角，向前上略弯曲，角细而长，全不似公牛角的杀气和锐利。角的质地致密润滑，闪着指甲般的光泽。颈稍细长，为了牛头摆动方便，皮纹略呈奉拉状。背腰强健，后腿有棱有角，组成利落轮廓。可能一直在泌乳，宽肋下悬挂着大而坚挺的乳房，但并无累赘之感。弯曲的乳静脉（医生的职业病犯了，祈谅）十分粗壮，可以想见，同样茁壮的乳动脉在看不到的皮肤深处运行，源源不断给乳房输送充沛血液，化为甘甜乳汁。腹围大而有力，呈丰满圆筒状。

它们的皮毛褐白相间，额部有白斑，肚子下方和四肢膝关节以下加上尾端，也多为雪白毛色，通体闪着缎子样的光泽，高贵而干净。细看，那些褐斑随机出没并无常势，或许也如斑马，没有一模一样的花色吧？四蹄大如海碗，坚实有力，除了支撑庞大身躯和沉甸甸乳房外，还时不时踢刨盛开着虞美人的草地。

它们被叫作格劳斯牛，是十分珍贵的品种，濒临灭绝，原产于比利牛斯山山麓。主任说。

我说，不都是黑白花吗，您这儿为什么是褐白花？

主任说，褐白花的奶牛更稀缺，王子喜欢它们，怕它们越来越少。

我说，这些奶牛真幸福。

主任说，尊重奶牛的生活习性，保证奶牛的营养摄入，把奶牛当作真正的家人，关心奶牛的身心健康，奶牛的乳汁才会帮助到我们。生活幸福的奶牛，才能产出令人有幸福感的牛奶。尊重自然，才能真正获取到来自自然的力量。

想起一部小说的名字叫《愤怒的葡萄》。

主任说，你猜猜一头牛每天产多少奶。

我实在没概念，猜测说，几十斤？

主任说，一头牛，一天产奶 15 斤左右。但在奶牛场里，人们逼着一头牛每天产奶 150 斤左右。

10 倍？这也太悬殊了。

那些在牧场里长大的奶牛，从来没有见过任何一头公牛，人工授精后不断怀孕，以应人类之需保持尽可能高的产奶量。它们也从不能抚育自己的小牛。小牛一出生即被带离亲生母亲。小母牛被留下来，长大了以续母亲使命，小公牛在暗无天日的环境里（这样可以使肉尽可能粉嫩，被人类青睐），被富含激素的人工饲料养大，大约在 5 至 6 个月的时候被宰杀，成为人类餐桌上的美味。

无言前行。路过一棵树，径逾两尺，高大粗壮。树皮呈层块状，粗粝笨拙之相。

主任说，这是软木塞树，学名叫栓皮栎树。树干生成的厚栓皮层，质轻而

遍地虞美人，不过是杂草

富弹性，绝热、耐压、耐水浸。采剥加工后，可以制成葡萄酒瓶塞子。

瓶塞多见，亲身第一次遇到，不由得多看几眼。主任以为我有兴趣，继续介绍。它被剥皮后，树皮会慢慢生长。一年长一毫米，一定年限后，还可再次采剥。树皮做成的软木塞，和树木的年龄有关。用40年以上的树的树皮刻出来的塞子，才可称为一级。若你想得到一颗好软木塞，要等很多年。常用的软木塞，则是用软木橡树树皮通过压力拼起来的。

细观之下，这株栓皮栎树疑似全须全尾，不像曾遭剥皮之苦。估计王子家的栓皮栎树，无人敢来剥皮。

放眼四野，遍地都是虞美人花，随风摇曳，美不胜收。

我们惊呼，好美！

主任微笑道，这些被你们赞叹的花，对我们来说，不过是杂草。

虞美人的确是草，高约一两尺。主茎柔弱，分枝更是无骨，幸好有些糙毛，增强些许韧性。长紫红色或粉色的四瓣花朵，花瓣单薄，如绡如绫，无风兀自摇动，有风更飘然欲飞。花瓣顶部有不规则的齿状缺痕，更令其显出野花界难得的妩媚。

欧洲大陆的气候，似乎特别适宜它生长，漫山遍野皆是。它和野罂粟是近亲，好在不像后者泼辣和生性奇特，也不含罂粟碱。

据说西楚霸王项羽兵败，被汉军围于垓下。项羽慷慨悲歌："力拔山兮气盖世，时不利兮骓不逝。骓不逝兮可奈何？虞兮虞兮奈若何！"虞姬唱《和垓下歌》并翩然起舞。歌罢，从项羽腰间拔出佩剑，向颈一横，顿时血流如注，香消玉殒。虞姬墓上长出一种草，茎软叶长，无风自动，娇媚可爱，花朵猩红，传说乃虞姬血溅而成，人们称其为"虞美人"——"碧血化为江上草，花开更比杜鹃红。"

据说红色虞美人的花语是安慰，白的和粉红色的花则代表极大的顺从。我琢磨王子农场漫山遍野的虞美人，花语是"自在"。想起普鲁斯特的一句话："真正的发现之旅，不在于找寻新天地，而在于拥有新的眼光。"

王子的麦子地到了。天哪，真高，麦秆足足超过两米！

我惊叹，这得施多少肥才长成这么高？

主任道，王子农场的土地都是不施肥的，它们之所以这么高，是因为品种即如此。

我问，产量如何？

主任答，还可以。

我好奇，你们农场打下来的粮食，都直送王宫厨房吗？

主任一笑，有一些我们自己吃掉了，也有送王宫的。不过我们只有6位工人，吃不了那么多。很多麦子就在兰彼得镇磨成面，卖给居民。

我说，能知道一下麦子的价钱吗？

主任说，每年价格略有不同。去年，王子农场生产的有机麦，38英镑一吨。我们卖的是裸麦，不是面粉。

迅速心算。一英镑合人民币8块多，38英镑就是人民币300元多一点，那么每千克裸麦就是0.3元。不贵。

我说，如果不施肥，地力会不会逐渐衰减？

主任说，你可以用手捏一下我们农场的土壤。

我蹲下来，捏起了一把土。土地略有黏性，能松散地胶结成一团。不过随着手指的张开，它们就兴高采烈地抱着小团坠落下去。我拼命抑制住失声惊叫的本能：土壤中，一条蠕动着的小蚯蚓，两头尖尖，蛔虫般蜷曲着身体。

主任没有发现我的异样，接着道，一般来说，我们不必施肥，三叶草和虞美人花，都可化身为肥料。不过，如果天气太过干旱，会给植物们加一些下午茶。

我问，浇水？

他提到了干旱，又提到了茶，水似乎是唯一答案。

主任说，我领你看看植物们的下午茶。

菜地边有一个透明罐，体积约同大保温桶，其内储存黑乎乎的液体，色泽真有点像浓茶。

主任说，这是配置好的植物生长液，用水稀释后，浇到植物根部。

我说，用它来给植物解渴？

主任说，这么一点液体，解渴不够。我们只是用它来增强植物的抵抗力，帮助它们抵抗干旱。

想起人们常说的一句话，我们身体的所有构成部分，都来自地球。这话说得多了，常常不再思索它的含义。人为什么要吃植物？本质就是肥沃的土壤把均衡的营养素奉献出来，植物通过一个完整的生长周期，将土壤中的营养素吸收进来，人再通过吃植物把大地吃进身体。

没有人不爱美丽的大自然、清新的空气和干净的水。但在一代人的时间里，我们与这种生活似乎渐行渐远。我们从土壤中得到的一切，都是土地的生命力换来的。持续冷酷地剥削它，它便以永久性的贫瘠回报人类。能够延续祖辈的饮食习惯，是幸事，请别违背自己的遗传基因。吃饭绝不可奢华，并不能什么好吃就狂吃什么。重要的是保持均衡。基因铭记一些食物，请尊重它的古老嗜好。我们无法脱离开地球生物圈来解决和生命体相关的一切问题。植物扎根生长于其中的土壤，本身就是一种生命。

主任和他的工人们，个个肤如熟李，那是白种人经过长期日晒后形成的健康颜色，身材匀称，每一块肌肉都恰到好处地强健，不像在健身房养出来的肌肉，有一种不正常的膨胀。

我们打趣道，主任和您的工人们，个个都像健美运动员。

主任很认真地回答，我们每天做的都是很有意义的事情。吃有机食品，富含营养，在大自然的鸟语花香中工作，看到土地生长那么丰富的植物，心情愉悦加上肢体不断活动，就比较健康啦！

我一直对 6 个人耕种如此广阔的农场感觉不可思议。主任说，土地不耕，用自然生态方法种植农作物。也不浇水、施肥、打农药，遵循自然之道，不刻意人为干涉植物的生长，因此并不特别忙。土壤健康，农作物就健康，病虫害也少。就像人，抵抗力强了，病毒也拿你没办法。土地生态系统良好，会出现大量的青蛙、蛤蟆等两栖类以及益虫、益鸟等，它们会消灭害虫。农忙时，会雇短工。

查尔斯王子大力推广有机农业，于 1990 年创立了一个高档有机食品和饮料的品牌——Duchy Originals，一般译成"公爵原味"，也有译为"公爵原创"或"公爵本味"的。他亲把质量关，该品牌声名鹊起。现今"公爵原味"有 200 多个品种，分为食品、个人护理产品、家庭园艺用具三大类，销往全球 30 多个国家。不过物美价贵，我在王子花园商店看到过此牌子的曲奇，一小盒约人民币近百元。

王子可能对他生产的食材情有独钟，还和著名厨师桑德勒、饮食作家约翰尼·阿可顿共同创作了一本王室食谱。

我对英国菜基本印象不佳：鱼和薯条是永远的主角，外加烤牛肉、派、土豆、洋葱、豌豆……有道菜被称为"仰望星空"，别看名头诗意，本质是沙丁鱼深陷烤面饼中，做摇头摆尾状。滋味尚可，说不上匠心和手艺。

奇怪英国人怎么会对此习以为常。或许在曾经日不落帝国子民的记忆中，想吃什么菜，跑到那个国度去吃正宗的即可，何必辛苦学习搬回本土。因为此国曾率先实现工业化，一度以压缩罐头、冷冻食品、果酱等为荣耀与先进的代名词，几乎忘了怎么做菜。

所以王子的有机食谱，大受欢迎。每道菜都经过他亲自认可，编排则根据春夏秋冬的时令，尊重"天时"。菜谱原料都是应季出产，简单易学，名字也颇幽默，比如"卡米拉通心粉""女王烧烤"等。

为什么对大自然和它的产品如此珍视？查尔斯王子在《有机庄园要素》中回答："我只能说，出于某些原因，我感到如果不善待自然，无法保持一种平衡的话，它也会以相同的方式回报你。"是啊，对大智若愚的土壤索取太甚，它的严重失血就会引发现代人从生理到精神的多重紊乱。

告别农场，久久沉思。我们的"现在时"，一切都越来越快。唯有脚下的土壤，遵照亿万年的节奏，古朴迟滞。从前的车、马、邮件、说话、穿衣……都慢，连报时的播音，都告知大家"刚才最后一响"。后来，人们嫌这句啰唆，省略了。可你不觉得，正因为很多温暖而缓慢的片段，我们才过得诗情画意有条不紊吗？

若想长久，请化繁为简，善待自然。热爱它本真的样子，不再强行压榨它，不再要求它无尽奉献，方得绿树清风，心静身轻。如同黑塞在《荒原狼》里说的："懂得友好而仔细地欣赏路边的每朵小花，懂得珍惜每个游戏般的、极小的瞬间……那么生活就不能把他怎样。"

Gazing at Europe from Up in the Sky

18

食 商

玲琅满目的超市食品区

你吃什么，决定你是什么样的人。

除了最初的基因碰撞，之后的你我都是食物变的。不能随随便便改变生命中最基本的食物，这就是我们的集体无意识。喝下的水、吃下的万物，存在于此时此刻你我的身体中，犹如千手观音。这一只手是青菜舒展而成，那一只手是红小豆凝聚幻化，另外一只是带鱼游过来了……每一只手的构成都和生命息息相关。

从欧洲回来，我发现自己急需补上一课，便是食商。我们对于组成身体的原材料，究竟了解多少？

"商"的本意是指计算、估量，也指两个以上的人在一起计划、讨论。

大家耳熟能详的智商，主要反映人的认知能力、思维能力、语言能力、观察能力、计算能力等。也就是说，它主要代表人的理性能力。情商，这些年也如雷贯耳，但它更难以测量。"食商"这个词，可能也不准确。咱们就换一种说法，即了解一下对食物的知识有多少。

有人说：能吃，好吃，吃得起，就是我对食物的基本了解。

正确。起码在过去千百年中，它正确。不过，吃的形势，已经发生了翻天覆地的变化，你可及时觉察并有效应对？

农业曙光，是人类文明的起源。之前多少万年，人类的食物来源只能是狩猎和采集，仰仗野生动植物供给。这个阶段，食商的作用是辨别哪些可吃哪些不可吃。其余的，一律无须也无能力去考虑。之后，先祖们在采集基础上，逐步熟悉了某些植物的生长规律，学会了培育可食植物。世界上主要的早期农耕中心有3个地区，分别为西亚、东亚、中南美洲。西亚的扎格罗斯山区、小亚细亚半岛南部，东地中海沿岸的约旦、巴勒斯坦、黎巴嫩等，都是世界的农业发源地。

一万年前出现的农耕业，一直延续至今，多少世纪过去了，几乎没有变化。第二次世界大战后，欧美等发达国家在工业现代化的基础上，实现了农业现代化。在极大丰富食品供应的同时，也让化学物质源源不断输入农田。它们通过土壤和水体，再接再厉进入农作物和畜禽体内，最终经食物链侵入人体，影响了人类健康。这种过度依赖化学肥料和农药的农业，叫作"石油农业"，它能最大限度地榨取土地中的常量营养素，提高产量，但牺牲了和谐。

化学结构紊乱的土壤，只能生产出成分失衡的食物，进入复杂人体后所导致的后果，具有隐蔽性、累积性和长期性。想想吧，这种波谲云诡、愁云惨雾的食品，导致骇人的疾病真是举手之劳。一个人若吃得不好，他就无法正确思考，真心恋爱，正常睡觉，卓越工作……

古话说民以食为天。饮食不可能是中性行为，要么给健康裨益，要么是伤害毒杀，必居其一。穷人对饮食的需求更为强烈，它还饱含对命运的抗争和生理本能。食物极大充裕后，吃什么、怎么吃，需要学习。若智商和情商都很高，你的学业事业也许一路绿灯。但假若食商不足，健康便会受损，甚至夭折。拥有高食商，是现代人的必备生存技能之一。

一些国家开始了食商教育。

英国由政府资助成立了"韦尔斯浪费认知"组织，提倡家庭要规划好购物清单，学会明智选择和购买真正的食物，而非加工品。

你到超市购买食物可有清晰计划，计算好了要买的品种与分量？你会不会被烘焙的香气和打折的红价签牵着鼻子走，买了一大堆垃圾食品而不自觉？保不齐还为节约的小钱沾沾自喜。

要学会煮恰如其分的食物，并且"爱自己的剩食"。

英国政府多投入了100万英镑的预算，改善全英国校园午餐。根据不同年龄设计不同的烹饪课程，14岁的中学生至少要学会20道菜肴（这要求真够高，中国的初中生，多半不会做菜吧？能做5道菜就算好样的了）。全英国的学生在毕业之前，都要完成厨艺基本课程，以建立人与食物的健康联结。

在意大利，食物教育最核心的理念是对抗快餐文化，提倡慢食，全面禁止在校园贩卖含糖饮料给学童。

德国所有供3岁以下儿童食用的产品都不得含有任何人工添加剂，必须天然。所有奶粉都列入药品监管范围；所有母婴产品只允许在药店出售，超市不得染指；所有巧克力，都必须使用天然可可脂作为原料加工生产；所有保健护肤品牌都必须有自己的实验室和植物种植园，以保证取材于天然有机物质。请注意这些定语——"所有"，就是无一漏网之意。

甚至非洲也开始推动"千园计划"，意指在各校园或小区开辟共同菜圃，让当地居民重新种植并烹调消失的原生作物。

法国则是从对事物的基本知觉开始进行认知训练。学校课堂上有专人教小学生怎么运用各种感官来品尝食物。从小了解食物的真正原形原味，孩子长大后才能懂得用自己的视觉、听觉、嗅觉、食感、触感来体验食物，选择食物。孩子们要边吃边体会，写下他们的想法，思考自己究竟把什么食物吃下肚，认识食物的本色。法国人坚信，只有通过这种训练，孩子们长大后才能掌控自己的饮食。

在芬兰，兴起"厨房教养"一词。首先是选择食材要更多使用未经加工的食物。减少大火快炒或高温油炸的烹调方式，凸显鲜蔬本身的味道。尽量少吃工业化农业的食品。

日本的食物教育在亚洲首屈一指。日本基本法规定，从幼儿期起，孩子得接受食物、食品相关知识的教育，以培养良好的饮食习惯。自2005年始，日本学校正式实施"食育"教育。三年级的小朋友就要学习设计食谱，要能准备一次早餐给家人吃。

六年级的小朋友，要学薯片课程。注意啊，重点不是如何做薯片，而是要学生经过实验，知道薯片的含油量高达20%。

现在的孩子吃太多西式快餐，口味变重，传统日本料理无法传承。大学教授针对孩子味蕾进行研究，竟发现30%以上的孩子，连基本的甜酸苦辣都分不出。吃垃圾食品太多，孩子们已不知食物原味。食育的本质是生命教育。记住食物的真正原味，才能对自然升华出崇敬之心。

日本人认为进餐过程要尽可能愉悦口舌、愉悦肠胃，这样吃下去的食物才会被愉快吸收，成为身体的一部分。餐桌上的"开心"与"珍惜"，是需要从小培养的。回想我等家庭，常常把饭桌变成"办公桌"或"批斗会场"，耳提面命，让人汗颜。

亲子餐桌著名的"5W1H规则"：

Who——你和谁一起用餐？

What——你吃的是什么？

When——你什么时候吃的？

Where——你在什么地方吃的？

Why——你为什么吃？

How——你应该怎么做？

哈，这几个问题，真应该让我们心惊肉跳地反思一下。我们经常把吃饭当作任务，当作迫不得已的程序，敷衍了事。这个"5W1H规则"，不仅包含了安全卫生的餐桌、营养平衡的饮食，还包含良好的用餐环境、规律的用餐时间、完整的餐桌礼仪和温暖舒适的用餐氛围。

很多人以为食物改革是充满浪漫的香喷喷的事情，其实不然。

我们要奋起保卫自己的食物健康，保卫自己的身体健康。这是一件必须从自己做起的事，因为没有人能代替你吃饭。现在的情况是：人们几乎不再根据祖宗的经验吃东西，而是根据某些商家似是而非的利益导向，或是看着微信群里铺天盖地转发的朝三暮四的保健呓语，便轻易决定了自己的头等大事。将生命的入口，交付居心叵测的陌生人把守，是否太过草率轻信？

以下是众人常犯的饮食弊病，看看你占几条：

1.永远要把餐桌上的食品吃光，而不是考虑自己的承受度（这和我们曾经的贫苦有关，请注意，现在饮食的形势已大不相同）。

民以食为天

2. 爱吃咸菜、咸肉、腌鱼、火腿等食品（和从前食物保存不便有关，但现在可以选择更好的新鲜食品）。

3. 喜欢"速食""冷冻""罐头"类食品，认为方便快捷是食品的第一要素（营养是第一要素，而非"快"）。

4. 嗜好动物内脏。比如猪肝、羊杂碎等（动物本能，我在非洲亲见狮子进食，第一步就是吃内脏。巡守员告诉我说，内脏无骨，食肉动物吃起来不会被刺伤，所以首选内脏。吃得快且富含营养）。

5. 对馒头的白有一种病态的爱好。像蒙古族喜爱牛奶一样，尚白（太白的精粉升糖指数高，且营养不全面）。

6. 喜欢烧烤。羊肉串、烤鱿鱼不算，甚至蔬菜也要拿来烤一烤才爱吃（烤这种烹饪方法，如温度过高，会产生一些致癌物）。

7. 吃饭与别的事情并行不悖。于是常常边走路边看书边做一切能做的事，边吃饭（一心二用，胃肠道不能全神贯注地进行消化过程。久之必生紊乱）。

8. 对某些对胃口的食品，认为多多益善（没有节制，过犹不及）。

9. 极为固执的素食主义者（易营养不良）。

10. 出于某种目的，常常节食。体重大起大落（这一条易懂，不多说）。

11. 每天喝咖啡或饮料、冷饮，觉得普通的水毫无魅力（要永远保持对清水的热爱）。

12. 对西瓜、草莓、猕猴桃等，以大为美（过大的水果，往往有人工添加成分）。

13. 晚餐总是最丰盛的那一顿（晚餐像皇帝，不是一件好事）。

14. 觉得早餐可有可无，常常压缩掉（纵有再多理由，早餐应该雷打不动地吃）。

15. 从小到大特别偏爱某一种食物（想一想原因，多半是因为某种情感理由，饭菜还是要多样化）。

16. 重口味，总觉得清淡食品难以下咽，靠多种调味酱佐餐（敬重食材的原味。不要让味蕾成为进食选择的唯一主宰）。

17. 酷爱甜食：冰激凌、奶油蛋糕、巧克力等，甚至成瘾（任何成瘾对身体都是有害的。切记）。

还想总结出一些条，又一想，不胜枚举。各位善自珍重吧。

中国古人把塑造孩子的吃相，当成教养的起点，也可归入食商范畴。心理学家则认为重视口欲期是培养食商的第一步。口欲期指婴儿一岁以前的时期，这一时期婴儿主要通过口来探索和体验周围的环境，从中得到生理和心理的满足。国际母乳协会主张对口欲期的孩子进行按需喂养，尽量延长母乳喂养的时间，充分满足孩子用口探索世界的过程。不对他吃手或任何凑近嘴边的物品，加以刻意阻拦和责怪。

从心理学角度看，吃相透露性格。桌上食物，不分远近荤素，一一抢着品尝的人，多富于冒险性，不拘常法。如小心翼翼专取近便食物，则性格趋于拘谨，举止多保守内敛。若吃相丑陋，吃着碗里看着锅里，且伴狼吞虎咽之节奏，通常有艰难困厄童年，缺乏良好养育且内心具进攻性……

我有些悲观地认为，即使人们知道了正确的方向，但在具体实施的过程中，还是会状况百出。最典型的误区，是太容易贪图价格便宜的食品和迁就自己的欲望，太容易心口不一。即使是理论上明白，具体行动时又常常背叛健康。然而，教育终是必要的。

有条新闻，震动国人。

2017年8月，寿光当地两家养羊户养殖的几百只羊，吃了从附近蔬菜预冷库加工大葱中丢弃的葱叶后，出现抽搐、口吐白沫等症状，最终 100 多只死亡。

调查结果是：寿光市的董某某购了 5.2 万斤大葱，对大葱进行去根、去烂叶的初加工后，贮存于冷库中。这些葱的原产地是辽宁省沈阳市，抽检结果显示这些大葱含有国家蔬菜禁用农药甲拌磷。

法院经审理查明，种植大葱的孟文广为控制大葱病虫害，安排他人将甲拌磷用机械灌溉、喷洒到正在生长的大葱上。

喂羊的葱皮、葱叶及死亡的羊胃内容物中均检出甲拌磷、毒死蜱等剧毒农药成分。被告人已赔偿养羊户经济损失人民币 18.8 万元并获得谅解。

几点想法：

1. 如果那些羊没有吃这些叶子，那么这批毒大葱有可能流向市场，成为你我的盘中餐——葱爆羊肉或是猪肉大葱包子……谁知盘中餐，粒粒皆有毒。

2. 如果人吃了这种毒大葱，会死吗？我乐观地估计，不会。羊把葱叶当主食，吃得比较多，摄入的甲拌磷、毒死蜱的剂量也较大，故没能逃过一劫。人的分量比一般的羊要重，算下来吃的葱花或许达不到人的致死量。施毒者很可能不会被发现，将逃过法网。这绝不是他们的第一次，相信使用此法以防大葱病虫害的，也绝非他们一家。

3. 这些葱产自东北，却拉到山东寿光储存，它们很可能会冒充山东大葱出售。

4. 人这一次吃了葱而没有死，但毒药不会轻易弃人而去。咱们都有可能在这之前和在这之后，多次摄入含有剧毒农药的农产品而不自知。

5. 共几百只羊吃葱叶，死了100多只。活下来的羊可能吃的量少，不知这些羊后来如何？不会被当正常羊出售吧？

农产品造假，真是太简易。有机产品，无公害产品等，除了专业检测，

超市中的食物，能够保证安全的有多少呢

人的感官判断形同虚设。

同样蔬果，只要标上"有机"二字，身价就将飙升。当季菠菜，一块钱能买一大捆。披上有机大氅，可卖出 10 倍的价钱。有人说过，为了 100% 的利润，资本就敢践踏一切人间法律；有 300% 的利润，它就敢犯任何罪行，甚至冒着被绞死的危险。10 倍的利润，造假疯狂！

不用除草剂，田野会杂草丛生，单是人工除草这一项，就是多大支出！不用化肥，施用人工肥，也是大开销。我问过老农，城市的污水井化粪池是否为上好肥料？他说，过去是，现在不是了。我说，人的便便还会有多大变化吗？老农说，现在的污水井中，有太多化学物质。厕所用的蓝泡泡、强酸强碱的清洁剂和洗衣粉……人不是当年的人了，便便也早已不是当年的便便啦。

有机农业监管成本高，投入大，事无巨细，均不可松懈。植物生长乃一动态过程，你昨天查了样本没问题，保不准今天就洒了农药。

想起往事。

那时我在几千人的重工业工厂当卫生所所长。每年夏天，厂里的劳保部门要为大家制作防暑降温饮料，称"盐汽水"。工人们冒着酷暑工作，大量出汗带走很多盐分。汽水的成分除了盐，便是橘子精、菠萝精之类的添加剂，以便色味诱人。大量供应前，要将配兑好的盐汽水送权威机构查验，确保无害。

这个步骤，须卫生所完成。我派医生到汽水罐取了样本，送去检测。一星期后，拿到检验报告——此批盐汽水不合格：菌落超标。

我通知厂里相关部门，请确保水质和容器及设备清洁无菌，添加各种成分后，要用紫外线照射消毒，时间要够。劳保部门的人连连点头，说立马整改。

几天后，我派人再次取样、送检、等待。单子回来了，菌落依然超标。

我说，继续找原因。

劳保部门回复说，找不到原因。

我说，可能水质比较差，要不先将水烧开，放凉后再配置盐汽水。

劳保部门答，毕所长，您站着说话不腰疼。全厂几千口子人呢，等着把生水烧开了再凉凉，然后配盐汽水，那还不得渴死！只能用生的自来水配兑。得，我们再想辙吧。

又过几天，该部门负责人找到我，说改好了。我说，好，这就派人去取样。

他拿出标本管说，知道你们忙，我就提前取了样，您派人送上级检验即可。高温季节马上要到了，得立即开始生产盐汽水，求这次千万合格吧！

谢天谢地，第三次检测合格，盐汽水如期开闸供应。

秋凉时分，劳保部门负责人对我说，毕所长，盐汽水供应季总算结束了，我始终捏着一把汗。

我理解，道，入口的东西，这么多人，的确应万分小心才是。

那人说，所长您有所不知，咱们的盐汽水菌落始终超标。

我大惊，不能吧，不是检验合格了吗？

他说，我给你送检的那份标本，是将水烧开后凉凉配兑的。大家日常所喝，还是生水配兑。

我跺脚道，你们岂能以次充好、瞒天过海？

他说，当时若再检不过关，无法开始供应盐汽水，板子就打到我头上了。

我长叹不已。教训是，一定要亲自取样送样……

举这个例子，是想说明检测这事，大有手脚可做。不可能天天取样，天天跟踪。只有重罚，发现一次，可推断千次，永远剥夺犯规者的售卖资格并严惩。

现在处罚太轻，不知这是"仁慈"还是糊涂！人们总记得"乱世用重典"，却不想中国人口众多，监管总是挂一漏万。盛世也须用"重典"并广为传播，让所有妄图造假者知晓，不寒而栗，才能产生足够的震慑。

40亿年以来，我们从原虫进化到爬行动物，今天成了智人。没有人知道如果不断摄入农药和化肥，吞下添加剂外带转基因食品，人类将会怎样。如果人的一生能跨越数千年，也许就能够比较容易理解我们现在的困境，可惜，我们没有那般长寿。再这般胡乱吃下去，也许有一天，我们会变成奇形怪状面目可憎的怪兽。

错综复杂的怪病越来越多，看看它们高发的时间表，很多都在人们放弃传统的饮食和生活方式之后。我国传统精耕细作的农业种植模式，曾处于世界领先地位，品种丰富，并养活了世界上最多的人口。到了现代，随着工业的发展，中国农村逐渐丢弃了精耕细作的传统，对土壤开始掠夺式的使用，造成了大量资源浪费和土地污染。加之植物生长的不确定性、难以检测性、广泛性和复杂性，更加深了食物健康的危机。于是，每个人都必须日日入口的食物，从历史上因循守旧但相对安全的水域，滑向了未知的风暴海洋。

中国饮食，颇属意"色香味"。食物的色香味，存在即合理，有它的天然理由。现代食品工业击中了人类弱点，阿谀奉承人类的味觉嗅觉视觉，成为高明的模仿者。它哄骗我们几百万年以来忠于职守的基因，以假乱真、李代桃僵，制造种种模拟的甜味剂香味剂等，让人们被动地被牵着鼻子走。这不是形容词，是真正的牵鼻子啊！可叹人类感觉在狡猾攻击面前，已丧失辨析真伪的能力。

每一朵雪花都应愧对轰然的雪崩，要做一朵懂得羞耻的雪花。每一滴水花都应愧对呼啸而来的洪峰，要做一滴会反思的水花。

人身上所有的细胞都是由吃下去的食物组成的。人是什么？就像一堵墙，墙结不结实取决于每块砖的质量，如果砖都是豆腐渣做的，这墙能抗地震吗？

只有把每块砖都变成优质产品，我们才可能御敌于国门之外。

现在，让我们设想一下，好的天然饮食是什么样的？

它让人面对食物时心平气和，并不特别刺激食欲，也非特别下饭。味道虽平淡，但吃完很舒适。心理上不会产生剥夺感，也不会产生过于强烈的欲望。因为有足够的微量元素，人就不会对甜食趋之若鹜。

餐桌，是养活自己和家人的地方，厨房是餐桌的上游。我喜欢一个人忙碌而安静地据守厨房。棉布的围裙，沸腾的汤锅，如列兵一样有序的调料，虽不成套但干净干燥的碟碗……做个厨娘，要对食材负责。食材并不能白白失去鲜活生命，要在厨娘手中演化出另外的存在方式。食材此生已了，它进入人体，成为这个星球上最高等动物的微小组成部分。之后精华留下，其余回归大地，完成食材的轮回。倘若因厨娘的过失，让食材浑浑噩噩不知所终，甚至在肠道中打个滚便囫囵逸出，若再有腹痛腹泻，便是对食材的辜负。

寻常女子，不大有可能将食物做给不相干的人吃，除非开了馆子。也不大可能做给怨敌吃，除非下毒。将食物做给自己和亲人吃，是重大责任。能按部就班地将身世清白的菜切成条缕，将来路明晰的米面蒸烙熬煮……深感这不是小确幸，大确幸也。

那个造脑形建筑的斯坦纳在1924年指出：食物的营养价值正在下降，挽救，我不知道是否还来得及。

距他说这个话，已经快100年了。我们真的不知道，挽救还来得及吗？

19

Gazing at Europe from Up in the Sky

王子的 1000 种苹果树

苹果的品种

1992 年，查尔斯夫妇出访印度。到了印度后，两人分道扬镳。王子去参加他更喜欢的印英农业峰会，戴安娜独自前往泰姬陵，留下孤影。之后，两人正式分居。王子与卡米拉的婚外情尽人皆知，人们嘲笑查尔斯，说他婚姻失败，一事无成。

　　戴安娜曾经自述，我求见女王，我哭着说："我向您求助，我该怎么办？"

　　女王说："我也不知道你该怎么办，查尔斯已经不可救药了。"

　　此刻，我随着查尔斯农场的主任，在农庄里漫步，想起这些往事，试图将它和农场主人的风格统一起来。土地初看起来杂乱无章，并不追求条块分明整齐划一。走得远了，渐渐习惯它依山傍水的自在恣意，野趣横生。

　　一些树木看起来熟悉又有些陌生。这是什么？我问。

　　王子的苹果园。主任答。

正值 6 月，树上结着一元硬币大的小苹果，谦逊地藏在叶后，叶果同绿。

我随口问道，此地有多少棵苹果树？

主任回答，王子有 1000 种苹果树。

以为他口误，我核实道：王子在这里种下了 1000 棵苹果树？

主任很清晰郑重地纠正我，是 1000 种苹果树。

我纳闷，非口误，那是什么意思？这些看起来差不多的苹果树，会结出 1000 种不同的苹果吗？

只得质疑他。世上有这么多品种的苹果吗？

是的。查尔斯王子从世界各地找来 1000 种苹果树，都种在园里。

我好奇，这么多品种，有没有王子特别喜欢的苹果树？

苹果树乍看起来，并无太大不同。不过树权上挂着小铭牌，表明每棵树确有不同。

面对我的问题，主任很认真地想了想，走到一棵树下，说，这棵吧，王子每次来都会特别瞧瞧它长势如何。

我说，它特别独特珍贵，来自非常遥远的地方，还是……结的果子特别好吃？

主任先摸摸耳朵，又搔搔头皮道，好像都不是，没问过王子，正确答案不知道。也许只是……这棵苹果树正好长在路边，他每次都会路过吧？

我有些恍惚，思路跑偏。如果问你，过去一年中你吃过多少种苹果，你会怎么回答？

注意啊，不是多少斤、多少个，而是多少品种。

估计你会迟疑，短暂计算一下，然后说，品种嘛，有红富士、青香蕉、加力果、蛇果、黄元帅、印度苹果、一种叫不出名字的青苹果，还有……似乎……没有了。

我说，善意提醒，你还吃过小国光大国光吧？

你会笑笑道，哦，对了，算上它们吧。但说实话，去年没吃过，还是前几年吃过。不过，小时候常吃。

我说，宽大处理，把你以前吃过的也算上，全都加起来，你吃过的苹果不会超过20种，对吧？

你说，过誉了，我吃过的全部苹果品种，不超过10种。

我想，谢谢你的诚恳，这是绝大多数人吃苹果的现状。

想起斯坦纳说过，在物质之上还有"生命"。这话怎么讲？比如说，砸向牛顿的那个苹果，它的下落遵循的"万有引力"定律，当然完美地解释了苹果为什么落下来以及为何正好落在此处，而不曾掉到其他地方。可有谁思索过一个更重要的问题——"苹果是如何跑上了树？"这就是生命力的法则。落下的苹果为什么不会离树很远，像一粒柳絮？我成了你的果腹之物，你也把我的基因流布四方。这就是苹果中的生命法则。

人类历史和苹果有着千丝万缕的联系。

曾有几个苹果对人类产生了重大影响。第一个苹果，诱惑了夏娃，造就了智慧人类。第二个苹果，惊醒了牛顿，砸出了万有引力。第三个苹果，被乔布斯咬了一口，诞生了移动智能。

关于苹果公司名字由来，乔布斯这样说过："我刚刚从苹果农场回来后想到的。这个名字听上去有意思，有活力，不吓人。苹果削弱了电脑这个词的锐气。还有，这能让我们在电话簿上排在雅达利之前。"

我总觉得，图灵的那个毒苹果，也很重要。

还有第五个苹果，是日本的木村秋则种出来的。

日本东京白金台有家高级西餐厅，招牌菜是"木村先生的苹果汤"。生意火爆，用餐必须预约。如果觉得这并不特别，那我告诉你，预约后的等待时间起码一年。

你可能腹诽，等那么久，只为了喝一口苹果汤，值得吗？

据喝过苹果汤的食客说："木村阿公种的苹果，咬上一口，那种好吃的味道，会让人情不自禁地想要流泪，苹果中充满了活在这个世界的喜悦之情。"

餐厅的主厨更是证明道："一般的苹果切开后放置一会儿，会变成咖啡色，然后开始腐烂。木村阿公种的苹果切成两半后，放置两年也不会烂，只会慢慢失水，最后变成带有淡淡红色的干果……原因无法解释，只能认为苹果凝聚了阿公的灵魂。"

木村生于1949年的三上家，23岁时，他成了木村家的入赘女婿，从此改姓。木村家有十多亩地的果园。苹果树从开花到果子成熟，要打十几次农药，喷药让木村眼睛红肿，皮肤灼伤。妻子美千子更惨，喷完农药后，要卧床半月，后来干脆整个月都起不来。这样过了6年，木村说："我想试试种不打农药不施化肥的苹果。"岳父答应了。停用农药化肥的第一年春天，苹果花开得很烂漫。7月，苹果树得了斑点落叶病，叶子脱落殆尽。从第二年开始，木村不用农药。为了预防苹果病害，他尝试着洒醋、喷酒、喷蒜水……一概无效。收获的季节，苹果树空空如也。第三年，苹果树干脆连一朵花也不开了。木村向苹果树喷牛奶……还是无效。木村只好发动全家上阵手工捉虫，一棵树能捉出三大袋虫子。即使战果累累，第二天虫子又会卷土重来。

木村还在坚守，但附近农户不干了，怕虫子蔓延到自家果园，不断劝木村：快打农药，不然根本种不出苹果！

木村坚持初衷，果农们大骂他："疯子！无赖！笨蛋！"

第四年又是如此。木村拿起放大镜和镊子，仔细研究虫子。虫子在相当于人类肩膀的位置长有气孔。把农药溶液滴在虫子身上，虫子会缩起身体，紧闭气孔，憋住不呼吸，便逃过了一劫。木村心生一计，用食用油加肥皂水喷洒。虫子的气孔沾油后无法呼吸，窒息而亡。可果树的枯萎状况并无好转，用手一推，摇摇欲倒。

此时，已是木村新法种苹果的第五年。一直没有收入，积蓄用光。木村把唯一的稻田拿去抵了债，交孩子们的学费。买块橡皮都要切成3块，让3个孩子分着用。大女儿写了篇作文《我爸爸的工作》——"爸爸的工作是种苹果，但我从来没吃过他种的苹果。"

木村一共有800多棵苹果树，他走上山，挨着向每棵苹果树道歉。苹果树奇迹般地活了下来，但仅此而已。第六个春天来临时，苹果树还是不开花。

木村彻底绝望了，甚至想自杀。此时他看到园子中有一棵野生橡树生机勃勃。

木村站在野橡树下思考，终于发现树下的土壤，非常松软，有股刺鼻的异味，长满了野草。而他的苹果树下，土壤坚硬，毫无气味。

木村找到了答案——大自然中没有任何生命体是孤立的，各种生命互相联系，相互支援，树下的杂草为树提供了肥料，土壤中的微生物使土壤保持松软，各种元素源源不断从土壤输送到树木根部。橡树底下的泥土中有一种放线菌，可以吸收并贮存空气中的氮。

木村发觉自己之前总是围着树叶转，忘记了树根。果树失去了抵抗力，才会招致病虫害。木村在苹果园种下各种杂草，第七年，树叶停止了掉落。杂草丛生后，野兔蹦跳，貂、鼬鼠、野鼠也纷纷瞧上了这块乐土。蚯蚓也来了，穿行于苹果树下。每条蚯蚓一天能排泄一玻璃杯的粪便——把土壤变成松软的团状颗粒。

第八年春天，苹果园开了7朵花，秋天的全部收成是两个苹果。木村把苹果供到佛堂，拜过之后切开，全家分享。经测定，苹果糖度高达 24 度，好吃极了。

第九年春天，苹果园成了烂漫花海，秋天树上挂满了苹果。不过，苹果卖相不好，贱卖了。但第十年秋天，订单雪片般飞来。凡是上一年吃过木村苹果的人，都纷纷购买。

木村因此声誉鹊起，被称为"苹果之神"。

再问你个小问题：苹果树为什么要结苹果？

估计涌上你心头的第一个答案是——好吃。或许你会察觉到这不合逻辑，于是缄口。

是的，苹果树的存在，不是为了满足人的口腹之欲。我们不能站在人类中心的角度思考苹果的问题。真实答案是：苹果树为了它自身的延续才结苹果。

苹果一旦被从树上摘下，一直养育这颗果实的苹果枝，就鞭长莫及、爱莫能助，不能为藏于苹果最深处担负繁衍重任的"苹果籽"继续供给养料了。好在苹果树早已做好准备，把继续维护苹果籽的责任，交到果肉肩上，以保全种子的密码。

刚摘下树的苹果，果肉还没有做好交接的准备，故硬而酸。假以时日，"果酸"转化成"果糖"，苹果变甜，做好了被吃的准备。这时若被吞下，果肉被消化后，苹果籽会回归自然。它此刻已可独立远行。

问你第二个问题。你可知道，全世界一共有多少种苹果？

我猜你会回答一个数字。以我与朋友互动的经验，从未有人答对。

正确答案是——地球上生长着约 7500 种苹果树。

你会睁大眼睛，嘴张成"O"形。我在资料上查到此数字时的反应，亦是如此。

中国现在已成为世界上最大的苹果生产国，苹果成为常人的普通水果。

但你真的了解它吗?

中国现在的苹果种植面积和总产量,均占世界 50%,出口居世界前列。2017 年,单是一个陕西省,苹果种植面积就达 1100 万亩,产量达 1000 万吨以上,占全国的四分之一和世界的七分之一。

苹果不仅是我国最主要的果品,也是世界上种植最广、产量最多的果品。美国流传一种说法:"每天吃一个苹果,就不用请医生。"可见苹果的营养和药用价值。所以它又有"智慧果""记忆果"美称。

全世界巨大的苹果产量,被 4 个品种瓜分,它们占据了 90% 的市场。

回到王子农庄苹果园。主任说,我们这里长着一种不得病虫害的苹果品种,产自威尔士。

它有何特别之处? 我问。

主任道,我们要保留地球上物种的多样性。如果大家只种一种苹果,病虫害就会适应这种苹果的特性,发展出侵害它的能力。到那个时候,人们只能使用更多的农药,形成恶性循环。如果有多样性,苹果害虫就无计可施。比如,苹果皮比较厚,害虫咬不动,就只能放弃了。

想到一只虫在苹果皮前,垂头丧气避走他乡,有趣。

记得哈萨克人讲过:你款待客人吃了 100 个苹果,来年树上结的苹果会超过 200 个。

现在是苹果越来越多,种类却越来越少。

生物多样性,现在是个很时髦的词。到底什么意思? 不一定每个人都说得清。我也愚笨,记住了一个简单说法:指的是生命变化的程度。物种和品种越多,生物多样性越大。

物种多样性丢失,是人类影响大自然后所犯下的极大过错。环境破坏、外来物种入侵、气候变化等，每过一年，地球上平均有27000个品种与我们诀别。还有40%的植物、动物和其他生物品种，也被列入预备消失的名单上。

就拿葡萄来说，全球40%的葡萄园，只种植不到10个品种的葡萄。在新西兰，基本只种植一种葡萄。人们毫不迟疑地放弃葡萄的多样性，情有独钟地偏爱那些最商业化的品种，孤注一掷地种植它们。

再以水稻、玉米和小麦举例。这三位大侠，提供了人类所需能量的60%，民以食为天。它们已经变得无比单一和被垄断，概因它们种子的90%，都由国际大集团控制。

世界上占主导地位的种子集团，是物种多样性丢失的罪魁之一，它们唯一的追求就是利润最大化。商业化的全球市场，对农产品有标准化需求。种子公司投其所好，专门培育和生产单一种子。凡不入商业化法眼的农作物，种子会被无情遗弃并快速消失。

例如意大利北部原是欧洲最大的苹果种植地。19世纪末，约有150个苹果品种。城市越建越大，苹果从树枝到消费者手中的路途越来越遥远。商人们对苹果的大小、形状、颜色、气味、滋味、保质期等，提出了越来越严苛的要求。大小一定统一，才能稳妥装箱。形状一定要正圆或是椭圆，卖相才好看。颜色要么鲜红，要么橙黄，要么碧绿……不能斑驳杂乱。气味要芬芳，滋味要酸甜适中，保质期要尽可能长……于是很多苹果品种日趋萎缩，直至被无情淘汰。今天，那里只生长8个品种了。层层选拔出来的苹果秀女，产量很高，但抗逆性很差。土地由于连年单一品种的定向索取，缺乏营养素。人们的应对方法，就是大量使用农药控制病虫害，施更多的化肥以维持产量。

生物经过了亿万年的遗传及变异，才让世界如此丰富多彩。人们轻易地掰碎了大自然的精彩创造，把它们的尸骸丢弃在商业化的迷途上。

容我稍解释一下"抗逆性"。

大自然中生长的植物，由于地理和气候等因素，要面对各种不良环境。如果超出了植物所能忍受的范围，它就被伤害甚至一命呜呼。这些会对其造成伤害的环境，统称为逆境。而植物对此的适应性和抵抗力，被称为抗逆性。

蚜虫慢慢吞噬西红柿，通过吸取叶液让它丧命。番茄奋力运用身体和化学力量对此进行抵抗，击退来袭的昆虫。番茄还会释放出化学信号，通知附近的番茄，释放出它们自己才懂的驱虫剂。

植物常常会受到外界的攻击，面临的威胁从微小真菌、细菌到蚜虫、蚱蜢、螳螂、大象等，它们都想把植物吃光，把叶、茎、果实和种子里的丰沛养分，据为己有。

植物并非被动挨打。先是御敌于国门之外，树皮让自己的外衣变得更加紧密，难以吞嚼。叶子表面生出蜡质，让昆虫和微生物望而却步。有些植物还会长出导致动物疼痛的结构，比如倒刺、棘、针或让动物发痒的茸毛，让动物知难而退。某些植物的叶子，布满尖锐细毛，分泌化学性刺激物，让触碰到它的生物产生痛感、继发炎症。荨麻释放组胺，引致动物强烈不适，从此对它避而远之。芸豆干脆自配小钩，可刺伤昆虫的脚。还有些植物，长着被称为"针晶"的微小针状体，你若敢开口咬它，就会顿生剧痛。更有甚者，配备的毒素堪比生化武器。

含羞草一旦感觉到外界触碰，就向根部传递电信号，释放带电粒子，让叶片向内收缩，把昆虫吓跑。

植物细胞也会全民皆兵，让叶片表层蜡质变厚，把叶片气孔封堵，坚铠固甲。还会断臂自救，将已被侵入的局部自毁，防止进一步感染。它们也能主动应对，迅速合成对来犯者有毒的物质。为了保卫整个物种，植物还会舍生取义，发扬集体主义精神，用最后的气力散发特殊激素，发布警报，知会兄弟姊妹强敌来犯，提早布局谋篇，部署防卫以防侵害。

棉花如被毛虫攻击，会释放特定混合物，其中包含 10 种以上的化学物质，特异的气味会引来黄蜂，黄蜂把卵产在毛虫身体上，毛虫的害虫生涯就此结束，成为黄蜂卵的美餐。

植物无腿脚，也无伶牙俐齿，无法奔跑也无力咬断对手脖颈。然而它们绝不会软弱地束手待毙。葱茏大地和累累硕果，昭示着它们凭靠卓有成效的防卫策略，生生不息。不要把植物想得那么笨，它们还会使用包括"借刀杀人"等在内的跨物种策略。它们大义凛然，拼着自己，壮烈牺牲，赢来整个物种的转机。

十字花科芸薹属的植物更有绝招。一旦被虫子噬咬，它们会散发一种特殊的信息素，像打出密集的旗语。只是接收者，非但不是同类，而且不是植物。它们给天上飞翔的鸟发出信息：速来，有你最爱吃的虫，很大很多很肥哦……

生物多样性是大自然维持物种和谐的底牌。万一某个品种的苹果得了病，还有他种苹果不受影响。某种稻谷缺水绝收，其他耐旱品种尚能逃过一劫。

1845 年到 1852 年，爱尔兰发生了大灾荒，真菌引起土豆晚疫病，出现食物短缺，约四分之一的人被饿死，约 100 万人因饥饿逃往海外。饥荒来势如此凶猛，概因当时的爱尔兰农户只栽种两个土豆品种，它们对晚疫病没有抵抗力。

在人类农业历史上，每个地区的农户们，针对每一物种都会进行多年人工选择，找到适合当地土壤和气候条件的多个品种。这些品种不一定产量最高，但却是产量、得病率、抗旱性等多种因素的最佳组合。它们可能不好吃不好看，但它们各有千秋的种子，若遇灾害侵袭，就能各显神通安然无恙，避开了环境对该物种的毁灭性打击。但这种方式怎么能适用于直接卖种子和农药化肥的利益集团呢？祖先实行了千百年的多样性种植，被扣上"小农经济"的帽子，横遭唾弃。

种子，包括人类的精子和卵子，都是未来的希望。它们结出水果，长出富含碳水化合物的粮草，组成赏心悦目的风景……赋予人类生命和灵感以至一切。丧失万物种子，世界将会怎样？火亡指日可待。

全球环境破坏，人类的剧烈活动，已经让无数种子悲戚地告别，一去不返，从此灭绝。

据研究，1943年，一个苹果里所含的铁可以满足人类一日50%的需求。也就是说，一个人每天吃两个苹果，就不会缺铁了。那么请你猜一猜，现在要吃几个苹果才能满足人体所需的铁呢？答案是48个！

2017年，世界上第一批转基因苹果，在美国华盛顿州的果园被采摘，洗净切片包装好之后，进入超市销售。它的特点是不变色，商品名叫"北极"。

对中国人来说，苹果变不变色，似无大碍。一般来说，还未等它变色，就被吞下肚了。但惯常吃西餐的人要用苹果做沙拉，变色后卖相大减，被称为"褐变"。苹果变色是多酚化合物被氧化所致。多酚化合物，具有抗氧化功效，也是苹果对人的身体有利的活性成分。为了防止褐变，"北极"选择"RNA干扰"，就是引入了一段RNA基因序列，特异性地与目标相结合，让苹果的遗传信息无法传递下去，也就不会合成多酚氧化酶，不会出现"褐变"了。

据说"北极"的营养价值跟传统苹果无差异，对环境无不良影响，对人体健康无风险。

对于这个"三无"产品，谁知道呢？

巴基斯坦西部城市奎达，俾路支人居住的地方，果园的苹果树高耸入云，如同钻天杨。苹果也不多，只是树梢上残留几个小苹果，大者如拳，小若鸡蛋。这么高的苹果怎么摘呢？用一根长达5米的木杆，直接把树梢上的苹果打落下来，如同打枣。落下来的苹果表皮完好无伤，说明苹果皮极厚、抗摔打。吃起来味道甜如蜜，脆如梨。

远来的客人问当地人，苹果树为什么不剪枝，为什么不提高产量，为什么不让苹果结得大而多？

轮到当地人不解了——结这么多足够吃了，要那么多苹果干什么？

记起卖苹果的小贩曾对我说，苹果喜高，挂起它们，它们会以为自己还长在树上，不撒气，不容易坏。

不知这算不算苹果保持的古老记忆？

潘光旦曾说过："我始终以为一个人的生平，所占的时间，见得到的，不过数十寒暑，而见不到的，必十百倍于此。换言之，一个人的生平，一部分是早在祖宗的行为与性格里表现出来过的。"人如此，便是集体无意识。从伊甸园就和人类先祖厮混的苹果，也想周全地活下去。

我问查尔斯王子农场的主任，苹果园的苹果树，结了果实之后，会不会卖？

主任答，不卖。果子一树一样，成熟时间也不同，颜色更是五花八门，没法卖。

我说，那它们到哪里去了？

主任踩踩脚下的土地说，回到大地。

天才画家凡·高在给他的弟弟提奥的信中曾这样写道："当我画一棵苹果树时，我希望人们能够感到苹果中的汁水正在把苹果皮撑开，果核中的种子正在为结出果实向外突进……"

一颗颗苹果坠地，溅起细小尘埃，然后慢慢干枯，融入大地。保留下来的，是物种的多样化。物种与它所摄入的其他生物同荣辱共进退，相互依存。这是铁律，不可违背。

20

在瑞士新罗马俱乐部
听可怕预言

城市污染

罗马俱乐部是民间学术团体，研究方向是未来学。

什么叫未来学？

顾名思义，是研究人类社会未来的综合性科学。研究对象包括科技和社会的发展动态，进而探讨选择、控制甚至改变或创造未来的途径。这门科学，充满了预测感和不确定性，由德国社会学家弗勒希特海姆于 1943 年在美国首创，20 世纪 50 年代以后在全世界迅速发展。

急功近利的人觉得多此一举，人无百岁寿，何怀千年忧？不过大多数人对未来感兴趣。它又可细分为狭义和广义两大范畴。狭义的未来学，探讨的是世界几十年后的发展前景，广义的未来学，关键词是"预测"，简直无所不包。

罗马俱乐部是全球智囊组织。1967 年, 意大利著名实业家、学者奥雷利奥·佩切伊（曾是菲亚特集团的管理者）与英国科学家亚历山大·金（曾是经济合作与发展组织驻巴黎的科学事务主管）初次见面，相谈甚欢。二人遂商议召开一次会议，着手从世界体系角度，探讨人类社会面临的一系列重大问题。1968年4月，在菲亚特创始人阿涅利家族的资助下，他们从欧洲10个国家中挑选了约30名科学家、社会学家、经济学家和计划专家，在罗马近郊的山猫学院召开会议，探讨什么是全球性问题和如何开展全球性问题研究。会后组建了一个"持续委员会"，以便观点相同的人保持联系，起名"罗马俱乐部"，总部设在意大利罗马。它的主旨为三大概念：全球视角、长期、相互关联的问题群。为保持小规模、松散的特点，罗马俱乐部诞生之初，就决定将个人成员限制在200人左右。

从那时到现在，罗马俱乐部已经走过了50年。它锲而不舍地努力着，希望通过对人口、粮食、工业化、污染、资源、贫困、教育等全球性问题的系统研究，提高公众意识，敦促国际组织和各国有关部门，改革社会和政治制度，采取必要的行动，以改善全球管理，使人类摆脱面临的困境。

1970年，罗马俱乐部借助以"系统动力学"为基础的数学模型，着手分析研究全球经济的总体演进过程。1972年，麻省理工学院4位年轻科学家借助计算机设计了增长的极限模型，完成并发表了《增长的极限》报告。

当时世界经历了二战后20多年的经济持续增长，人类对技术进步充满高涨的乐观，信心满满。罗马俱乐部提出的终极问题是——我们可以永远维系增长吗？生活在一个有限的星球上，人类可以持续对资源进行无限制的消耗吗？它认为经济增长不可能无限持续下去，因为石油等自然资源的供给是有限的。它设计的"零增长"方案，在全世界挑起了持续至今的大辩论。

《增长的极限》提出人类可以建立一个更公平、更理想之世界的观点。它被翻译成多种文字，发行几千万册。它理性而振聋发聩的呼吁，引起了公众的警觉。1973年，就在这个报告发行的第二年，爆发了全球性的石油危机。

罗马俱乐部因此声名鹊起，与美国兰德公司和日本野村综合研究所，并称"世界三大智囊集团"。

罗马俱乐部著名的研究报告还有：1974 年的《人类处在转折点》、1976 年的《重建国际秩序》、1978 年的《超越浪费的时代》和《人类的目标》、1979 年的《学无止境》、1982 年的《微电子学和社会》……

罗马俱乐部真正地"放眼世界"，把全球看成一个整体，提出了各种全球性问题相互影响、相互作用的全球系统观点，做出了世界性灾难即将来临的预测。它的出现，标志着人类已经开始综合运用各种科学知识，试图解决那些最复杂并属于最高层次的问题。之后，美、英、日等 13 个发达国家也先后建立了本国的"罗马俱乐部"，开展研究。罗马俱乐部从云端走向凡间，甚至有人把它列入世界十大神秘组织，和共济会、哥伦布骑士团等并列，说它有能力制造全球经济衰退……

小疑问。罗马俱乐部，应该在罗马。我们拜访它的时候，总部却在瑞士温特图尔。

罗马俱乐部于 2008 年，将总部从罗马搬至瑞士。一是表明俱乐部的中立性，二是在瑞士办公有很多便捷之处。为示区别，现在它被称为"新罗马俱乐部"。

关于罗马俱乐部的工作，以上所谈比较抽象，举个具体例子，比如世界气候变暖，它的研究方向是：导致全球气候变化的根源在哪里，人类究竟有没有办法阻抑变暖的脚步？

人们对于"变暖"的认识，之前很是懵懂。你看看早年的理论和文艺作品，哪一句提到过气候是人类活动引起的呢？无一字提及。1972 年，人们首次注意到大气中二氧化碳浓度增高。20 年前，人们逐渐发觉气候发生了显著变化。海平面上升，物种消亡，风暴与降雨变得更频繁，气候更难以预测……十几年前，这一现象得到了科学家证实。现在，已是不争的事实。不过，美国现任总统特朗普不这么认为，他 2012 年曾在推特上发文称，全球变暖概念是中国编造出来的，目的是让美国制造业失去竞争力。

人的一生很短暂，如果用自我的存续作为时间尺度衡量，通常不会深刻感觉到气候变化。悲哀的是我们这一代不同。生命依旧短暂，但在你一生中，已经可以看到正在融化的冰山、正在上升的海平面、不可捉摸的干燥或是降雨……重大而广泛的气候变化，以令人惊讶的速度横扫过来。狼真的来了。因为身处温带，国人通常对气候没有太多的恐惧和敬畏。但 2018 年这个刚刚离去的夏天，还是以漫长凌厉的热浪、滔天的洪水、广袤的干旱和熊熊野火，加上威力巨大的台风，在我们面前合演了盛大惊悚剧。

温度对人类的生存至关重要。在我们最古老的神话中，天上出现了 10 个太阳，生理、心理的感受，一同崩塌，适宜温度成了奢侈品。那个让温度恢复正常的勇士大羿，于是成了我们的千古英雄。

2016 年我乘原子破冰船抵达北纬 90 度的北极点，路上得知北极熊数量大幅度减少。这种一生都要生活在冰面的动物，眼看就要丧失最后的栖息地。

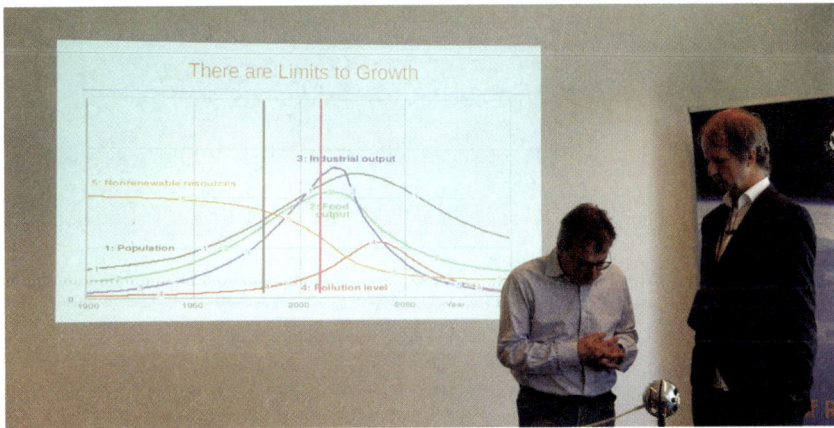

罗马俱乐部秘书长向我们展示：人类的发展已到了崩溃拐点，无法逆转

新罗马俱乐部满怀悲怆。他们认为，对于气候问题的警醒为时已晚，我们再也无法赶上全球变暖的脚步。减少二氧化碳排放、使用清洁能源，都只是短期应急措施而已，人类已彻底失去避免全球变暖的机会。

罗马俱乐部不断通过出版书籍、政策简报以及举办高层会议等形式，将复杂严谨的研究变得容易理解。他们认为，气候变化并非问题实质，那只是现象，本质是在这个地域有限的地球上，人类追求着无限的发展。地球人口增加，资源耗费、能源消费膨胀……退一万步讲，就算出现了奇迹，止住了气候变化，人类如不克制贪欲，新问题还会层出不穷。森林不断枯萎，水资源使用已超出了可持续发展的水平，耕种的土壤与海洋渔业全都遭到严重破坏。目前人们所热衷的那些科技手段，比如碳封存、提高能效和低碳技术等，只能说是争取尽可能多一点的时间……

惊恐地想到一个词，苟延残喘。人类是这个世界上最放肆的废物制造者，加速毁灭各种生物，直到最后毁灭自己。

罗马俱乐部认为真正的解决之道是：逐渐减少地球人口，降低人口密度，改变人们对生活质量的评价标准，将成功的定义更多地侧重在社会与心理的状态上，而不再沉迷于物质的富裕与经济的发达。

拜访新罗马俱乐部那天恰逢星期日，街道无人，宛若旷野。

它设在一座朴素小楼中，外观没有任何特殊之处，一如宜家的家具，简单实用。走进门来，看到墙上悬挂着很多世界知名人士到访罗马俱乐部的图片，才觉出这里的不同凡响。

休息日神圣不可侵犯，因此只有几个工作人员在准备茶点和投影设备。现任罗马俱乐部秘书长的马光明先生（他的中文名），为我们打出一系列的文件图标。他是个满怀激情而又非常冷静的人，演讲令人震撼。

新罗马俱乐部对于人们把它当作一家预测机构颇为不满，始终致力于澄清此事：我们不能预测任何事情，我们只是提出世界可能的某种发展趋势。它的新项目，名称叫"2052年的世界"。

如果那时我还活着，整整100岁。

以下是我的速记：

欢迎你们。罗马俱乐部作为世界最高端的智库之一，创立伊始，就决定把它的成员限制在200人以内。这个组织创办于1968年，我们是反潮流的，现在成员只有100多人。我们在1972年发表了震撼世界的著名研究报告——《增长的极限》，到现在已经45年了。我们寻找了45年，但是找不到任何办法。人们有太多不采取行动的理由。

现在，是有点寂寞的时刻。关于人类的可持续发展，已经迟了，来不及了，赶不上了。人类的生态成长，已经崩溃，而崩溃一旦发生，就不可阻止。所有的可持续性措施，只是延缓崩溃，并不能从根本上改变这个趋势。

这个崩溃的拐点是何时发生的呢？突破的红线，大约发生在20世纪80年代。

人类现在要满足欲望，已经需要1.5个地球了。

美国人以为我们有好多个地球，美国需要5个地球才能养活。按照现在的生活方式，欧洲人也好不到哪里去，需要3个地球才能养活。

亚洲还算不错，1个地球目前还够用。

现在，气候变化已经不是将来时，而是现在时，成了当今要务。

你可以想象一下：2030年至2039年，中国东南部会发生大干旱，欧洲的北部会变得比现在更加宜人，地球温度将升高两摄氏度。不要以为两摄氏度好像不是太大的数字，如果人的体温升高两摄氏度，你想想会怎么样？

（记录到此，我不由得颤抖了一下。这个反问句非常有力，如果你每天都在39摄氏度体温的煎熬下，真用不了多少天，就一命呜呼了。）

如果温度升高4摄氏度，地球就回到了4000万年前。

（在我有限的知识里，那时喜马拉雅山脉还未曾隆起……我想起一句俗话，叫作"一夜回到解放前"，看来如果地球温度继续升高，我们就要一夜回到恐龙时代了。）

35年以来，地球上台风的发生频次，已经翻了一番。

然而人们的改变很少。政治家都在老的意识形态中，大国经济地位决定了它们的关注方向无法改变。有钱人怕丧失了既得利益，他们阻碍变化发生。人类畏惧变化，保守就成了现状。我们现在的实际问题是——如果采取行动，成本越来越高，会花费更多的金钱。我们不断挥霍地球，日益迈向倒退。毁坏大于创造的价值。现在的世界比之50年前，又出现了新的变化。全球面临着气候继续变暖、不负责任的金融市场、数字经济和其他破坏性的技术趋势、收入和财富分配日益倾斜与民主危机等新挑战。

"可持续发展目标"本身是有价值的，但关键是其能否根据当今的政策和思想来付诸实行。俱乐部成员的评估认为，地球环境面临着被常规的增长政策所粉碎的危险。要让发展中国家的人们明白，你永远也过不上发达国家现在的生活，这很难。

要知道，拯救地球并不带来利润。

不要继续开发了！要对世界的资源有个正确的评估。

我们注意到，中国提出的"一带一路"是个机会，中国正在做出努力。面对前所未有的难题，不要忘记别人已经发现的规律与答案。

地球正在一天天离我们远去。我们有太多的选择，但结果是太少的变化。

这都是经济学家惹的祸。他们应该感到羞愧。破坏的后果，有些现在说不清楚，但将来会越来越明白。

中国现在的指数尚在 1 之下（此处我记录不清晰，大体意思是一个地球还可以养活中国）。我觉得要"感谢"你们的贫困地区，他们的低消费，让整个中国的计算数字尚在地球可以忍受的范畴之内。但是，如果按照大城市的消耗指数来看，即使不像欧洲那样要用 3 个以上的地球才能供给，至少也得要两个地球才养得起了。

当一个复杂系统濒临崩溃之时，人们常常很难理解正在发生的事情。危机的酝酿可能会长达几十年甚至更久。某些当局者把加油的踏板踩得太狠了。现在人们所有的动机和生活方式，都来源于索求更多的资源。地球养不起，它正以惊人的速度升温，然而我们不知道该如何把控它……目前的变化如此陌生骇人，谁也不知道这些变化会将世界引向怎样的旋涡。人们只有欲望，没有远眺。无数科学家都只是活在当下的人，无法理解未来。

……

马光明秘书长还讲了很多非常精彩的话，会议安排在他演讲之后，每个与会者都要发言。惦记着自己发言讲什么，心中忐忑，时不时分心，记录不免疏漏。

之后大家开始发言。

生态环境问题已迫在眉睫

我们的建筑专家道，中国现在 90% 的建筑是不节能的。

我想客气了。在中国，节能建筑连 1% 也不到。

他说，我们需要新的美学和新的价值观。比如：是天然的大脚美还是裹过的小脚美？不同的人会有不同的回答。那么，到底是自然经济美，还是现代化的工业化农业美？小农经济和现代工业化农业，到底哪个更美？

我们要重新发现农业文明之美并在其上嫁接新的生态文明。我们要进行新的道德哲学启蒙。原来的所谓"启蒙"，很多是坏的。

讲得多么好！我一边鼓掌，一边发愁。一会儿我说些什么？从来没想过能在如此高端的智库会议上有发言机会，不知所措。不过还是必须说。不仅因为我是来访团队的一员，更因为我是人类的一员。

初步设想发言如下：

我们只有一个地球，人们常常忘记这个基本常识。或者说，就算没忘记，也天真甚至可以说是邪恶地企图让别人俭省，资源留给自己享用。现代发达国家常常采取这个策略。

刚才我悲观地听到，大崩溃已经发生，颓势不可扭转，只是时间早晚的问题而已，人类正在面临生死存亡的危机。面对危机的时刻，有两种应对模式，这就是"战斗"或"逃跑"。它是物种进化历史镌刻在我们神经中的条件反射。不管是否主动意识到，它存在于骨髓深处，成为人类的集体无意识。

全世界的人们，面对地球将要崩溃的危局，都可以选择"战斗"或是"逃跑"。

科学家们，现在大多数倾向采取"逃跑"策略。逃到哪里去呢？逃到别的星球。但在茫茫宇宙中，适宜人类生存的星球，是否找得到？完全没有答案。美国一位宇航员曾说："在空间站的这半年里，我一共绕了地球约 3000 圈。我觉得地球是无可替代的故乡。"

就算找到一个和地球一模一样的美丽星球，人类移民到那里，生存下来，然后呢？如果思维模式没有改变，我们会在那颗新星球上，继续沿用地球上的破坏索取模式。对那颗星球来说，人类就是卑劣的劫匪。由于有了成功逃脱的经验，迁徙到那里的人类很可能更加肆无忌惮地掠夺。等把那个星球破坏到惨不忍睹、满目疮痍，地球人就会继续逃离，寻找下一个被劫掠的对象。

这是何等可怕并卑鄙的生灵！况且，生命在40亿年内始终局限在地球上，所有的自然选择都是依赖地球而存在的。地球一旦崩溃，什么人逃走求生，什么人留下等死呢？这必将爆发极端残酷的争斗，前景无比恐怖⋯⋯

1977年9月5日，美国航天局向外太阳系发射了一枚空间探测器，名叫"旅行者1号"。上面带有地球光碟，据称能在宇宙中保存亿万年。这个光碟是联络官，为了让可能存在的外星文明了解地球。光碟上刻录着地球的模样和人类生活的种种形态。男人女人必须有的，全裸。还有风声雨声鸟鸣声，各种人类的语言。有各种人类生活场景，包括华人家庭聚餐的图像。光碟刻录有时任美国总统卡特的问候："这是一份来自一个遥远的小小世界的礼物。上面记载着我们的声音、我们的科学、我们的影像、我们的音乐、我们的思想和感情。我们正努力生活过我们的时代，进入你们的时代。"

任重道远的"旅行者1号"，现在到哪儿了，一切可安好？

它仍在跨星际飞行，距出发已经过去了40多年。2013年9月12日，美国航天局确认，"旅行者1号"探测器已经离开太阳系，目前处于太阳影响范围与星际介质之间，到达了从来没有探测器到达过的空间。孤独的人类正在探寻知音。按照新罗马俱乐部的预言，人类灭绝已无可避免。或许有一天，收到了地球明信片的外星生命，兴致勃勃或是杀气腾腾地按图索骥，找到了地球。且不论他们动机为何，当降落到地球时，制造自身说明书的智慧生物，已渺无踪影。

我们还有一个应对策略是——战斗。

如果在古代，弱小的人类遇到猛兽，无以逃脱，就要正面迎击，以求生存机会。现在到了和环境"战斗"的时刻。

说到战斗，想到的往往是刀光剑影、血流成河，狰狞残酷、尸横遍野……但我们和地球环境的"战斗"，完全不是这样。人类应该有组织有计划地克制与退却，消减欲望，婉柔深情地对待地球上的生灵，还大地以安宁，还流水以清澈，还空气以透明，还万物以和谐……

人类是这个世界上最高等的生物，我们不断进化并以此自豪自傲。那么拯救地球拯救自身的任务，就必然要由人类勇敢地义无反顾地担当。你不能指望一头猪、一只蜘蛛或是一条蛇担起这个责任。从这个意义上来说，新罗马俱乐部的盛世危言，值得敬重。把自救概念传达给整个人类，使之转化为人类自觉的行动，任重而道远。请向被我们破坏殆尽的星球道歉，思谋些许的改正。

即使如此，我对人类的未来也不敢乐观。我常常在想，身躯那样庞大的恐龙，在地球上生活了1.45亿年，曾经占据了海陆空的所有领域，不可一世地凌驾在地球表面。然而它们灭绝了，连一只也不曾完整存留下来。如果在它们灭绝之前，恐龙当中的智者对整个族群说，我们长得太大了，最大的个体已经超过了百吨，吃的食物太多了，地球负担不起，我们还要积极进化，以适应可能发生的变化……估计所有的恐龙都会对此嗤之以鼻，完全不理会。

阿根廷于2012年在巴塔哥尼亚首次发现了"最巨型恐龙"。根据化石复原出的"巴塔哥泰坦龙"，身长达37米。与一架波音737客机相仿。从脚到肩膀高约6米，一根股骨（大腿骨，相当于人的胯骨到膝盖之间）长度超过2米。

巴塔哥泰坦龙素食，让它不断长高的驱动力，是方便吃到更高树木上的植物。古生物学家说，广义上的恐龙，是真正意义上第一个灭绝了的地球物种，它们的灭绝是和人类的未来最为接近的事件，是最有震撼力的警钟。

能思考的聪明恐龙是没有的，但人类应有足够的智慧来应对危局。新罗马俱乐部扮演了发出悲观预言的恐龙智者的角色，希望能惊醒沉迷于享乐和无尽索取的执迷人类。特向你们表示崇高的敬意。这个世界，以前充满了危险，现在的危险性不是更小而是更大了。科技水平的攀升像一个高倍数的放大镜，全球化的经济、便利的通信、大规模的人口迁徙在此折射下，危险如虎添翼。不论现代人自以为距离原始丛林社会多么遥远，但实际上，人们都和古代的部落人马一样，顽固地隶属于自己的宗族和部落，锱铢必较地看守着自己的地盘和既得利益。冲突有可能失控，演化成凶残暴力。

甘地说："地球所提供的足以满足每个人的需要，但不足以填满每个人的欲望沟壑。"我想说——即使崩溃已经发生，即使拐点已经越过，即使，所有的奔走呼喊都以最后的沉寂为终点，恐龙中的智者，也还是应该持续发出声音。

记得鲁迅先生在《呐喊》自序中写道："假如一间铁屋子，是绝无窗户而万难破毁的，里面有许多熟睡的人们，不久都要闷死了，然而是从昏睡入死灭，并不感到就死的悲哀。现在你大嚷起来，惊起了较为清醒的几个人，使这不幸的少数者来受无可挽救的临终的苦楚，你倒以为对得起他们吗？然而几个人既然起来，你不能说决没有毁坏这铁屋的希望。"

鲁迅用"铁屋子"来比喻当时的现状，用"大嚷"来比喻精英对大众的启蒙。今天，我想把这个比喻送给罗马俱乐部。希望你们充满决绝意味的"大嚷"，能对世界上的人起到启蒙作用。决定科技发展方向的是人性。科技之上，荷载人性。人随之采取的行动，既可以摧毁，也可以重建。人类不能无限制满足好奇心，不能满足贪婪和虚荣。所有的无限制都是有害的，都有可能越过拐点，炸出无法收拾的废墟。

以上是我那天所想，在纸上草拟出的发言提纲。人心虚的时候，血会往腿上流，手会发凉。那天轮到我发言时，正是这状态，就没敢讲这么多。直觉大家都比我博学，不可班门弄斧。加之时间有限，不敢耽误太多时间。写在这里，将心里话倾诉。

罗马俱乐部的最新著作是《来吧！——资本主义、短期主义、人口与地球的毁灭》，依然殚精竭虑地关注人口增长和经济矛盾问题。被捏在魔爪之中完全无能为力的感觉，是人类最原始的恐惧之一。他们在声嘶力竭地呼唤：富人们，你们先要适应低碳生活方式，批准政府执行这些"令人不舒适"的举措，才能减轻对全球气候、资源和浪费问题凝聚的压力。

现在西方文化试图征服自然的趋势，影响甚大。以其工具理性万能、掠夺大自然的科学主义文明观，以其聚敛财富贪得无厌的物质主义价值观，以其相互竞争优胜劣汰的个人利己主义、享乐主义的人生观，导致了全球性的生态危机、环境污染、资源枯竭、臭氧层破坏、气候异常、人口爆炸、灾病流行等直接威胁人类生存的恶果。

我们拜访俱乐部的时间是 2017 年 6 月，当时这家世界顶级智库，还没有中国人士加入。它的成员大多数来自西方，加入俱乐部需要老成员的介绍，申请人必须在学术领域有预见性的研究或是关注全球长期变化的企业家和政治家。现在，中国生物多样性保护与绿色发展基金会秘书长周晋峰博士，已是罗马俱乐部首位中国籍正式成员。可喜可贺。

地球有可承受的极限吗？很多人以为没有，但它是有的。所有有生命的物体之间，都存有内部联系。如何在身后留下一个更好的世界？每个人都应深思。泛滥无尽的物欲如同舞会上的疯狂旋转，灰姑娘千万要记得子夜的钟声。它会准时鸣响，辉煌风景将变成南瓜和老鼠，而且一定比那还糟糕。

小飞机
欧洲行

Gazing
at Europe
from Up
in the Sky

21

有 800 年历史的贵族花园

古老花园中的石雕睡美人

到英国一个有 800 年历史的老贵族家族去做客。

天色尚不晚。白天和夜晚之间有一狭缝，我们恰进入朦胧灰色衔接处。没有别的时间，比这会儿更适合到老贵族家做客。想象中，他家应是一副古旧模样，充满破败而迷人的气息。一见之下，还真差不多：别墅的楼房由蜜色石头砌建，墙上趴缠着茂盛的爬山虎和盛开的蔷薇，内藏馥郁花香。一见面，80 岁的男主人盛情邀约大家去看他的花园。

这日从早到晚奔波，我曾骨折过的脚踝隐隐作痛，悄声问领队，我若不去，会不会显得有些失礼？小艾道，英国人特别是贵族，很尊重个人意愿。既然问询愿不愿意去，你便可以自由选择。再说，三分之二的人已表示愿参观花园，你一人不去，并无大碍。得了这宽许，我在绿草茵茵的庭院里喝老贵族家自制的酸味果汁饮料，乐得偷闲，嗅着微风中迷迭香的甜美气息。

这是我们家的野花草地，80岁的女主人说。随处摆放的摇椅、小碎花布的纯棉垫子、盛在铁艺果盘中的应时水果……古老的贵族气息和田园乡村风格交汇，自然中透着矜贵。

野花烂漫，摇曳生风，草坪宽阔，如一张鲜绿地毯，远处有参天大树，枝叶茂盛。树丛和林地组成壮观景色，小溪蜿蜒曲折，野兔跳向隐蔽之处（没看清那小兽的细节，我觉得是野兔）。大自然的美，并非整齐划一，而是错落有致绝不重复。静谧感人至深，让我头脑放空，无所事事地坐着，记起沈从文说过，凡是美的都没有家。流星、落花、萤火……但此时我能肯定：美是有家的。又想起《蝴蝶梦》中描述过的贵族生活：体面、精细、烦冗、阴郁……每个角落都藏着故事。

英国地势多平坦，不似中国江山大开大阖，景色基本上单调乏味。聪明的英国人便在田园风光和建筑上大做文章。英国文学常以乡村生活为题，诗人也热衷于对自然细致摹写。比如乔叟的《花与叶》，对花草细致入微的观察，令人叹服。微风中水花涟漪，树叶飘然落地，溪水钻石般的撞击，紫罗兰的芳香，雏菊的绯红……都是衣食丰足后生发出的闲情逸致。倘若温饱不得满足，万物在眼中，只分为可食与不可食两种。楚河汉界壁垒之上，没有风花雪月。庄园是英国贵族生活的居所和社交的舞台，它不仅代表着财富，更代表着权力，俗话说，一代可以暴富，三代养不出一个贵族。贵族变成了万丈红尘中求之而不得的风雅品位。

今天造访的庄园主人，是货真价实的英国老贵族。何谓贵族？最初指的是奴隶制社会和封建社会中，权力、财产高于其他阶级的上层人物，包括军事贵族、世俗贵族、宗教贵族等。经过演变，贵族制度在一些国家延续下来，形成了稳定的贵族阶级。欧洲大陆的贵族称号通常授予守疆拓土、军功卓著的高级指挥官。英国贵族制度确立于盎格鲁－撒克逊时代，大致是公元410年至1066年。英国贵族存在的时间，超过10个世纪，直到1998年英国议会改革，世袭贵族才画上了句号。1086年，诺曼王（威廉大帝）记录了所有英格兰的土地和贵族详情。

贵族身份分为两种，一种叫"终身贵族"，就罩着本人这一代。该人寿终正寝，贵族称号也一同被埋葬，到此为止。还有一种子孙可以继承的贵族身份，叫"世袭贵族"。

封建制度下，土地是国家主要收入来源，贵族有土地就有钱。国王依靠贵族，贵族们组成上议院，与下议院分庭抗礼。贵族爵号和封地则严格实行长子继承制。若长子早殁，由长孙、次子、幼子或其他家庭成员依序递补。某贵族无继承人，可根据其遗嘱或生前安排，经国王和高级法庭批准认可后，由其近亲继承其封号封地。但多数情况下国王会收回爵位。

也就是说，没有经过封建制的国家就没有贵族。许多国家，包括美国，明确废除了贵族制度。享有特权的"上流社会"拥有巨大财富和权力，但他们并非传统意义上的贵族。

在贫困中长大的人，多向往贵族甜美、华丽、优雅的生活，暴发后，更是如此。

英国保持着贵族世袭制，至今阶级流动并不自由，贵族在远离喧嚣的乡村仍有属于自己的封地，形成一种貌似平淡的高贵。长期稳定的优渥生活和闲适教养，促使贵族们生发出对他人的关怀与对社会的担当。贵族多有很好的艺术修养，幽默自律，闲暇用各种书籍、绘画、乐曲、马、狗及体育充填时间。如果只懂得享乐，那是幼稚虚荣的，为真正的贵族所不屑。都市对他们来说，仅是短暂聚会的场所。聚会狂欢之后，立即返归乡村生活，那里才是根基。他们对于乡村生活的热爱，登峰造极。

2012年英国奥林匹克运动会开幕式，首先展现在世人面前的是英国乡村风光：起伏山丘，绿草如茵，牛羊成群，流水潺潺，农夫劳作，农妇挤奶，农舍炊烟萦绕……贵族也干活，不过不是为了温饱而操劳，而是为了充分享受大自然中的乐趣。他们由衷喜爱乡村和大自然。总而言之，贵族是长时间的闲适和丰足，慢工细活、精雕细刻打磨出的奢侈品，过程中可能有废品，但不会速成。

男贵族高大慈祥，语调轻缓亲切。着手工定制的服装，随意而得体。目光既不峻利也不迷离，与人交流对视时，眼神不聚焦，让人没有压迫感，但也绝不走神，温和柔软地笼罩着你，充溢善意。女主人年事已高，仍身材窈窕，妆容精致又毫不夸张违和，脸上有岁月之痕，但那是风和日丽的岁月。衣裙似乎有些年头了，质地优良剪裁合身。她优雅地随口说道，父亲曾担任过英国首相，是周恩来先生的朋友。

凡细节考究的老女人，都让人不敢小觑，断定她曾有风华飘逸的青春。

我在野花伴随下，喝了他家自酿饮料，缓过点精神。这时跟着男主人去看私家花园的朋友们回来了，大赞园林之美。我面露向往之色，男主人立刻说，他愿意陪我再去一趟花园。

我问，有多远？

男主人答，距住宅大约1.1千米。

我有点不好意思，让一位八旬老人跟着我往返一趟，于心不忍。男主人道，我很高兴能给您带路，再看看我家花园。

同行在1.1千米道路上，男主人说，沿途这些土地都是我家封地。

进了花园，在渐渐浓厚起来的暮色中四处游览。花园的具体大小，我无法说得很清楚，应该有几个足球场大吧。路径反复曲折，用中国话来说，便是"山重水复疑无路，柳暗花明又一村"。我对园林无研究，也分不清这花园的布局。只能认出不多的几种花草。虞美人如同仙子的石榴裙。鸢尾花的蓝色长衫有一丝败象，想来盛放了一整天，阳光的曝晒让它有些倦了。藤萝不是惯常的紫色，而是粉红色，在微风中不知疲倦地摇着无声的铃，人类听不到，花界一定感动。牡丹和月季同为园中的女主人吧？凤冠霞帔，炫目美丽。

鲜花碧树中的小道花香满溢。男主人道，我家的花园，免费向小镇的所有人开放。任何人在任何时间，都可以到花园里来散步。

天色渐晚，鲜花们打算下班了，慢慢闭合。花的香气越发地浓了，薰衣草、迷迭香、雏菊、月季、玫瑰等芬芳混合一处，有令人沉迷的忧郁。

铃兰和三色堇铺成的小道旁，在甜豌豆和风信子的间隙里，我一眼瞥到花丛石凳上，仰卧一少女，睡得正酣。虽然曲线玲珑优美，容颜清丽，还是陡地吓人一跳。

老贵族见我受惊，道，我原本准备提醒您一下，她并不是真人，是一尊大理石雕像。我以为您转过小径才会看到她，没想到您目光敏锐，隔着花丛就看到了。抱歉。

我惊魂未定道，是您特意安置在这里的吗？

老贵族说，镇上一户人家搬走了，他们把自家的大理石雕像送给了我。小镇上的人，都很喜欢我家这座花园。

英国人对于植物似乎天生情深意切，培育花草的激情仿佛与生俱来。鲜花熏暖多梦之地，对这块雪白的大理石来说也是上好归宿了。

篱笆上，缠满了一种我不认识的藤蔓花卉，开灿烂金花，像是黄金彩带。

我说，打理这么大的花园，需要多位园丁吧?

老贵族道，年轻时，我和夫人常常自己打理花园，现在年纪大了，有些力不从心。如今，有一个半园丁在此工作。

我问，一个半园丁，怎么讲?

老贵族说，一个是真正的园丁。至于那半个，是我儿子。他有自己的本职工作，只有休息时才能来收拾花园，算半个园丁。人手不够，很多该修剪的花木，都未能修剪，就让它们自由生长吧。

这花园略带破败的迷人感，久久难忘。我问，您可去过查尔斯王子的花园?

这时我们已经返回了家。贵族夫人听到我的话，答，我去过查尔斯王子的花园。

我问，您觉得自家花园和王子的花园相比，有什么特色?

我本来以为女贵族会说，各有特色。或者说，我们的不能和王子家的花园相比。或者说，王子家的花园更大，我们的要小一点。却不想她飞快地回答，我们家的花园比王子的花园更好!

我略惊奇，问，好在哪里?

贵族夫人道，我家花园更天然，少雕琢。要知道花园中的一些植物，已经在那里生长了很多很多年。王子的花园，只有几十年历史!

非常强有力的理由。想起刚才所见的花园，已经郁郁葱葱了几百年，一代代祖先曾在这里流连劳作，怎能不感慨沉吟。发生过多少深刻而细腻的故事，四处充满温煦古老的味道，当然让人恋恋不舍。贵族们会把世界上一切美好的东西，尽情收入麾下。依着自己的本性加以改造和重置，隐居其中，享受丰饶的美好。他们虽人在乡下，但各种书籍、绘画、乐曲、马、狗及体育设施均唾手可得。物质充足的滋养和文化丰沛的熏陶，让他们胸有成竹，热情好客。

晚餐时间到了。

餐厅很大，墙饰是永恒的主题：狩猎。

众人落座用餐，亚麻餐巾异乎寻常地大。一色骨瓷餐具，刀叉闪闪发光。女主人和她的朋友们忙前忙后，不停地换碟换盏，用餐礼仪十分考究。英国贵族的食物，菜单倒不是多么豪华，但所有的食材都是天然有机的，绿色环保。

一道道上餐。我正好坐在男性老贵族侧面，得以细观。他吃饭时的姿势，教科书一样标准。身板端直，背部与雕花椅背间，保持手掌一握距离。身体没有纹丝晃动，把每一道餐食都不慌不忙全部吃完，盘碗内非常干净。这种干净，并不是像我常做的那样，吃完后将盘碗整个打扫一遍，而是每一道食物的成分都绝不移动混淆。除了食物最初沾染的位置外，其余瓷面洁净闪亮。刀叉餐具相撞时，没有任何声响，如同书法家操纵笔锋般自如。叹我等再怎么小心翼翼，也间或发出叮当之音。饮汤时的颔首角度，恰到好处。他话题广泛，适时发问，把整个餐桌的气氛引导向轻松愉快。一举一动，透着内敛低调的温润。

女主人的忙碌总算告一段落，落座在我身边。她悄声对我说，看看这墙上的壁纸。

由于年代久远，夕阳余晖中，餐厅壁纸显出苍茫之色，大致呈麦黄色。我有点吃不准，赞道，令人很舒服的颜色。

女主人微笑，请注意墙纸上的图案。

仔细看去，米色底子上，有暗淡图案，好像是绿色的枝蔓和橙粉的花。

和老贵族在他家的花园中，草木葱容，繁花似锦

我说，玫瑰花很漂亮。

女主人自豪地说，墙上的每一枝玫瑰，都是我亲手绘的。

我吃一惊，重新扫视这足有 50 平方米的餐厅。迅速心算，长乘宽再乘以 4，还要加上顶面积（天花板上也有花），面积加起来，足有几百平方米啊。一平方米就算只画 5 朵玫瑰花，将此面积绘满，也是惊人的工作量。我不由自主打量她的手。她手背上青筋暴起，好像一种怪异的文字立体出现。

我问，您绘制了多长时间呢？

女主人偏着头想了想，苍白而略带亚麻色的发缕，有一丝垂落在满布皱纹的颊边。她回忆道，很久……我已经记不清多长时间了，总之，很久。

英国人对壁纸似乎格外青睐。1712 年，英国安妮女王，曾经把墙纸定为奢侈品，征收奢侈品税。手绘墙纸，更是极有品位的奢华之举。

男主人听到我们说起玫瑰花，原本就慈祥的目光变得柔和清澈，脉脉注视着自己的妻子，很骄傲地说，我家壁纸上的玫瑰花，没有两朵是完全一样的。

我对女主人说，这么多朵形态各异的玫瑰花，是不是您按照自家花园中的玫瑰花画出来的？

女主人说，玫瑰花，盛开在我脑海中。当我拿起画笔的时候，它们就会自动蹦出来。

我说，这么多花中，有没有哪一朵，是您最喜欢的呢？

女主人听到这个问题，突然活泼起来，苍老的面庞笑意盈盈。说，有。请跟我来，我告诉你哪一朵玫瑰花是我最喜欢的。

说着，她拉我走到餐厅门口，随手把餐厅门关起来。

我莫名其妙，这朵招人喜爱的玫瑰花，还要关起门来才肯显形吗？

谜底解开。关门后，门背那块墙壁显露。女主人指着雕花的黄铜门把手正对的墙壁下方那朵花说，这朵玫瑰正是我最喜欢的。

我仔细瞅了又瞅，这朵花固然惟妙惟肖，但和墙壁上千百朵玫瑰花相比，似乎也未见特别出彩。

女贵族说，这是我完成的最后一朵玫瑰花。把它画完之后，我的整个工作全部完成了。我突然感到怅然若失，好像要和我的玫瑰花告别了。所以这一朵，我画得格外慢，格外仔细。

我说，明白啦！您在这朵花里倾注的心血最多。

女主人说，对！还有一点，餐厅门经常处于打开位，这朵花就躲在门背后。年代久了，日光和灯光，让别处的花有些掉色，唯有这个位置的花，很少被太阳晒到，还保持着我最早绘制时的鲜艳。每当我看到它的时候，就会回忆起当初……

女贵族说这番话时，神情优雅镇定，目光泰然自若，语调不疾不徐。

歌德说："没有到过西斯廷教堂的人，无法了解一个人所能做的事。"

米开朗基罗在西斯廷教堂整整工作了近5年，方完成了穹顶画。在这5年中，他天天仰卧在高高的台架上画画。工程完工后，米开朗基罗几乎不能平视，连看一封信也要把它举起来仰视。

画那高高天花板之上的玫瑰时，女主人有着怎样的辛劳？她一字未提，只在平淡中感人至深。

我好奇男主人的确切年龄，贸然问询，肯定不礼貌。我委婉地问他想不想知道自己的属相，男主人对这个饱含东方风情的话题很感兴趣，爽快告知我，他1937年出生，今年79岁。我告诉他，他是属牛的，心中一算，1937年到2017年，这不整整80岁了吗？按照咱的传统，老人会说自己

81 岁了。看来中国老人愿意把岁数说大一些，而老"歪果仁"愿意把自己的岁数往小里说。文化差异吧。

男主人接着说起自己家世，谦虚道，祖上没有妻子家那样的显赫身世，虽说也是贵族，但不过以养马猎狐为职业。到了我这一辈，没有那么多马了，也没有那么多狐狸了，只好到牛津大学当了教授。50 岁的时候，我出任皇家鸟类保护协会的主席兼财务总监。后来又参与了查尔斯王子基金会的事务……这些工作加在一起，实在是太忙了。忙不过来怎么办？我想，必须放弃一方面。放弃哪一方面呢？我决定放弃牛津大学教职，专心一意做慈善工作。我自家的领地，原来是农场，后来我看到许多迁徙的鸟类会在这块地上歇脚，就把它灌上水，变成了一块 5 公顷大的湿地。更多的鸟类飞来了，有些把这里当成了家，索性不走了。我们现在居住的这个镇子，是我母亲的家。从 13 世纪开始，她的家族就拥有了这块土地。

一番话，行云流水，不带丝毫的自我夸赞意味，但贵族气息流露无遗。这是一个从 13 世纪至今，传承了整整 800 年的贵族世家。与欧洲大陆的西班牙、葡萄牙、瑞典、法国等国贵族相比，英国贵族集团的特点就是人数少。史料记载：英国贵族中的伯爵在 1307 年有 9 名，1327 年爱德华三世时仅余 6 名，10 年后增至 12 名。爱德华在位晚期增至 14 名。

知道了以上数字，你就能明白男主人的贵族身份多么显赫。只有长期稳定的文化环境浸润，才能让他的举手投足、言谈举止里，自然而然散发出儒雅贵气。

他轻描淡写说祖上干的活儿是"养马猎狐"，按咱们的习俗，联想起来的从业人员是深山老林的猎户李勇奇外带老常，档次稍高一点的便是皮货商人。殊不知，在英国，这才是古老贵族的"正业"。"马"是地位象征，赛马、马球比赛、娴熟马术……都是贵族专利。贵族有属于自己的马，去马场练马是贵族独有的休闲方式。马的优雅、自然、高贵，能完美衬托出贵族气息。欧洲有句古话："会骑马的不一定是贵族，但贵族一定会骑马。"彰显了马对于贵族的重要性。至于猎狐，更是上层社会用来消遣的运动。一般人说到猎狐，以为是猎人奔忙，其实大不然。英国贵族在猎狐中的角色，是骑马手执长鞭，行云流水般纵横驰骋。至于"猎"的活儿，是猎狐犬的工作。主人的长鞭也不是为了打马，而是提醒猎狐犬不要离马太近，以防惊马。

据说，每年岁末聚会时，都有贵族腿上打着石膏出席。他们会很随意地聊到，猎狐时不小心受了伤，充满低调炫耀。

时至今日，英国贵族的生活方式还沿袭陈规，津津乐道的主题包括教育、体育、兴趣爱好、业余习惯、社交生活、行为举止、慈善事业等，休闲时欣赏歌剧、芭蕾和舞台剧艺术，再加上到乡间去打马球、狩猎、射击和赛马，等等。

中国现在多有钱人，贵族风度却很稀缺。短时间内从贫寒攀越到精英的人所占比例较大，易崇尚奋斗与急功近利，多戾气和纷扰。短视放肆的人，易妄自尊大和刚愎自用，缺乏悲天悯人的雍容。

这也不是这几十年的原因。回顾历史，好不容易积攒出了一拨贵族，农民造反，把他们杀光或扫地出门，贵族便绝了后。几百年过去，当年的造反者成了贵族，历史又一次重复，贵族便又覆灭。

记得小时候，破损的东西常常修补，让人比较有耐心，比较惜物。现在某件东西拿到手，提前便知晓是一次性的，连正眼都不屑看，用毕一扔了事。不信想想，你端详过一次性筷子或凝视过一次性拖鞋吗？你与那物隔膜分离，虽然它们会进入你的要害所在，和你口舌相拥，肌肤相亲，但你与它们毫无感情。

我曾到中国富人家做客，他似无意中知会我，客用卫生间的香皂盏，是1000年前的古瓷真品。吓得我行了方便后，违背了从幼儿园时就牢记的饭前便后要洗手之训，片刻未敢在洗手盆前停留，落荒而走。一怕暴殄天物，二怕磕碰文物，赔偿不起。

在这个英国800年的贵族之家，我也很小肚鸡肠地留意了一下卫生间，想知道会有怎样的贵气。

粗看之下，这客人专用卫生间与常人设施并无太大区别。有一个细节，触动了我。厕旁小几子上堆放着世界风光明信片，一张张看来，都是男女主人到各地旅游时寄回的。反面是手写的款款话语，正面是异域风景名胜图案。客人们便在排泄同时兼有吸收获得。

什么叫低调的温情脉脉？这怕要算一种。

以赵老师诗作结尾。

访英国戴尔比家族庄园所作

赵为民

英国戴尔比家族庄园坐落在离伦敦不远的小镇上，它建造于13世纪，至今已有800多年历史。庄主梅瑞拉夫人与丈夫艾迪先生早早就在大门外迎接我们的到来。梅瑞拉夫人的父亲与曾祖父都曾担任过英国首相。这是一个真正的英国贵族家庭。这天，梅瑞拉夫人的胞妹也来帮厨，她与其他家庭成员一起端盘倒水，擦桌拭椅，还陪同我们散步。我们于此亲身感受到英国贵族家庭的真实生活，并且深刻地认识到贵族是一种精神而不是物质的享受，这种精神不与平民精神对立。中国近代文人储安平说，英国的绅士贵族正直、不偏私、不畏难，甚至能为了他人而牺牲自己，他们不仅仅是有荣誉的而且是有良知的人。我们在庄园用过晚餐后，西天的晚霞还是那样金光灿烂，庄园中的高大樟树虽然有些黯淡了，但它仍然威严地挺立在大地之上！

含雨带风花自香
满园气象压青苍
老樟持势无声处
古堡尊严岁序长

万米高空之上的会议

窗外的云海

兀地想起一只鸟。

　　名叫飞飞的北京大杜鹃。2016年5月，人们在它的体内装上了一枚跟踪器，从此人们知道了它的迁徙过程。小小的身体里蕴藏着惊人的能量，它在蒙俄边境生出15个蛋以后，开始南下。途经北京，穿越中国，而后经过缅甸、印度、尼泊尔等国家，再穿越阿拉伯海，到达阿曼。两年中，这只身长不足35厘米、体重不过120克的小小杜鹃鸟，从北京起飞，它累计飞行了超过50000千米。它曾在3天半的时间里，飞行4500千米。

　　在大杜鹃眼里，没有什么国界洲界大洋界，有的只是大自然中的美好栖息地。这一处因为气候变换暂时不适宜生存了，那就不远万里寻找更幸福的去处。有人说，大杜鹃是为了吃到可口的毛毛虫，才这样不辞劳苦地远涉重洋，真真一个"鸟为食亡"。不对，不是鸟为食亡，而是鸟为食生。在这种不断的迁徙和跋涉中，完成一生的使命。

回程途中，之所以想起"飞飞"，是因为自伦敦起飞后，迎着太阳飞往东方，一路都是金灿灿的白天。我拉下舷窗遮阳板，昏昏欲睡。突然通知要开会。我大吃一惊，以为发生了紧急情况。清醒后得知，行程即将结束，到北京后大家各奔东西。带有总结意味的会议，就放在飞机上开。

我赶紧让自己振作起来。这一路，百感交集，想说的话很多。具体说什么好，要理个头绪。我发言时，无意中瞟了一眼飞机上的显示屏。当时的经纬度，还未出欧洲，飞行高度 11000 米。

我的发言大致如下：

朋友们，大家好，这是我生平开的海拔最高的会。刚才还在想，万米高空开会，是不是各国领导人在战争爆发时才有的紧急行为？

此次陈阳南先生发起的"巴马壹号"欧洲行，将在历史上留下怎样的浓墨重彩，现在评价可能为时尚早，但确给我个人留下了非常深刻的印象。此刻的会场非常美丽，舷窗外白云飘飘。世上有多少会议能在白云之上召开呢？白云没有国界，会从英国飘到中国。作为一个地球人，思维也不仅仅限于单独个体或是一个国家……这次旅行给我最大的感受是——从此关注整个地球的将来。世界是由不同思想、不同语言的人和历史组成的，然而有一点是共同的，我们只有一个地球。

那天在威尔士大学与校长和副校长会面后，女副校长对我说，我很欣赏你在会议上说的一句话——地球不可能变得更大，我们都聚集在这粒小小的星球上。"巴马壹号"之行的宏伟愿景，就是为仅有的这一个地球，为地球上所生长生活的所有动物和植物，包括位于最高链级上的人，探讨地球的未来，甚至包括无声无息的矿物之未来。

我们这十几个人，一路上观点碰撞，各领域同时打开，十分难得。回想决定出发时，我正在写作长篇书稿。这件事要想文气贯通，通常须从一而终。中断手上正进行的笔耕，前去聚会旅行，在我的写作史上从未有过。家人奇怪，说，你晕机，为何一定要去？我说，有时人做一件事，只是生命的节奏使然，不知道这一次将会看到什么。这次走过的国家，我之前都去过了，已知风景人情。平常我要么跟作家交流，要么探访普罗大众，偶尔也会和高端人士聊天，大体都预先知道将看到什么，听到什么。但这一次完全未知，茫然出发。

多年前认识陈阳南先生，啧啧称奇。他的想法，他的做法，包括这一次他做的这个决定，异于常人。这一次所见所闻，和在座诸位所共同度过的美好时光，让我在归途中不再茫然，充满感动和决心。

回忆一行人最亲密的连接，是从法国古堡开始。那一夜，月高风紧，石宫森严，我们共同感到恐惧。恐惧如神奇胶水，将众人粘连一处，有了强大的凝聚力。现在，人类应该对地球的未来，生发出恐惧，恐惧让地球人志同道合。我们悲哀地发现，人类现在的发展模式，并不能很好保护地球的资源，并不能给子孙后代留下一个可持续发展的优美空间。在这方面，东方的智慧、西方的智慧都不能单独解决所有的问题。要发展新智慧，新智慧需要联手和碰撞。

我们到有 800 年历史的贵族戴尔比家族做客，受到盛情款待。庄园风景优美，令人心旷神怡。不过，地球上的所有人都能用这种方式生活吗？它是美丽的模板，可惜地球资源有限，不可能让每家都有那么辽阔的草甸和花园。第二天一入伦敦，立刻丧失疏朗的诗情画意，不由自主烦躁起来。无法亲近大自然的生活，让人不宁。

想起废墟上的鲁道夫·斯坦纳先生，充满怀念。他所处的那个年代，正是新科技风紧树摇、大鹏展翅的时光。他孤独地拥有能够熔化金属的前瞻性目光，当人为祸端起于青萍之末时，敏锐地预见到，这种方式将给地球带来的巨大损害和灾难。现在，一语成谶。人类已陷入严重困境之中。查尔斯王子的苹果园，给我留下深刻印象。他贵为王子，并不任性地买下宽广土地，不计成本地种下1000种苹果树和其他珍稀植物……目的不是把苹果吃掉或卖出去，而是保护地球上千姿百态的物种。希望榜样的力量无穷。未来的科技是一系列无尽的升级，奔跑的人们为了避免成为形形色色的菜鸟，惶惶不可终日。希望有人能停下脚步，尝一尝古老的苹果。

所有人活着的终极目标是追求幸福，在座的有建筑学家、景观学家、国学家、传播学家、教育学家、企业家、政治家……期待用思想的力度，架设起东西方文化间的桥梁。在有限的土地上，在地球这块仅有的蛋糕上，让人类的明天是生存而非毁灭。

英国的大哲学家休谟说过，追求幸福让众生殊途同归。德国的费尔巴哈也说过，追求幸福是人活着唯一的目标。我们追求长寿，单独的寿命延长只是量的延展，还需要有质的提高，这些正是大健康的理念。愿景是一回事，人们怎样去一点点做起，路漫漫其修远兮。我相信每个人都有一种能力，能够感知什么能给我们带来幸福。要想维持地球上这么多人生活的长治久安，高收入国家的人就必须首先负起自己的责任。

用个小故事结尾吧。我家临街，楼下有开小饭馆的，有卖外贸衣服的，有美发、房屋中介、复印照相加推销保健品的……不知哪一家铺面，上午11点15分，会有一帮小伙子小姑娘站在一起，高呼："明天会更好，更好，更好！"

每听此呐喊，我就停下敲击键盘的双手，站起身来，到厨房洗菜。12点钟准时开午饭，现在动手操持正相宜。

我一边切菜一边想，明天真的会更好吗？不一定吧，不过，还是要寄予希望，不然，怎么活下去呢？

也许，人类终将确认在寂寞冰冷的宇宙中孤立无援，我们本身的产生是难以复制的偶然。也许，作为个体，这辈子的生存尚不用担忧。但人类作为一个整体，所有人——不分国界族别，不分祖先和子孙，彼此相连。为了地球更好的将来，为了人类长治久安，为了地球上所有的生灵生生不息，我们要负起庄严责任。思考这件事情，独属于人类。觉察的智慧加上迅速有效的行动，这便是我们在万米高空之上要思索的沉重使命。

"不要打开那扇你关不上的门"——古老的谚语曾这样说。现在，门已微敞。想起泰戈尔在《飞鸟集》中的一首诗：

"长日尽处，我站在你的面前，你将看到我的伤痕，知道我曾经受伤，也曾经痊愈。"

希望有一天，地球能这样说。

希望人类的明天更美好

图书在版编目（CIP）数据

小飞机，欧洲行 / 毕淑敏著 . —长沙：湖南文艺
出版社，2019.5
ISBN 978-7-5404-9101-7

Ⅰ.①小… Ⅱ.①毕… Ⅲ.①散文集—中国—当代
Ⅳ.① I267

中国版本图书馆 CIP 数据核字（2019）第 048788 号

上架建议：名家经典·散文

XIAO FEIJI, OUZHOU XING
小飞机，欧洲行

著　　者：毕淑敏
出 版 人：曾赛丰
责任编辑：薛　健　刘诗哲
监　　制：蔡明菲　邢越超
策划编辑：董晓磊　毛昆仑
特约编辑：朱冰芝
照片支持：芦　淼
营销支持：杜　莎　傅婷婷　文刀刀
版式设计：李　洁
封面设计：八牛设计
出版发行：湖南文艺出版社
　　　　　（长沙市雨花区东二环一段 508 号　邮编：410014）
网　　址：www.hnwy.net
印　　刷：北京中科印刷有限公司
经　　销：新华书店
开　　本：700mm×995mm　1/16
字　　数：261 千字
印　　张：21.5
版　　次：2019 年 5 月第 1 版
印　　次：2019 年 5 月第 1 次印刷
书　　号：ISBN 978-7-5404-9101-7
定　　价：58.00 元

若有质量问题，请致电质量监督电话：010-59096394
团购电话：010-59320018